12
ネコ光一
Illustration
Nardack
U0028717
WORLD
異世界式教育特務
TEACHER

Illust : Nardack

《序章》

「天狼星少爺，請用紅茶。」

「嗯，謝謝。」

離開獸國——亞比特雷的數日後。

我們的旅程一帆風順，把馬車停在離街道有一小段距離的原野上休息。

雖然以負責拉馬車的北斗的體力來說，跑一整天都沒問題，反正我們又沒在趕路，便在途中夾雜數次的休息時間，悠哉地前進。

我喝著艾米莉亞泡的紅茶，歇了口氣，聽見雷烏斯和北斗在不遠處對練的聲音。

「嘿咻……呼！」

「嗷！」

轉頭一看，雷烏斯正在用大劍不停擋掉北斗的連續攻擊。

他之所以一直處於守勢，完全沒有反擊，是因為這次進行的是和防禦有關的訓練，而非攻擊。北斗的前腳以驚人的速度揮出，雷烏斯好不容易才反應過來，用大劍抵擋。

「……嗷！」

「可惡……嗚哇!?」

看來北斗將速度提升了一個等級。

不只速度，牠還開始用尾巴攻擊，雷烏斯終究還是反應不過來，腹部被擊中，飛了出去。

「嗷！」

「唔……我、我還能繼續打！」

我聽不懂北斗在說什麼，應該是「給我站起來」的意思。

雷烏斯照牠所說立刻起身，調整紊亂的呼吸，繼續和北斗切磋。看這情況，雷烏斯的才能很快就會激發出新的才能。

另一方面，莉絲跟菲亞湊在一起討論，進行魔法訓練。

「嗯——力量控制在這個程度行嗎？」

「……不行。負擔還是太重，精靈不喜歡。」

她們好像想練習用精靈魔法使出合體魔法，可惜因為精靈那捉摸不透的個性，遇到了瓶頸。

但那兩個人可不會輕言放棄，而且凡事都要從錯誤中學習。我就閉上嘴巴默默看著吧。

其他人分頭訓練的期間，我和艾米莉亞打開在亞比特雷拿到的，我們目前所在的大陸——休普涅大陸的地圖，確認路線。

「照這個速度，明天就能抵達附近的城鎮。」

「從這座城鎮經由在這座山繞了一大段路的街道……就到聖多魯了。」

聖多魯。

很久以前就存在於休普涅大陸，據說是這個世界最大的國家。

我當然很期待進去世界第一大國參觀，不過這麼大的國家，感覺也會有許多內幕。我們本來就因為有菲亞和北斗在，格外引人注目了，惹麻煩上身的可能性非常高。

所以我本來打算先去休普涅大陸的其他城鎮或國家，仔細收集聖多魯的情報後再去，現在卻大幅變更計畫，決定直接前往。

為何要把行程提前呢？這是有原因的。

事情要追溯到數日前。

※※※※※

「嗚啊啊啊啊啊——!?」

「呃啊啊啊啊啊——!?」

企圖抓走亞比特雷國王女梅雅莉的貝爾弗德，計謀被我們阻止的一個月後。

我聽著今天也在訓練場迴盪的雷烏斯和奇斯的哀號聲，獨自來到獸王的辦公室。

「感謝您在百忙之中特地抽空見我一面。」

「不必那麼多禮。你想跟我說的是？」

「其實我在想，我們差不多該走了……」

「……是嗎？」

聽見身為冒險者的我們要離開，獸王一臉惋惜，可是叫傭人送上茶後，他的表情就變得跟平常一樣英氣煥發。

這段時間他挽留過我們好幾次，不過這次他也明白留不住人了。

「內人和奇斯自不用說，梅雅莉想必會特別寂寞。」

我們一準備離開，梅雅就一臉快要哭出來……不對，她真的是邊哭邊阻止我們，導致我們遲遲下不了決心。

拖著拖著，不知不覺過了一個月，昨晚梅雅終於願意體諒，我們便決定啟程。

「我們也很捨不得。但大家都是冒險者，不能一直待在同一個地方。」

「嗯，確實如此。我才要道歉，害各位逗留這麼久。何時啟程？」

「已經準備好了，預計最晚明天或後天出發。」

「知道了。那麼，我會準備與各位的貢獻相應的報酬，也算是感謝你們的各種照顧……這樣如何？」

獸王遞出一張推測是事先寫好的紙，上面記錄著我們的功績及報酬金額，我接過來一看……

「這……會不會有點太多了？我也有事相求，一半就足夠了。」

「雖然不方便大肆宣傳，各位可是拯救我國的英雄喔？而且你的請託對我們而言也非常有幫助。」

補充說明一下，我拜託獸王的是幫忙聯絡賈爾岡商會，補充我愛用的食材及調味料。

可能會有人想吐槽這點小事不該麻煩一國之君，不過我之前用這個國家沒有的食材做菜招待他們，獸王大受感動，從我口中得知負責銷售那些材料的是賈爾岡商會後，他馬上就下訂單了。

明明位於遙遠的另一塊大陸，他卻輕易同意與賈爾岡商會進行貿易，決定的速度之快害我大吃一驚。看來因為梅雅的關係，他對食物異常堅持。

於是我也搭上這班順風車，請他幫忙送信及補充食材。考慮到送貨所需的成本，報酬直接少掉一半都不奇怪。

「不僅幫忙除去了梅雅莉和內人的隔閡，更重要的是，你幫助小女的身心都得到了成長。裡頭也包含我個人的謝意，別客氣，儘管收下它。」

「……好的。那麼我就心懷感激地收下了。」

那是筆會讓人不好意思收下的巨款，但人家都這樣說了，繼續推辭反而有失禮儀。

我來到亞比特雷的原因之一是缺錢，如今問題順勢解決。有這筆錢就能暫時不用為旅費煩惱。

在我確認我事先跟獸王提到的魔石也有現貨可以提供時，他帶著有點嚴肅的表情，翻著桌上的文件問我：

「其實我也有件事想問你，你聽過聖多魯這個國家嗎？」

「只聽過名字。記得是這個世界最大的國家？」

「正是，該國位於休普涅大陸(Legendia)大陸的最北部……幾乎和我國亞比特雷在反方向。大約半年後，會在那裡召開國際會議(Legendia)。」

國際會議(Legendia)……十年一次，各國的重要人物及國王會在前一次會議決定的國家集合，分享自己國家的狀況及近況的世界規模會議……嗎？

只有有明確統治者的大國能夠參加，參加國並不多，受邀國也會經過這場會議的篩選。

意即有資格參加國際會議，就等於是公認的大國，是相當光榮的一件事。

「上次是在弗特大陸的某個大國舉辦。雖然也看到了不像一國之君的傢伙，是場頗有意義的會議。」

「這件事聽起來跟身為冒險者的我們好像沒什麼關係……」

「不，我不是希望你們來參加。其實我從各位口中聽說的艾琉席恩這個國家，也會出席國際會議，我想打聽一下國王是什麼樣的人。」

的確，之前獸王一家表示想多瞭解我們一點，我便跟他們分享在艾琉席恩數年來的生活。梅雅因此表示想去上學，害獸王跟奇斯激動到不行。

除此以外，我還跟他們提到我們和艾琉席恩的王族關係也不錯，就像跟獸王一家一樣，不曉得他想打聽艾琉席恩國王——卡帝亞斯的什麼情報？

「……不好意思，您為何會想問這個？」

「儘管國家及居住的大陸不同，王族和王族打好關係不會有壞處。而且你們信任的對象，自然比其他國王來得可信。」

在上次的國際會議上，獸王因為過於忙碌，沒跟卡帝亞斯講到幾句話，這次他似乎想積極和他攀談。所以他才來問我卡帝亞斯的資訊嗎？

「不僅如此，之前見到他的時候，我就覺得艾琉席恩的國王有種親切感。」

「這……我大概可以理解。」

兩個人都是笨爸爸，溺愛女兒的部分一模一樣。

從這一點來看，他們或許滿合得來的，不過……這兩個人會不會因為覺得自己的女兒更可愛而吵架啊？

「只要拿你當話題，他應該不會那麼防著我。在你方便透露的範圍內就行，可不可以跟我聊聊他？」

「我明白了。艾琉席恩的國王是個嚴厲卻親切的人，還曾經當過冒險者。他的興趣是品嘗美食……」

經過這半個月以來的相處，我明白獸王並非卑鄙小人，可是莉絲是艾琉席恩國王的親生女兒這件事，不該說出去。

於是，我先跟他說了包含個人見解在內的卡帝亞斯的性格，以及興趣、嗜好等無傷大雅的資訊。

從獸王口中得知聖多魯的情報後，到了晚上時間，我將其他人叫到房間，討論今後的方針。

「國際會議呀。全大陸的王族齊聚一堂的話，感覺會非常忙碌呢。」

「警備應該也會很嚴格，其實應該要等會議結束再去聖多魯比較好，即使如此，你還是要去嗎？」

「嗯，既然卡帝亞斯先生會參加，我打算至少去見他一面。莉絲也想見見父親吧。」

「那當然！不過，真的可以嗎？之前討論的時候，不是決定之後再去聖多魯？」

「反正終究得去一趟。別顧慮我們，放輕鬆就好。」

「謝謝，呵呵……不曉得爸爸過得好不好。」

雖說平常並不會看到莉絲想念故鄉的模樣，知道能見到父親，她果然很高興。

就這樣，下一個目的地決定了。這時我發現雷烏斯一直沒有說話，似乎在擔心什麼。

「我說，大哥。根據我的直覺，那種有一堆大人物的會議，莉菲姊是不是也會來？」

「……有可能。」

至今以來，莉絲頻頻透過賈爾岡商會跟莉菲爾公主和卡帝亞斯通信。信上也有寫到我們要前往目前所在的休普涅大陸，料到我們會採取什麼行動的莉菲爾公主，很可能會說身為下任女王，應該要累積這方面的經驗，跑來參加會議。

「話雖如此，未必見得到她。我也不好意思潑人冷水，但勸妳不要太期待。」

「我倒覺得莉菲姊一定會來。」

「我想看看他們。畢竟人家可是莉絲的姊姊和爸爸。」

「嗯，我也想把菲亞小姐介紹給他們認識。」

雖然無法想像身為姊姊的莉菲爾公主，遇到身代姊職的菲亞會發生什麼事，我也來祈禱姊妹倆能夠重逢吧。

出發的那一天……我們在城門口與獸王一家道別。

雷烏斯和奇斯互相碰拳，女性組在和梅雅跟伊莎貝拉聊天，我則與獸王握著手面對面交談。

「雖然以你們的實力應該不用擔心，路上小心點。」

「謝謝您的關心。那麼，讓我們在聖多魯再會吧。」

我已經跟獸王一家說過，我們會配合國際會議（Legendia）的時間移動到聖多魯。

他們還建議可以在這邊繼續待一陣子，跟獸王他們一同前往聖多魯，但我想一路慢慢逛過去，便婉拒了他的好意。

和獸王握完手後，與女性組道別完的梅雅用力往我身上撲過來。

「大哥哥……跟你們在一起好開心喔！」

「那真是太好了。能當妳的老師，我也很高興。」

「大哥哥教我的事，我會努力維持下去。然後……變得更加強大。」

「嗯，加油。可是，千萬不要獨自背負……」

「我知道。要跟大家商量……對吧？」

梅雅慢慢放開我，眼泛淚光，拚命擠出笑容，笑著為我們送行。

我在最後摸了她的頭一下，跟其他人一起坐上馬車，準備啟程。

對北斗敬禮的士兵們往馬車的前進方向排成一列，如同遊行的隊列甚至排到了城裡。

我有點傻眼，坐在馬車的車廂對獸王他們揮手……

「大哥哥——！我……長大後會變成和大姊姊她們一樣的好女人！到時要娶我當第四個老婆喔！」

「『別走——！』」

「北斗，快逃！」

「嗷！」

講點題外話，只有奇斯一人追到了城外。

晃。

※※※※※

……如上所述，匆匆忙忙離開亞比特雷的我們，正在前往聖多魯的途中順便閒

我靠地圖確認完所在位置及目的地時，莉絲和菲亞回來了，喝著艾米莉亞泡的紅茶吁出一口氣。

「呼……刪掉了許多沒必要的部分。」

「對呀，按照這個步調繼續加油吧。天狼星好了嗎？」

「嗯，等大家喝完茶就出發。北斗，雷烏斯，差不多……」

我轉頭想叫他們中斷訓練，卻看到尷尬地移開視線的北斗，以及呈大字型倒在地上的雷烏斯。

「嗷嗚……」

「呃……北斗先生說牠沒控制好力道。」

這個狀況用不著艾米莉亞翻譯，我也看得出來。

北斗一臉尷尬，但我能理解會不小心用力過猛的心情。因為雷烏斯最近開始嘗試各種戰鬥方式，有時會做出出人意料之舉。

儘管身為教人的那一方負擔會變重，我深深感受到雷烏斯的成長。

這正是「喜悅的悲鳴」吧。

「……要延長休息時間了。」

「嗯。」

「還打不過北斗先生啊……」

過沒多久，雷烏斯若無其事地醒過來，我們便重新出發，在被森林覆蓋的街道上前進。

順帶一提，為求保險起見，平常會跑在馬車旁邊的雷烏斯坐在馬車上，他卻已經蠢蠢欲動，想要活動身體。他被打倒的經驗特別豐富，因此恢復得也很快。

「欸，大哥。我沒事了，可以去外面跑一下嗎？」

「不行，再好好休息一下。閒得發慌的話，就仔細回想輸掉的理由。想像訓練是很重要的。」

「輸掉的理由啊。北斗先生動作太快，我來不及思考牠數回合後的行動……」

由於種族不同的關係，雷烏斯和北斗之間存在壓倒性的能力差距，光靠預判行動實在無法對抗牠。等他累積更多經驗，訓練直覺，應該就能跟牠互相抗衡。

「可是就我看來，光是能預判北斗的攻擊就很厲害了，更別說看見。」

「只要多跟牠打幾次，菲亞姊也辦得到。順便說一下，大哥的攻擊是像這樣……彎來彎去的，難以預測，北斗先生則是咻咻咻地殺過來，不容易躲開。」

「對不起，我聽不太懂。」

「大概只有雷烏斯聽得懂。」

能徹底理解剛才那段說明的，只有靠本能揮劍的萊奧爾爺爺吧。看他成長得這麼順利確實值得高興，但他還是一樣不擅長教人。

我有點無奈地看著雷烏斯，這時馬車突然停下，北斗抽動鼻子，開始戒備周遭。

「……嗷！」

「敵人嗎？」

「天狼星少爺，有東西在接近這邊。」

我立刻發動「探查」調查四周，疑似有馬車正在從前方接近。

這裡是街道，其他馬車經過並不奇怪，我在意的是馬車明顯在全速行駛。擴大調查範圍後，很快就查出了原因。

「北斗，往旁邊移一些，讓路出來。我們……」

「準備就緒。」

「我也沒問題。」

「精靈也來警告我了。數量似乎相當多。」

逐漸接近的馬車，好像在被魔物追。

看那個速度，要是我們跟那輛馬車擦身而過，可能會撞在一起，因此我叫北斗把馬車拖到路旁，等了一會兒，看見揚起大量塵土狂奔而來的馬車，以及許多追在後面的魔物。

「果然有魔物在追他們，真是拖了一大堆過來啊。」

「雖然勉強逃到了這邊，照這情況馬匹的體力會撐不住。推測不久後會被追上。」

緊逼而來的馬車後面，有一群體積比北斗小兩圈的黑色狼魔物——梅爾基狼在窮追不捨，上方還有幾十隻巨大蜜蜂魔物。

「那是魔花蜂。牠們會出現在街道上還真稀奇。」

「魔物出現在街道很稀奇喔？」

「魔花蜂只會在森林深處築巢，很少在這種地方攻擊人。看來那些人是採集蜂蜜時惹到牠們的冒險者。」

從那種蜜蜂的巢穴採集到的蜂蜜不僅美味，營養也相當豐富，採集時卻需要對付保護巢穴的大量魔花蜂。

會同時有將近一百隻跟我的手臂一樣大的蜜蜂撲上來，因此這個任務需要相應的準備及實力。講白了點，牠們應該比在地上奔馳的梅爾基狼更難纏。

「目前無法判斷狀況，總之先用魔法掩護他們吧。之後再看對方的態度決定如何行事。」

「瞭解。」

「嗷！」

馬車上的人一下射箭，一下隨手拿東西扔出去抵抗，可惜魔物實在太多，不怎麼管用。

我們也使用魔法迎擊，卻因為要留意不要打中馬車，沒能減少太多魔物。

蜜蜂逐漸聚集，馬車在靠近我們的時候，坐在前室手握韁繩的男人發現我們，大喊道：

「喔喔，他們看起來挺不錯——」

「廢話少說！快逃啊！」

然而，從馬車內部看過來的男人一吼，那輛馬車就直接從我們前面經過，速度絲毫未減。

突然停車反而更危險，而且那些人也是在拚命求生，我不怪他們。可是，基本上會追著逃跑對象的魔物突然停止追馬車，倒是出乎意料。

而且魔物就在我們面前，似乎只能把牠們處理掉了。

「沒辦法。趕快清一清……嗯？這股味道是？」

「是那個，大哥。剛才從馬車掉下來的。」

我望向雷烏斯指著的地方，馬車駛過的街道正中央，掉著一個鐵箱。

大小勉強能把我塞進去，從外面看不見內容物，散發出隔了一段距離都聞得到的刺激性氣味。

「唔唔……什麼味道啊？好刺鼻，我不太喜歡。」

「他們用了能吸引魔物的果實。這麼強烈的氣味，應該不只一、兩顆。」

大量的魔物圍在鐵箱旁邊，彷彿要證明菲亞說的是對的。

而且那股味道八成還有使魔物興奮的作用，而不只是吸引牠們。多到滿出來的魔物疑似盯上了我們。

「從時機來判斷，我不認為是碰巧掉出來的。」

「是的，我們似乎被當成誘餌了。」

無論是意外還是刻意之舉，把自己引來的魔物丟給其他人，不可饒恕。

儘管只看到一眼，車上的人的長相及馬車的特徵我都記住了，進城後得去跟冒險者公會報告。

在那之前……

「嗷！」

「我知道，先解決牠們再說。」

受到有著明顯實力差距的北斗的威嚇，魔物依然沒有要逃走的跡象，或許是因為處於興奮狀態。看來只得一戰。

狼有十隻，蜜蜂有將近五十，數量挺多的，但以我們的實力不成問題。

「雷烏斯和北斗負責狼。蜜蜂由我們擊落……」

在我分配任務，以迅速殲滅敵人時，看著鐵箱的我發現一件事。

「!?計畫變更！所有人在對付魔物的同時跟我來！」

雖說事發突然，大家還是冷靜地採取行動，跟在我後面。

我們擊倒蜂擁而至的魔物，靠近鐵箱，其他人也發現我變更作戰計畫的理由。

「箱子裡面有人嗎!?」

「是女孩子的尖叫聲！奈雅，小心別打中箱子。」

「以箱子為中心組成圓陣！菲亞！」

「嗯，我要來一發大的囉！各位，上吧！」

避開鐵箱射出的水球及龍捲風，將聚在鐵箱旁邊的狼與蜜蜂掃蕩乾淨。

這段期間，北斗和雷烏斯從左右兩側突擊，幫忙擋住狼魔物，於是我帶著艾米莉亞接近鐵箱。

「還好嗎！我們馬上救妳出來，請妳出個聲！」

「嗚!?啊啊……」

走到鐵箱前面時，我清楚聽見剛才被魔物的叫聲蓋過，只聽得見一些哀叫聲。

聽這聲音推測是女孩子，鐵箱上面除了門以外，只有幾個小小的氣孔，因此無法得知裡面的狀況。

至少可以確定裡面的人在害怕，艾米莉亞呼喚她好讓她安心，握住鐵箱的門。

「唔……鎖住了！」

「如果時間足夠，用道具應該打得開，不過直接砍斷比較快。」

「包在我身上！」

對於嗅覺敏銳的艾米莉亞來說，這種吸引魔物的果實的氣味，應該讓她相當難受。

不過，她依然拚命忍耐，集中魔力，射出小小的風刃，精準砍斷門鎖的連接處。

在我為她的技術心生讚嘆之時，鐵箱打開，我和艾米莉亞一起探頭窺探內部，看見一名驚恐地看著我們的少女。

「不要……」

「太過分了。竟然把這麼小的孩子關在裡面。」

「要生氣之後再說。我們是來救妳的，過來吧。」

我盡量放輕語氣，朝少女伸出手，她卻坐在角落不肯移動。畢竟現在是這個狀況，會怕陌生人才正常。

本想交給同為女性的艾米莉亞，先讓少女恢復鎮定再說，不過……

「嗷！」

「大哥！北斗先生說又有魔物過來了！」

魔物開始對箱子裡的腐爛果實的氣味產生反應，沒時間繼續待在這邊。

然而，少女身上也沾到果實的汁液，光把她帶出去是不行的。

「莉絲，麻煩妳幫她全身清洗一遍。」

「嗯，我馬上準備。奈雅，拜託了。」

雖然這樣對她不太好意思，我要稍微強硬一點了。

晚來一步的莉絲馬上掌握現況，拜託精靈奈雅製造水球。我抓住少女的手臂，強行把她拉出箱子。

「嗚嗚……」

我已經做好被她咬的覺悟，少女卻連抵抗的體力都不剩，乖乖被我抓著。

「抱歉，忍耐一下。」

少女的手臂瘦弱得彷彿用力一握就會斷。除了因為她還是個孩子外，那些人恐怕沒有提供正常的食物給她。

但我還是二話不說將少女扔進水裡，水聽從莉絲的命令，散發淡淡的光芒，少女身上的髒汙開始脫落。

接下來只要等她清洗乾淨，趁新的魔物聚集過來前離開此處即可，艾米莉亞和莉絲卻錯愕地看著那名少女。

「大哥，狼大部分都解決掉了！」

「我這邊也搞定了。她沒事吧——呃，這孩子是!?」

鐵箱裡面太暗，所以我剛才沒看清楚，現在在陽光底下仔細看過一遍，我發現少女擁有我們身上沒有的特徵。

金髮及肩的少女背上……

「這孩子……是有翼人嗎？」

長著一對如同天使的純白翅膀。

可是，我們驚訝的不只這個。翅膀本來應該要左右大小一致，少女右邊的翅膀卻明顯比較小。

有翼人。

如名字所示，是背上長有翅膀的人型種族。

根據傳聞及資料記載，人口極度稀少，一輩子都會在位於休普涅大陸某處的深山部落度過，是跟妖精一樣罕見的存在。

救了有翼人少女的我們，在新的魔物被氣味引來前離開現場，移動到安全的場所。也許是莉絲的魔法把味道徹底洗掉了，魔物沒有要追上來的跡象，看來可以暫時放心。

找到適合的地點時，天色已暗，我們便分頭著手紮營。

我一面烹調煮得愈來愈順手的養胃湯，一面呼喚陪著躺在馬車裡的少女的女性組。

「那孩子的情況如何？」

「還沒有要醒來的跡象。」

「傷口都治好了，呼吸也很平穩，應該是沒事，但我開始擔心了。」

離我們遇到她已經過了數小時，我們對少女卻一無所知。

因為那個時候，被我扔進莉絲製造的水球裡的少女在水裡掙扎，過沒多久就突然昏了過去。

她只在水裡待了短短幾秒，再說，莉絲有把水調整成可以呼吸的狀態，所以我猜她是瞬間放鬆下來，才會失去意識。被那種水包覆的感覺挺舒服的，可能是其中蘊含莉絲的溫柔。

總之，少女仍未清醒，不過我剛剛用「掃描」診斷過，確認只有營養不良導致的身體衰弱，沒有致命的傷勢或疾病。

幸好除了摔下馬車時不小心撞到外，沒看到其他傷痕，大概是因為品種稀有的關係沒有挨揍。

「話說回來，這孩子真神奇。」

「對呀，我也是第一次遇到，跟我聽說的有翼人好像不一樣。是她比較特別嗎？」

聽說有翼人能夠在一定程度內於空中自由飛翔，不愧是有翅膀的種族。

平常收起來的翅膀張開後似乎滿大的，在空中移動時要藉由翅膀做調整，翅膀對有翼人來說理應非常重要。

這名少女左右兩邊的翅膀卻大小不一，任誰都看得出來。

推測是遺傳或其他原因所致，可是仔細一想，我從來沒看過有翼人，也有可能這樣才是正常的。

搞不好長大後自然就會變得一樣大，還是別太過深入好了。要論稀奇的話，和我們共同行動的妖精跟百狼也毫不遜色。

「比起翅膀，我更擔心她的身體。真是的，竟然這樣對小孩子。」

「嗯，把她丟下馬車，害她餓得瘦成這樣，太過分了。」

「人們對待奴隸的時候，只會給勉強活得下去的食物，好讓他們打消反抗的念頭。被打當然很討厭，但肚子餓也很難熬呢……」

少女的頭髮沒人幫她整理，毛毛躁躁的，身形消瘦，反映出營養不良的事實。

看見她這副模樣，曾為奴隸的艾米莉亞大概是想到不堪的回憶。她哀傷地凝視少女，我伸手撫摸她的頭。

「那等她醒來，得立刻讓她吃些東西。艾米莉亞，冷靜點，看見妳那種表情，她也會不安的。諾艾兒跟你們第一次見面時，是那樣的表情嗎？」

「……不。姊姊總是面帶笑容，溫柔地對待我們。」

當時的諾艾兒雖然有點緊張，卻用宛如孩童的純真笑容讓姊弟倆敞開心房。

艾米莉亞在被我摸頭的期間恢復平靜，所以我繼續動手煮湯，這時出去狩獵的雷烏斯和北斗回來了。

「歡迎回來。獵到了一隻大傢伙啊。」

「嗷嗚……」

北斗將放完血的獵物放到我面前，把頭蹭過來，我認真摸了牠的頭一遍。

跟上輩子還是狗的時候比起來，北斗的體積變得相當大，會拿戰利品過來要我誇獎牠的這部分倒一點都沒變。

「雷烏斯也辛苦了。你的收穫如何？」

「大豐收。巢比想像中還大，不過數量變少了，處理起來還滿輕鬆的。」

我接著從雷烏斯手中接過一個大袋子，打開來一看，裡面裝著散發甘甜香氣的物體——魔花蜂的巢穴。

既然牠們派出兵力攻擊我們，巢穴應該不會守得那麼嚴，因此我派雷烏斯去採集蜂巢，順便當成訓練。

蜂巢好像太大了，他只帶回來一部分，就算這樣，裡面還是有滿滿的蜂蜜及蜂蛹。這個狀態不方便食用，我便請雷烏斯幫忙把蛹和蜂蜜挑出來。

「交給我吧。是說大哥，那女孩醒了嗎？」

「還在睡。對了，有空的話來做做看用那種蜂蜜入菜的料理好了。那東西很營養。」

「那做那個來吃啦，那個！」

「不錯呀。我也來幫忙。」

雷烏斯說的「那個」，是淋上大量蜂蜜的法式吐司。我每次做的時候，弟子們都會展開爭奪戰，是搶手菜色之一。

愛上蜂蜜的莉絲也伸出援手，將從魔花蜂的蜂巢裡取出的蜂蜜裝滿事先準備好的容器，成熟到可以食用的蜂蛹也挑到木盤上。

長大的魔花蜂雖然很大一隻，剛出生的只有我的小拇指大。蜂蛹看起來是有點噁心沒錯，但它的營養比蜂蜜更加豐富，還有美容效果，是女性也喜歡的食材。

蜂蜜我打算用在明天的早餐或點心上，所以先放著，蛹就直接拿來做晚餐吧。

「天狼星少爺，既然您要多做一道菜，我來看著湯吧。」

「妳不去照顧那孩子嗎？」

「擔心歸擔心，有菲亞小姐在，而且比起乾等，做點事比較能分散注意力。」

「這樣啊，那就拜託妳了。」

「這孩子交給我吧。」

就這樣，我們跟平常一樣分工合作，我思考著晚餐要用今天收穫的蜂蛹做什麼樣的菜色。

湯和晚餐煮好後，我們都吃完了，少女仍舊沒有清醒，於是我們圍著篝火，再次討論起她的問題。

「能看見罕見的有翼人固然值得高興，真沒想到會在這種情況下遇到她。」

「對呀，可以的話，我想在一般的情況下認識她，和她聊天。」

「但我們救了一個小孩，不全是壞事。話說回來，天狼星少爺，您打算怎麼處置那孩子？」

「如果辦得到，我想送她回家人或同族那裡。可是要先跟她談過再說。」

身為外人的我們沒道理為她做這麼多，不過相遇即是緣分。無論如何都不能把小孩丟著不管，而且護送她到家人身邊，說不定能認識有翼人。

聽完我的說明，兩姊弟和莉絲高興地點頭，只有菲亞露出無奈的苦笑。

「你還是老樣子，明明什麼都還沒搞清楚。」

「這趟旅程的目的是增廣見聞，多認識一些人不會有壞處吧？」

「我同意。正因為你是這種人，我才能一直像這樣享受愉快的旅行。」

跟菲亞相遇的時候，我從惡徒手下救出她的原因不只一個，其中最重要的，就是我想和她當朋友。

那時我只是把她當成朋友對待，不知不覺卻跟她成為戀人，一同旅行，真不可思議。

我喝著艾米莉亞泡的紅茶回憶往昔，趴在我旁邊的北斗輕輕叫了聲。

「大哥，北斗先生說那孩子好像快醒了。」

「知道了。那麼，公主殿下的心情不知道如何呢。」

醒來的同時，有不認識的人在身邊應該會嚇到她，因此我們沒有移動，而是靜靜等待少女睜開眼睛。

少女掀開毛毯，緩慢坐起身子，睡眼惺忪地環顧周遭，大概是不記得昏倒前發生的事。

「……這裡是哪裡？」

她疑惑地從馬車裡探出頭，發現我們的存在，停止動作。

少女收起來的翅膀一口氣張開，有如受到驚嚇時豎起尾巴的銀狼族姊弟。儘管這樣講有點輕浮，這副模樣挺可愛的。

艾米莉亞跟過去的諾艾兒一樣，溫柔呼喚展開大小不一的翅膀戒備我們的少女。

「晚安，身體還好嗎？」

「……大姊姊，妳是誰？」

少女似乎稍微放鬆戒心了，緩緩收起翅膀，可愛地歪過頭。

擅自走動會有危險，所以我本來打算萬一她嚇得逃走，要硬把她抓回來，幸好暫時不用擔心的樣子。

「我叫艾米莉亞。待在那很冷，來這邊一起取暖吧？」

「妳會不會餓？還有熱湯可以喝喔。」

「啊唔……」

不知所措、惴惴不安的少女，疑似激起了她們的母性本能，艾米莉亞和莉絲對少女投以想把她緊緊擁入懷中的熱情視線。

少女慢慢環視我們每一個人，最後……

「哎呀，妳比較喜歡我嗎？」

「……嗯。」

「「怎麼會!?」」

「嗚!?」

她躲到默默旁觀的菲亞背後了。

少女被大受打擊的兩人嚇了一跳，不肯離開菲亞，我看就讓她帶頭吧。

「那先從自我介紹開始囉。我叫菲亞。可以告訴我妳的名字嗎？」

「……卡蓮。」

「妳叫卡蓮呀。這名字真可愛。」

少女——卡蓮紅著臉，翅膀微微抖動，大概是在高興名字被人稱讚。

「接下來輪到我了。剛才也跟妳自我介紹過，我叫艾米莉亞。」

「我是莉絲。妳好，卡蓮。」

「…………」

艾米莉亞和莉絲跟著自我介紹，卡蓮卻害怕地躲到菲亞身後。

那明確的拒絕，使兩人嘆著氣垂下肩膀。

「不用怕。這裡的人絕對不會對妳做什麼……好嗎？」

「可是，我怕……」

恐怕是在被囚禁的那段時間吃了許多苦頭，導致她對人類抱持強烈的不信任感。

就算我們說自己跟那些人不一樣，小孩子的觀念可沒那麼容易改變。最好的做法應該是避免貿然刺激她，直到她明白我們沒有危險，可是為什麼菲亞她就不會怕？

「但妳不會怕我耶？」

「嗯，總覺得大姊姊妳不太一樣。」

也許是因為兩人同為稀有種族，導致她下意識被菲亞吸引。

算了，暫時不去探討理由，有個多少願意相信的對象很有幫助。這樣就能跟卡蓮問話，不用擔心她逃跑。

「換我了。我叫雷烏斯……」

「嗚!?」

「為什麼!?我只說了名字！」

「誰叫你突然大聲說話。而且你那麼高大，跟人家說話要多注意一點。」

「大哥！怎樣才能變矮？」

「別說傻話了。」

撇除掉北斗，雷烏斯在我們這群人裡面身高最高，就小孩子看來想必很有壓力。

他被艾米莉亞訓了一頓，轉而向我求助，卡蓮納悶地盯著雷烏斯。

「瞧，別看他那麼壯，他超怕姊姊的。不可怕對吧？」

「……嗯。」

令人遺憾的是，卡蓮好像接受了這個說法。

雖然雷烏斯很可憐，卡蓮看見他的弱點，稍微放鬆戒心了，可以說值得慶幸……吧。

「然後，那隻大狼叫北斗。看起來很恐怖，其實是非常可愛又可靠的孩子哦。」

「狼先生……」

出乎意料的是，卡蓮好像不會怕北斗，我猜是多虧牠一直安靜地趴在地上，以免嚇到人家。

「最後是那位大哥哥。他叫天狼星，是我們的隊長。」

「妳好，卡蓮。」

「…………」

為了盡可能不刺激到她，我對她微笑，她卻還是會害怕，一句話也不回。儘管有些遺憾，反正沒必要著急，我就慢慢跟她打好關係吧。

自我介紹完後，也該讓卡蓮吃點東西了。

艾米莉亞察覺到我的視線，靜靜點頭，將剛才煮的湯盛到木盤裡，遞給菲亞。

「卡蓮，有那兩個人為妳煮的湯，要吃嗎？熱熱的很好吃喔。」

「可以嗎？」

「當然可以。妳不吃的話我們就吃光囉？」

她舀了一匙湯送到卡蓮的鼻子前面，抵抗不了饑餓感的卡蓮乖乖吃了下去。順帶一提，艾米莉亞跟莉絲八成也想餵她，在旁邊咬牙切齒，我就當沒看見吧。

「……好吃。」

「這樣呀。妳有辦法自己喝嗎？」

「嗯，可以。」

卡蓮從菲亞手中接過盤子，因為湯太燙而陷入苦戰，但她還是一口接一口地喝著。

看到她邊喝邊稱讚，我是很高興沒錯，可惜她只有嘴角微微上揚，並沒有笑出來。

她才剛認識我們，又遭受那樣的虐待，這也是無可奈何，希望她以後可以發自內心展露笑容。

過沒多久，喝完湯的卡蓮平靜下來了，菲亞再次向她提問。

「卡蓮今年幾歲？」

「嗯……五歲。」

「那妳知道爸爸媽媽在哪裡嗎？」

「…………我不想說。」

「傷腦筋。我們想送妳回爸爸媽媽身邊耶。至少告訴我們妳家在哪裡好不好？」

「可是，講了會被罵。」

看她怕成這樣，丟掉卡蓮的那些人八成也問了同樣的問題，在她回答後對她做了什麼過分的事。

眾人默默為那群幼稚的傢伙燃起怒火，菲亞將憤怒壓抑在心裡，溫柔地勸導卡蓮。

「我們絕對不會生氣，告訴我們好嗎？」

「…………我不知道。」

「意思是不只妳家在哪裡，妳連這裡是哪都不知道嗎？」

卡蓮戰戰兢兢地點頭肯定菲亞的疑問。她還只有五歲，不知道也很正常。

「卡蓮跟媽媽散步的時候，掉進河裡。醒來的時候媽媽不見了，只看到那些可怕的人……」

「是嗎，可憐的孩子。」

卡蓮應該是想起家人了，露出泫然欲泣的表情，菲亞本想摸她的頭，但她的手一靠近，卡蓮就想躲開，看來不能隨便亂摸。她搞不好被那群人打過，才會想保護頭部。

即使如此，菲亞還是很有耐性地繼續跟她說話，幫忙問出許多卡蓮的情報，我試著整理了一下狀況。

卡蓮原本在有翼人居住的村莊跟家人一起生活，外出散步時受到不明人士的襲擊，掉進河裡。

她就這樣漂到下游，被那些人——據卡蓮所說，好像是商人——抓住。

他們硬是將卡蓮關進那個鐵箱，只提供少量的水和食物。數日後，馬車突然開始搖晃，接著是劇烈的衝擊襲來，她透過鐵箱的縫隙看見魔物，害怕不已，我們正好在這時趕到。

這樣聽起來滿慘的，不過也有幾個幸運的部分。

掉進河裡還沒事、被抓去當奴隸只過了幾天……之類的。

看起來也不像以前的艾米莉亞那樣，有留下心靈創傷，現在只是無法適應狀況的變化，對周圍的環境比較敏感吧。

幸好她至少願意對菲亞敞開心房，只要我們和她相處時多加留意，帶她同行應該不成問題。

不知不覺間，卡蓮靠著菲亞沉沉睡去，似乎是喝湯喝飽了。

女性組全被那天真無邪的睡臉擄獲，雷烏斯則小聲詢問我今後的計畫。

「結果還是沒搞懂有翼人是什麼樣的種族。大哥，你之後打算怎麼辦？」

「明天會抵達附近的城鎮，在那邊收集情報。有翼人是罕見的種族，去公會打聽一下，總問得到棲息地的線索吧。」

雖然未必是正確地點，只要帶卡蓮去氣氛相似的地方，她可能會想起什麼。

找到那名商人直接問他也不是不行，可是那傢伙不僅把卡蓮當成奴隸，還把魔物丟給我們處理，獨自逃跑。我並不想特地回頭找他，這就當成最後手段吧。

除了情報，進城後還得幫卡蓮買件衣服。

我們救出她的時候，卡蓮身上只有一件能遮住身體、如同破布的衣服，目前是在艾米莉亞的備用襯衫上硬剪出翅膀的洞給她穿。

「今天先休息，為明天養精蓄銳。」

「說得也是。那今晚的守夜順序就由我先……」

「不，菲亞不用守夜，去陪卡蓮睡吧。睡到一半突然醒來的時候，妳不在身邊她應該會很不安。」

「對啊，我們來就好。」

「嗷！」

「那我不客氣囉。呵呵……有小孩的感覺是不是就是這樣？」

菲亞溫柔地抱起卡蓮，回馬車裡面就寢。

平常她總是表現得跟大家的姊姊一樣，不過這樣一看，簡直像個母親。感覺稍微看見了菲亞的新魅力。

「啊啊，我也好想陪她睡覺……」

「我也想中間隔著卡蓮，跟天狼星少爺一起睡。好像一家人喔……呵呵呵。」

我安撫著誠心感到羨慕的兩位女性，決定好輪班順序。

隔天，最後一個守夜的我，配合大家的起床時間準備早餐。

餐點一做好，他們八成就會聞到味道，自然醒來，但我做菜時還是盡量避免發出聲音。煮到一半，我突然感覺到背後有股視線。

「…………」

「……是卡蓮嗎？」

轉頭一看，卡蓮從馬車裡探出頭盯著我。

一跟我四目相交，她就立刻躲起來，過沒多久又再度探頭，我笑著對她說：

「肚子餓了嗎？早餐快好了，妳再等一下。」

「!?」

卡蓮只是警戒地張開翅膀，沒有移動。

昨晚她只有喝湯，照理說應該已經餓了，看來她挺能撐的。

之後，醒過來的艾米莉亞和莉絲也試著呼喚卡蓮，她卻始終沒有靠近我們。

「沒辦法。她似乎餓了，我還以為拿肉給她看就能吸引她過來……」

「嚼嚼……肚子餓了還硬撐，對身體不好啦。」

「嚼嚼……對呀。肉乾這麼好吃。」

「結果引來的是平常這兩位。」

卡蓮無視彷彿在演搞笑短劇的三人，不肯離開菲亞身邊。

洗臉的時候也是，移動到馬車後面換衣服的時候也是，她都跟在菲亞身後，儼然是我上輩子看過的母鴨與小鴨。

順帶一提，總是待在我旁邊的北斗為了不嚇到卡蓮，現在在稍遠處看守，等等得幫牠梳個毛。

「好，今天我聽你們的要求，做了法式吐司。拿盤子過來排隊。」

「「是——」」

「法式……什麼？」

「簡單地說，類似把麵包拿去煎的甜點。甜甜的很好吃。」

在菲亞跟她說明的期間，我煎好一片又一片的吐司，放到乖乖排隊的弟子的盤子上，再視個人喜好淋上昨天採集到的蜂蜜，大功告成。

所有人都分到吐司後，我也跟著開動，只有卡蓮拿著盤子僵在那邊。艾米莉亞說，奴隸會被灌輸最後一個吃飯才正常的觀念，所以她不知道可不可以馬上開動。

「怎麼了？不快點吃會涼掉喔。」

「……卡蓮也可以吃嗎？」

「當然，那是為妳做的，妳不吃的話我會很傷腦筋。」

我這句話似乎讓她下定了決心，卡蓮咬了口淋滿蜂蜜的法式吐司，背上的翅膀立刻發出聲音展開。

那過度的反應使我們大吃一驚，卡蓮則把我們晾在旁邊，繼續埋頭猛吃，轉眼間吃得一乾二淨，兩眼仍直盯著盤子，一副嫌不夠的模樣。我特地按照她的食量調整過分量，結果好像切得太小塊了。

「呵呵，妳好像吃不夠。還想吃的話，去拜託天狼星看看？」

「不過……」

「小孩子用不著客氣，可是要注意別吃壞肚子喔。」

「那……卡蓮還想吃，還要……淋很多蜂蜜。」

「可以啊，到這邊來。」

卡蓮提心吊膽地走到我前面，我剛把第二片吐司放到盤子上，她就逃到菲亞背後躲起來。

看來還得再花一些時間，才能跟她拉近距離。不曉得要等多久，她才能跟姊弟倆和莉絲一樣，大膽地再要一份。

「再來一片。」

「大哥，我還要！」

「天狼星少爺，請問可以再給我一片嗎？」

不……要是她變得這麼主動，我也會有點困擾。食慾旺盛的孩子已經夠多了。

結果，我和卡蓮的距離幾乎沒有縮短，我們吃完早餐收拾好東西，再度踏上旅程。

雖然卡蓮因為想起被商人抓走的回憶，不肯上馬車，只要跟菲亞黏在一起就沒問題，因此我們似乎能按照計畫，在今天之內抵達城市。

之後，在馬車的車廂內，坐在菲亞旁邊的卡蓮舉辦了一場說明會。

「那種鳥叫盧凱因鳥，是只能在這一帶看見的鳥。」

「是地方特有種呀。那妳知道那朵花是什麼花嗎？」

「唔……是蜜歐莉花。它會在天氣冷的時候開花，磨碎了吃下去，可以治肚子痛。」

「卡蓮懂得真多。」

「是媽媽教的。」

和昨晚不同，卡蓮今天話比較多一些，或許是體力恢復了。

雖然表情還是沒有太大的變化，只有被菲亞稱讚的時候，她會高興得拍動翅膀。這個畫面真的很溫馨。

「還有，書上也有寫。」

「卡蓮已經看得懂字啦？」

「嗯，一點點。」

我跟艾米莉亞坐在前室，看著拍動翅膀和菲亞聊天的卡蓮的背影。至於雷烏斯和莉絲，他們在地上邊跑邊聽兩人交談。

「她好厲害喔，大哥。我這個年紀別說識字，連世界上有書這種東西都不知道耶？」

「我也是。看來卡蓮是個非常用功的孩子。」

「你們以前過的生活與文字無緣，這也沒辦法。話說回來……」

卡蓮的發言使我覺得有點奇怪。

如我剛才所說，銀狼族這個種族住在遠離人跡的森林深處，幾乎沒必要學會看字。

聽說有翼人也是住在遠離人類都市的地方，同樣不需要學習文字。而且那裡還有書，這一點也不太合理，莫非他們其實會私下跟人類交流？

另一件令我在意的事是，卡蓮不太害怕北斗。她會怕人類及魔物，對北斗則是在明白牠不會攻擊自己的同時，就不再畏懼。

儘管有一些疑點，在她們聊得不亦樂乎的時候潑冷水也不太好。之後再找機會問菲亞吧。

「原來卡蓮喜歡看書呀。」

「嗯，卡蓮喜歡看書。可以學到各種知識……很有趣。」

「那妳知道這個嗎？那種蜜歐莉花比起磨碎後再吃，晒乾後用熱水泡來喝更有效。」

「是嗎？」

換我補充一句，拿乾燥的蜜歐莉花去泡茶，可以除去多餘的成分，更有效率地攝取所需的成分。喝太多反而會腹瀉，要多加留意。

聽見菲亞分享的小知識，卡蓮好奇地拍翅。

「可是……為什麼？」

「咦!?呃……講起來有點複雜。跟妳講鎮靜作用，也不知道妳聽不聽得懂……天狼星，麻煩你了。」

「要我來是可以，但卡蓮不是會怕我嗎？」

「為什麼？」

「你看，她那麼期待。」

她抓著菲亞的袖子，兩眼卻認真地盯著我，彷彿在表示想要知道答案。看她這麼專注，應該不用擔心，大不了到時再跟她保持距離。

於是，為了方便卡蓮理解，我盡量使用簡單的文字說明。

「……總之就是，裡面含有那種成分。」

「唔……嗯，很有趣。」

我不時向她確認有沒有聽懂，試著跟她解釋，令人驚訝的是，卡蓮完全聽懂了。而且我提到她從未聽過的詞彙時，她還會展現出想要馬上理解那個意思的求知慾。

現在我知道了，這孩子不只好奇心旺盛，腦袋也相當聰明。

「卡蓮跟我一樣，會想接觸、瞭解各種事情呢。等妳長大，或許可以去當冒險者。」

「媽媽跟卡蓮說，冒險者要和魔物戰鬥，很可怕。」

「對呀，魔物確實可怕。不過妳今天早上吃的蜂蜜，就是那個可怕的蜜蜂魔物做的喔？」

「!?明明那麼好吃？」

仔細一想，今天早上吃法式吐司的時候，比起吐司，她好像更愛吃蜂蜜。

知道真相的卡蓮像被雷劈到似地瞪大眼睛，八成是沒想到攻擊自己的蜜蜂，會製造如此甘甜的蜂蜜。

「成為冒險者可以學到很多事，代價就是必須變得強大到能對抗魔物。」

「一定要打架嗎？」

「不一定，但不管怎樣，最好學會戰鬥。重要的是變強。這一點妳要記住。」

「……嗯。」

菲亞不是在逼她，而是想教卡蓮至少要能保護好自己。這一點我也有同感。即使她平安回到村落，一輩子都不離開，未必不會再發生同樣的意外。

儘管這樣講對小孩子來說太過嚴厲，這也是因為她是真的在擔心卡蓮。更重要的是，菲亞的眼神充滿慈愛之情，用不著我插嘴。

在那之後，我們在街道上繼續前進，一面打倒偶爾會冒出來的魔物。在太陽開始下山時，抵達漢賈這座城市。

漢賈的規模雖然連亞比特雷的一半都不到，由於它位在亞比特雷和聖多魯的中間地帶，是座用來提供旅人休息的城市，自然會有許多冒險者及商人聚集而來。

我們走在人潮眾多的路上，因為北斗及菲亞的關係，照樣引人注目。

「目前似乎沒人用意圖不軌的眼神看卡蓮。」

「最顯眼的是翅膀，只要把翅膀遮住，看起來就跟一般的小孩一樣。」

我們先讓卡蓮穿上大人穿的斗篷，遮住翅膀，這樣就暫時不用擔心被看出是有翼人。

「不如說，我們之中有比卡蓮更引人注目的人……」

「不能大意。尤其是卡蓮，小心不要突然動翅膀。」

「……嗯。」

她抓住菲亞的袖子，雖然很怕周圍的行人，還是乖乖點了下頭。

我們在眾人的注目下順利找到旅館，可惜旅館的店長不是獸人，所以北斗只能睡在用來停馬車的倉庫。

我告訴北斗睡前會來幫牠梳毛後，來到旅館的食堂吃晚餐。

「這道料理好辣，跟外表看起來的感覺差真多。原來還有這種調味方式呀。」

「挺美味的，可是對我來說味道有點太重。」

「我也覺得。還是大哥的調味最剛好。」

我們坐在六人座，享用這個地區獨特的風味，把每種料理都吃過一遍後，莉絲和雷烏斯這對大胃王姊弟還吃不夠的樣子，又繼續加點。

至於卡蓮，她吃完一人份的一半就滿足了。

「妳只吃了一個，不吃了嗎？」

「嗯，好飽。」

「會不會吃太少了啊？不吃多一點，小心長不大喔。」

「對呀，花這麼少的時間享用美食，太浪費了。」

「請兩位適可而止。卡蓮跟你們不一樣。」

卡蓮在我們這群人之中，是稀有的小鳥胃，雖然有部分是因為她還小。

我們邊聊邊等待加點的料理送上來，討論今後的行程。

「明天就在城裡閒逛，一邊收集有翼人的情報吧。等等還得檢查物資的存量。」

「好的，物資由我檢查就好，天狼星少爺請好好休息。畢竟很久沒有睡在床上了。」

「就算睡在外面也有北斗看著，不必擔心，可是住旅館的感覺還是不一樣。」

「對呀，一直睡外面，卡蓮也很累吧？」

「現在很暖，所以沒關係。」

「……那些人肯定只有給妳一條毯子。在各種意義上很冷對吧。」

大家都同情地看著卡蓮，當事人卻雙手拿著裝果汁的杯子，一臉疑惑。

女性組的反應各式各樣，有人被這可愛的模樣迷住，有人同情她的遭遇。

「妳們也看到了，她自己不覺得怎麼樣，我們過度擔心也沒意義。」

「說得也是。不過……卡蓮真的好可愛。不能靠近她，我好難過。」

「是的，好想摸卡蓮的頭。」

「我也很想……」

「……好吃。」

即使是目前她唯一親近的菲亞，手一伸出來卡蓮就會覺得她要打自己，轉身就逃。

三名女性紛紛嘆息，少女則顧著喝自己的果汁。

隔天，許久沒有睡在床上的我睡了個好覺，整理好服裝儀容後，和雷烏斯一起來到女性組的房間……

「卡蓮醒不來？」

「是的，我們叫了她好幾次，她只會不停翻身。」

「我怎麼搖她都醒不來。」

「生病……不是吧？生病的話大哥應該會發現。」

她們三個已經起床，準備好出門了，只有卡蓮依然在床上睡覺。

起初我以為是身體衰弱，聽她們這樣說，似乎並非如此。

「再睡……一下……」

「大哥，她只是在睡覺吧？」

「我也覺得。太久沒睡到床，太舒服了嗎？」

「對了，昨天她在我旁邊一直打盹。本來以為是累了，結果好像不是。」

她一副隨時會講出「再睡五分鐘……」這種話的模樣，由此可見，卡蓮不僅比一般人更愛睡覺，還很愛賴床。

放著不管，她可能會睡到中午，我覺得是時候請她起床了，不過看她睡得這麼香，我也不好意思叫醒她。

「沒辦法。公會那邊我和雷烏斯兩個人去，其他人顧著卡蓮休息吧。」

「嗯，她就交給我們照顧吧。」

「那麼來制定作戰計畫，以快點摸到卡蓮吧。」

「妳們要制定作戰計畫是可以，卡蓮醒來記得通知我。」

不知道她會跟我們在一起多久，搞不好得帶她走遍這塊大陸。

或許這個做法太激烈了點，但我向他們說明，有必要帶卡蓮在街上走走，多少讓她習慣人潮。因為她說不定會在路上遇到認識的人。

「那麼，等我們準備好再聯繫您。」

「拜託了，之後再在城裡會合。那我走了。」

「請您路上小心。」

「『路上小心。』」

「嗚喵……」

我看了還是沒有要醒來的跡象的睡美人一眼，帶著雷烏斯前往冒險者公會。

「有翼人？」

「是的，知道他們住在哪裡嗎？」

漢賈的冒險者公會擠滿冒險者，我們先把在旅途中收集的魔物素材賣給公會，在計算金額的期間跟櫃檯小姐打聽有翼人的情報。

然而，話才剛問出口，我就發現櫃檯小姐的眼神變銳利了。

「……我先問一下，你找有翼人做什麼？」

「我為了增廣見聞，正在環遊世界，想要多看看珍奇的景色，跟各種種族交流。難道有規定禁止跟有翼人交流嗎？」

「是沒有，可是勸你別跟有翼人扯上關係。幾條命都不夠你用。」

「為什麼？我們只是想找他們聊聊啊？」

「你們是第一次來這個地方，所以我說明一下。據說有翼人住在人稱龍之巢的危險場所。」

那個地方如同它的名字，有許多龍種棲息，連踏進去都有難度的山脈綿延不絕，是這塊大陸首屈一指的危險地區。

就算這樣，還是有數不清的人想進去採集有翼人或龍的素材，那些人要不是以瀕死的狀態歸來，就是死在龍手下。

「聽起來是個危險的地方。不過，既然幾乎沒有人活著回來，為何會說那裡是有翼人的住所？」

「根據很久以前的紀錄，有冒險者在那裡見過有翼人。聽說他遇到有智慧的龍，得到認同，和有翼人成了朋友。」

曾經有人因為有前例的關係，試圖跟龍交涉，現代卻還沒有人遇到那種龍。

可是去過那座山的人似乎有看見會飛的人，單論「那裡有有翼人」這個情報，可信度應該滿高的。

「總而言之！龍之巢太危險了，別去找有翼人。無論我們再怎麼勸，都有好幾組自信過剩的團隊就此一去不回。」

就算像我們這樣給予忠告，想必還是有許多冒險者聽不進去，下場悽慘。雖說到頭來還是要自己為自己負責，她的態度會變這麼嚴肅也很正常。

「我明白了。謝謝妳的忠告。」

「不會不會。身為公會職員，這是我該做的，而且兩位還提供了這麼多高品質的材料。」

我們在路上跟一堆魔物戰鬥，從牠們身上取得材料，可是收集太多的話會沒地方放，取下來的只有稀有材料而已。

由於我們一口氣賣掉難以取得的材料，櫃檯小姐是笑著目送我們離開公會的。

「看在你請我一杯的份上，奉勸你一句。唯獨龍之巢千萬別去。」

「對啦，我也很想看看有翼人，但那裡可不是人去的地方。」

「年紀輕輕的，何必急著去送死。」

之後我們跑去向其他冒險者和情報販子詢問有翼人的情報，大部分都跟在公會聽說的差不多。

比較不一樣的只有「有翼人和龍維持著共存關係」、「山裡有足以覆蓋整座山的龍」等令人懷疑的情報，共通點在於都很危險。

本來是沒必要冒這個險，不過……

「既然有卡蓮在，只能去一趟那個龍之巢了。」

雖然我們打聽到的消息都挺嚇人的，能查出可能是卡蓮家的地點，值得高興。要說其他在意的部分，就是有翼人和龍之間的共存關係。

會飛這一點確實類似，但他們的差異挺明顯的。有翼人搞不好擁有吸引龍的特殊能力。

這個種族謎團眾多，勾起我強烈的興趣，我想就算沒有卡蓮的問題要處理，我也會想去找有翼人的住處。

「大哥，聽說那裡有龍，跟在奇斯那邊打過的龍不一樣嗎？」

「嗯，當時的龍大概是下龍種或中龍種。這次可能會有很多體積大好幾倍的強大的龍，得做好準備。」

這個世界的龍有許多種，大致分成上龍種、中龍種、下龍種。當然愈上面的愈強。

順帶一提，在亞比特雷迎擊的翼龍是下龍種，用來當三頭龍部位的應該是中龍種。

根據公會和情報販子提供的資訊，那裡還出現了疑似有智慧的龍——上龍種的生物。

「可是，去那種地方真的沒問題嗎？我是無所謂啦。」

「又不是要去戰鬥。我想盡量避免開戰，如果對方跟情報所說的一樣，是能溝通的對象，把卡蓮交給他們直接離開就行。」

既然有身為有翼人的卡蓮在，龍族很可能會有某種反應，說不定會主動前來與我們接觸。

二話不說就打起來的可能性也不低，必須考慮到要如何逃跑。也是可以拜託北斗強行殺出重圍，把卡蓮獨自留在有翼人的住所再離開，做為最終手段。

無論如何，非得跑一趟龍之巢才能判斷。

「好，下一個目的地也決定了，去跟大家會合吧。」

「嗯！現在姊姊她們八成在努力摸到卡蓮的頭。」

跟卡蓮太過親近，到時應該會捨不得道別，不過我也沒辦法開口叫她們別再照顧她。

本來還在擔心萬一她們太喜歡卡蓮，說不定會捨不得送她回家，但那三個人都知道與家人分開的痛苦，我想不會有問題。現在先放手讓她們去做吧。

艾米莉亞在我們收集情報的途中聯絡我，我和雷烏斯便走向城市的中心區域和她們會合。

我們抵達的地方人滿為患，幸好以菲亞為首的女性組極度顯眼，所以馬上就找到她們了。

遠遠看過去，我發現只有兩個人異常興奮。

「卡蓮，要不要吃這個？」

「這個也很好吃喔？」

「……不要。」

艾米莉亞和莉絲好像想餵卡蓮吃在路邊攤買的肉串。

可惜兩人遭到無情的拒絕，哀傷地將遞給卡蓮的肉串送入自己口中。

「還不行呢。」

「唉……這肉串是很美味，吃起來卻有點鹹。」

「不過跟昨天一比，我覺得有進步了。」

昨天她連話都沒說，躲到菲亞背後默默拒絕。

現在她沒躲起來，要說進步也沒錯……

「如何？好吃嗎？」

「……嗯。」

「呵呵，有種跟天狼星不同的可愛感。」

「菲亞小姐，妳是什麼意思？那是勝者的驕傲嗎？」

「我也想餵她吃的說。」

只有菲亞給她的肉串卡蓮會乖乖吃下去，導致兩人更加不甘。

我忍不住為這樣的狀況苦笑，正準備走過去，有三位男性搶先接近她們。從外表看來，推測是冒險者。

又是盯上菲亞或艾米莉亞的小混混嗎？

若是平常，那些人會害怕北斗不敢靠近，不巧的是北斗今天為了避免嚇到卡蓮，隔著一段距離保護她們，所以三名男子並未發現。

「那些人想幹麼！大哥，我們快過去！」

「不，等一下。北斗也別動。」

女性組也察覺到有人正在接近，只有卡蓮的反應不太正常。她怕得躲到菲亞背後，彷彿不想看見他們。

仔細一看，我對那三個人的其中之一有印象。肯定是昨天把魔物推給我們處理，坐在馬車上的傢伙。

本來應該立刻出面阻止才對，可是我想到一個計畫，決定暫時觀望一下，命令雷烏斯和北斗原地待命。

我屏住氣息，擺好架勢，以便隨時可以衝出去。菲亞發現卡蓮的反應不對勁，加強警戒，瞪著三名男子問道：

「找我們有事嗎？」

「嘿嘿……沒有啦，有點事找那個小孩。我倒是想跟妳這位妖精交個朋友。」

「是嗎？那不重要，有事麻煩你站在那邊說。這孩子很害怕，別再靠近了。」

那裡就是對菲亞而言最適合的距離。她在三步遠的地方制止男子，艾米莉亞跟莉絲也移動位置，護住卡蓮。

「好吧，其實我們帶著的長翅膀的小孩不見了，讓我們檢查一下那個躲在後面的小孩。」

「我拒絕。這孩子是我們的妹妹，跟那件事無關。」

「喂喂喂，別以為這種理由騙得過我。妳也是，少在那邊哭！我認出妳了，快給我滾回來！」

「嗚!?」

一步也不退的菲亞令男子逐漸感到不耐，他的怒吼聲嚇得卡蓮蓋著斗篷的背部高高隆起。

卡蓮馬上收起反射性打開的翅膀，可惜男子看得一清二楚，露出自信的笑容逼問菲亞。

「小鬼終究是小鬼。嘿，妖精小姐，剛才那個怎麼看都是翅膀耶？妖精的妹妹是有翼人，怎麼想都不太對吧？」

「妳說什麼！」

「家人不是只看血緣。連這點小事都不知道，真是個器量狹小的男人。」

「喂，可以了吧。管她是妹妹還是什麼東西，怎麼看都是我們帶著的那傢伙。趕快把她——」

「等一下。」

「休想！」

一名男子伸出手，艾米莉亞從旁抓住男子的手，莉絲則從背後抱住卡蓮保護她。

「可以不要威嚇我們的妹妹嗎？要是各位執意動手，我們也會採取強硬手段。」

「別擔心。我們會保護妳，不用害怕。」

「妳們給我適可而止！那傢伙是我們抓住的奴隸！」

「沒有證據證明這孩子是你們帶著的人。再說，我看見你們把她丟下馬車了，還用了吸引魔物的果實。事到如今還堅持她是自己的東西可說不通喔？」

或許有什麼原因，卡蓮並未戴著做為奴隸證明的支配項圈。

因此只要本人不承認，就無法證明他是特定人士的所有物。聽見菲亞的正論，三名男子啞口無言。

雖然放著不管也不會出問題，我們也該行動了。

「聽懂了就快回去。否則慘的會是你們喔？」

「混帳東西，這女人怎麼這麼倔。」

「但我不討厭那樣的女人。太麻煩了，乾脆把她們通通帶走怎麼樣？」

「等一下。在那之前，要不要先陪我和北斗先生玩玩？」

「吼嚕嚕嚕嚕！」

隱藏氣息，從背後接近的雷烏斯和北斗一釋放殺氣，那些人就嚇得面容扭曲，僵在原地。

「城、城裡怎麼會有魔物!?牠為什麼這麼生氣……」

「因為那隻狼是我的從魔，而你們騷擾的是我們的家人。有人想危害家人的時候會生氣，不是很正常嗎？」

「我才不管那是從魔還是什麼鬼，快叫牠走開！要是牠攻擊我們怎麼辦！」

「只要你們不亂來，牠就不會怎麼樣的。對了，我有幾件事想請教，你們昨天——」

「誰有空陪你們鬧！」

「快、快走！要去跟那傢伙回報。」

我正想詢問找到卡蓮時當下的狀況，三名男子卻在我提問前落荒而逃。

真是的，我可以體會你們害怕北斗的心情，不過就這麼點膽量，虧你們有辦法活到現在。想以冒險者的身分過活，那些人少了很多東西啊。

我傻眼地看著他們逃跑，感覺到背後有股視線，轉頭一看，艾米莉亞跟莉絲對我投以帶著一絲譴責意味的目光。

「怎麼了？妳們好像有話想說。」

「天狼星少爺，我想請問一下，您明明就在附近，為何要躲起來？」

「對呀，我們是沒關係，卡蓮都怕成那樣了。」

「關於這件事我道歉。雖然這做法有點粗暴，我想讓卡蓮更瞭解妳和莉絲。」

「我們嗎……？」

「什麼意思——啊!?對、對不起，卡蓮，突然抱住妳……會不會痛？」

「……不痛。」

依然抱著卡蓮的莉絲急忙放開她，可是卡蓮不僅沒有躲到菲亞背後，還盯著保護自己的兩人看。

「我……是大姊姊妳們的妹妹嗎？」

「嗯，我是這麼認為的。妳們當然也是對不對？」

「是的，我也把卡蓮當成妹妹看待。」

「我、我也是。難道妳……會排斥嗎？」

「不會，有很多姊姊……我好高興。」

卡蓮微微揚起嘴角，主動靠近艾米莉亞跟莉絲。

如我所料，她似乎察覺到兩人的溫柔了。儘管有點嚇到她，事已至此，她對兩人敞開心扉也是遲早的事。看見卡蓮站在面前，沒有逃跑，兩人笑著互相擊掌。

「太好了。下次要挑戰摸頭！」

「不可以太著急。我也很想摸卡蓮的頭，所以要慢慢來。」

「恭喜妳，姊姊！欸，卡蓮，其實我也把妳當成妹——」

「!?」

雷烏斯本想搭上這班便車，卡蓮卻躲到菲亞後面。

不僅如此，艾米莉亞和莉絲也用眼神譴責他，雷烏斯的背影散發哀愁，回頭望向我。

「大哥……」

「沒辦法，誰叫我們是男人。現在開始慢慢讓她熟悉就行了。」

「嗷！」

假如剛才的事件我沒有交給艾米莉亞她們處理，而是由我們出面解決，卡蓮或許會對我們放下戒心。

但我認為比起我們兩位男性，同性別的艾米莉亞她們更容易得到她的信任，而且女性組對卡蓮更加痴迷。

雖然錯過了一個跟卡蓮打好關係的機會，只要讓她看見我們跟艾米莉亞她們相處融洽的模樣，遲早會對我們卸下心防吧。

之後大家在城裡逛了幾圈，進入附近的食堂，邊吃午餐邊分享收集到的情報。

「……所以，下一個目的地是龍之巢。聽說那個地方很危險，可是我認為有一去的價值。」

「挺有用的情報。這樣應該就能順利把卡蓮送回家了。」

「對呀，是說有翼人竟然會跟龍共存，真不可思議。卡蓮，妳家附近有龍嗎？」

「嗯，有很多龍。我一直覺得好奇怪，為什麼這裡沒有龍。」

「「「…………」」」

問當事人或許是最快的，然而根據卡蓮的說明，只知道她家附近是四面環山的高地。

再加上她不只年紀小，對有翼人來說龍是習以為常的存在，要是我們沒有主動提問，她大概不會明白其中的差異。

「總、總之這樣就能確定了，大哥。」

「嗯，卡蓮的母親現在應該在找她，今天做好準備，明天就出發吧。」

就在全員達成共識，桌上的料理幾乎清空時……宏亮的聲音突然傳遍食堂。

「找到了！是坐在那邊吃飯的那群人。」

「喂，我不想再跟他們扯上關係。可以閃人了吧？」

我回頭望向聲音來源，看見剛才騷擾我們的人站在食堂門口。

本以為是來報復的，他們的反應卻有點奇怪。

「唔……你們可以回去了。契約到此結束，沒問題吧？」

「就算你求我，這種差事我也不幹第二次！」

「我們已經先警告過你了！」

仔細一看，他們帶著一名氣質明顯不同的男子。

那些人八成是負責帶路的，男子將一個小袋子交給他們後，露出柔和的笑容走到我們面前。

「不好意思。方便打擾一下嗎？」

「啊……嗚……」

「怎麼了？別怕，有我們在。」

他為了不讓人提高戒心，面帶微笑，卡蓮卻怕得躲到菲亞後面。

她的反應很正常，畢竟……

「我先問一下，你是在明白自己做了什麼好事的前提下，過來找我們的對吧？」

「那當然。因此我才特地來跟各位致歉。」

這名愧疚得深深鞠躬的男子也跟剛才那些人一樣，坐在那輛馬車上。我記得他的臉和魔力反應，不會有錯。

男子年約四十，不愧是這年紀的人，感覺挺穩重的。但他可是會抓走卡蓮的傢伙，有必要多加警戒。

「這孩子會怕，我們到那邊談吧。啊——艾米莉亞，跟我一起來。」

「是！」

人家姑且算是來道歉的，擺出一副要吵架的態度未免太幼稚，於是我帶著艾米莉亞，暫時移動到另一張桌子。講點題外話，讓艾米莉亞同行是因為她在用眼神表示想要跟來。

「那麼正式自我介紹一下，我叫阿西特，是某個國家的商人。」

「我是冒險者天狼星。」

「我是天狼星少爺的隨從，艾米莉亞。」

簡單做完自我介紹後，坐在我對面的阿西特點了飲料請我喝，我鄭重拒絕，直接進入正題。

「不用了，我們剛剛才吃過飯。你來道歉，是承認你把魔物推給我們處理了對吧？」

「正是如此。雖說是因為突發狀況害我們陷入混亂，真的十分抱歉。我明白這件事不是道歉就可以解決的，還是請您先收下這個。」

阿西特愧疚地低下頭，從懷裡拿出小袋子放到桌上。

「……這是什麼？」

「給各位添麻煩的賠罪。請儘管收下。」

裡面裝的應該是值錢的東西。

即使不是故意的，拖著一群魔物去撞別人，等於是殺人行為，一旦傳出去他就不用做生意了。

意即這很有可能不只是慰問金，還包含封口費在內。話說回來，我們以收集有翼人的情報為優先，忘記跟公會報告這件事了。

不過，對方已經親自前來道歉，我們又沒受傷，原諒他也是可以，唯有一點我無法忽視。

「好，我接受你的道歉。但我想請教一下，我想你已經聽那幾個男人說過，你拿我們保護的那位少女當誘餌是什麼意思？要轉移魔物的注意力，照理說只用吸引魔物的果實就夠了。」

「這個我也很頭痛。全是他們自作主張。」

「他們」指的應該是剛才騷擾女性組，把阿西特帶到這裡的三名男子。

阿西特發自內心露出無奈的表情，開始說明昨天的事件。

「我有個專屬護衛，卻對這一帶不太熟。於是我僱用了自稱對附近很熟的那幾個人，沒想到根本派不上用場……」

他們誇下海口，叫阿西特放心交給他們帶路，結果那只是用來讓他願意僱用自己的謊言，其實他們對這塊地區並沒有瞭解到哪去。

而且他們沒有實力卻目中無人，被蜜蜂和狼追也是他們的獨斷專行所致。

最誇張的是被魔物追著逃時，那群男人因為害怕及混亂的關係，盯上嚇得尖叫的卡蓮，未經阿西特的同意就把吸引魔物的果實丟進鐵箱，扔下馬車。

「他們連我這個委託人的話都不聽，真的很沒用。再說，我的使命是將那名少女帶到某個人身邊，怎麼可能拿她當誘餌呢。」

「但我好像看到你給了他們報酬？」

「不給錢他們會糾纏不清，這次我就當自己眼光不好，花筆錢當學費。我已經回報公會了，他們之後就會受到懲罰吧。」

雖然我沒跟他們講過幾句話，那些人可是忠於慾望的類型。

他們好像還說了謊，既然上報給公會了，八成會被警告。不改過自新的話，壞名聲遲早會傳開，沒辦法繼續當冒險者。

「總之，我並沒有拋棄那名少女。」

「嗯，我明白了。同時也知道你要找的不只我們。」

「是的，您猜得沒錯，我此趟前來的目的不只是跟各位道歉，還是來回收——不對，尋找那女孩的。」

我們離開後，阿西特他們回到事發現場尋找卡蓮，那裡卻只有魔物的屍體，沒有人類死去的痕跡。

他從現場的痕跡推測卡蓮很可能還活著，追著我們來到這座城市，命令三名男子找到卡蓮，以示負責。他們企圖帶走卡蓮的原因是這個嗎？

然後，他從被雷烏斯跟北斗趕走的男子口中得知消息，找我們找到這個地方。

說明完事情經過，阿西特拿出比剛才那個袋子大上兩圈的袋子，放在桌上。

「我很清楚之前對各位有諸多失禮，但我有個請求，可否把那孩子還給我？」

他貼心地打開袋子，讓我們看內容物，果不其然，裡面裝著滿滿的金幣。從袋子的大小判斷……換算成前世的金額，大概有一千萬日圓。

「她本來就是我們找到的。而且不把她帶回去，我會有生命危險。」

「…………」

「不夠嗎？那麼這樣如何？」

看我沉默不語，阿西特又拿出一個袋子遞過來，我嘆著氣把兩個袋子扔回去。

「您還在為魔物那件事生氣？還是那些男人做了什麼失禮的事？」

「不，沒有關係。單純是我不想把卡蓮交出去。」

他說著自己會有生命危險，擺出可憐兮兮的表情不肯放棄，我卻果斷地拒絕。

若卡蓮自己說想跟這個人走，倒是另當別論，不過看她怕成那樣，顯然並非如此。

而且雖說拿卡蓮當誘餌的不是阿西特，不僅沒管好手下的男人，還沒讓卡蓮好好吃飯，光這樣就不可饒恕。

我望向站在旁邊的艾米莉亞，發現她神情嚴肅，尾巴卻在阿西特看不見的位置偷偷搖晃。應該是在高興我明確回絕了。

「我先跟您說清楚，沒人會像我一樣出這麼多錢買下那東西喔？就算有翼人是稀少種族，擁有那種殘缺的翅膀，價格還可能被壓低——」

「那孩子跟其他人不同又如何？無論你拿多少錢出來，我的答案都一樣。」

既然收留了她，我想送她回家人身邊，而且如大家所說，卡蓮等於是我們的妹妹。

「不過……」

「您也聽見了，那孩子會由天狼星少爺和我們負責保護，請回吧。」

艾米莉亞在絕佳的時機加入對話，讓阿西特閉上嘴巴。

藉由隨從教育訓練出的完美儀態及語氣，逼得阿西特講不出話，目瞪口呆，過沒多久，他板著臉抓起頭來。

「……真的對錢沒興趣啊。怎麼被這麼難搞的傢伙撿到。」

他的音量細不可聞，我那用魔力強化過的耳朵卻沒聽漏這句真心話。

看來他露出本性了。

「我聽見囉。比起之前的假笑，這樣更適合你，自然多了。」

「嘖，難纏的傢伙。乖乖把錢拿去不就得了。」

親切的笑容、彬彬有禮的態度，以及刺激他人同情心的說詞，是阿西特讓對方大意的慣用手段。

以前我跟這種裝善良的人較量過好幾次。我感覺到他藏不住的細微情緒波動，因此沒有放低姿態，而是用高傲的態度對付他。

阿西特似乎明白我不會因為金錢而動搖，不耐煩地用手指敲擊桌面，往這邊瞪過來。

「我不會害你，快把那個缺陷品交出來。否則你會後悔。」

「我已經說了，我拒絕。用那筆錢隨便找個奴隸吧。」

「如果可以，我何必那麼辛苦？這可是一國的領主大人親自下達的委託。也就是說，妨礙我等於是與國家為敵。」

「……是哪個國家？」

「你好像知道情況不妙了。想要有翼人的，竟然是那個歐貝利斯克的領主。」

歐貝利斯克？

我還沒去過，是會參加我從亞比特雷的獸王口中得知的國際會議（Legendia），位於其他大陸的大國之一……嗎？

雖然有可能是阿西特在胡謅，他一臉自信，再加上隨手拿出金幣的財力……從那感覺得到他背後有靠山的從容態度來看，不能無視他的說詞。

「領主是個喜歡收集珍奇種族的怪人，報酬卻開得很高，是我的熟客。這些金幣也是訂金的一部分。」

「訂金居然就這麼多。他那麼想要有翼人嗎？」

「沒錯，那傢伙的執著心可不一般喔？只要我跟他報告這件事，他應該會不惜發布通緝令，也要把你們揪出來。聽懂了就快交出那個缺陷品。我的計畫本來就已經被那群廢物打亂——」

「那我更不能交出卡蓮了。萬一她被帶到其他大陸，只會離故鄉更遠。」

「你瘋了嗎？都跟你說會被大國盯上了喔？」

「我知道。那又如何？」

他完全是在威脅我，可是我的回答並未改變。

歐貝利斯克似乎是規模與亞比特雷相近的大國，一旦與之敵對，無疑會惹麻煩上身，可是跟卡蓮回不了故鄉的痛苦比起來，這點麻煩算不了什麼。用不著特地詢問，我的同伴八成也有同樣的想法。

聽見我的拒絕，阿西特臉頰抽搐，發出乾笑。

「哈哈……別逞強了。話先說在前頭，逃到其他大陸也沒用喔？那個國家的人對敵人毫不留情，還針對敵人培育了一支特殊肅清部隊。你以為逃得——」

「前提是你跑去跟領主報告這件事……對吧？」

他想威脅我，我就用同樣的手段回敬他。而且即使是手下有強力部隊的大國，只要對方不知道誰是敵人，就不會被盯上。

我懷著要抗戰到底的意志瞪著他，阿西特臉上浮現明顯的動搖。

然而，不愧是跟大國交易的人，應該很習慣這種場合。阿西特馬上恢復氣勢，和我互瞪了一陣子。

「你認真的嗎？」

「我不會開這種玩笑。就算你跟他說沒發現稀有種族，應該也騙得過去，只要再找一陣子，說不定還能發現其他有翼人。全要看你的決定。」

若不忘了卡蓮和我們，這裡就是你人生的終點……我想表達的是這個意思。我釋放不至於引起騷動的凶猛殺氣，阿西特仰天長嘆。

「唉……不瞭解有翼人多稀奇的傢伙，少在那邊說大話。沒辦法，要不要跟我比一場？」

「……內容和條件是？」

「明天，在城外由雙方派出代表，打一場決定……也就是決鬥。你們獲勝的話，在這裡發生的事我全當不記得，這筆錢也會給你們。我們獲勝的話，就把那個缺陷品交出來。」

「是可以，但你可別反過來怨我。」

「別小看我。我雖然在做這種工作，還是有商人的尊嚴。我會遵守約定，如果我們輸了，就幫你們對歐貝利斯克隱瞞實情。好不容易差點得到手的商品，哪能輕易放棄。」

糾纏不清也是商人的特色……阿西特正面承受我的殺氣，如此回應，聊起他的護衛。

昨天才被魔物追著逃，他還有辦法這麼有自信，是因為阿西特的專屬護衛擁有與上級冒險者同等的實力。

既然如此，大可直接應戰，不過戰鬥時還要顧著保護沒有戰鬥能力的人，似乎太過勉強，那名護衛便決定三十六計走為上策。

簡單地說，他認為一對一就有勝算。

我看這就是妥協點了。我並未相信這名男子，又不能置之不理，只得收下這張戰帖。

「行，就用決鬥決定。」

「很好，那麼時間及地點……」

決定完簡單的規則和地點後，阿西特收回放在桌上的袋子，起身離席。

「再見，趁今天好好道別吧。」

「等一下，你忘了這個袋子。」

「請收下，畢竟我確實給各位添了麻煩。」

阿西特恢復成剛見面時的態度，看來對話到此結束了。

目前我們的手頭相當寬裕，不過凡事都需要用到錢，這筆錢又是慰問金，我就不客氣了。

我看著阿西特頭也不回地走出食堂，發現隨侍在旁的艾米莉亞心情不太好。

「那個人只把卡蓮當成物品看待。而且只不過是因為翅膀不太一樣，就用那種方式稱呼她，不可饒恕。」

「那男人工作完全不帶私人情緒，難怪卡蓮會怕他。」

「天狼星少爺，若您尚未決定明日的對決要由誰出場，請交給我負責。無論對手是誰，我都不會輸。」

「真可靠的一句話。」

「我不想把卡蓮交出去，而且我是您的隨從。」

艾米莉亞的這句話及笑容，我已經看過無數次，每當看見那抹自信的微笑，我也會感到一股充實感。

「嗯，妳是我引以為傲的隨從。當然也是我自豪的妻子。」

「呵呵呵，不敢當。」

雖然我擅自答應了這場決鬥，這次的情況我想大家都會樂於贊同，剩下只需要全力以赴。

我決定細節之後，大家再一起討論，摸了下艾米莉亞的頭，走回大家身邊。

由於阿西特離開了，我推測卡蓮應該已經恢復鎮定，回到桌前一看，氣氛卻怪怪的。

她跟剛才一樣抓著菲亞的袖子，淚眼汪汪地望向我們。

到底怎麼了？我一頭霧水，跟卡蓮保持距離的雷烏斯為我說明。

「卡蓮以為我們會把她交給剛才那個男人，怕得要命。」

「我一直跟她說不會，可是看到那個人，她好像十分不安。」

「你們講到一半，那男人給人的感覺就變了。站在這邊什麼都聽不見，告訴我發生了什麼事吧。」

大家都很在意，因此我回報了事情經過，但我不想害卡蓮更加不安，便刻意不去提及明天的對決和歐貝利斯克的資訊。之後再用「傳訊」跟大家報告吧。

「事情就是這樣，我拒絕對方了，你們大可放心。」

「看，我說得沒錯吧？天狼星前輩不會那樣做的。」

「……嗯。」

「好，那傢伙也滾了，大哥，該走囉。」

桌上數不清的盤子全清得一乾二淨，看來他們在我跟阿西特談判的期間，把加點的菜吃完了。

午餐時間拖得有點長，等等就按照計畫，去採購物資吧。

然而，在那之前還有件事要做。我跪在想從椅子上下來的卡蓮面前，配合她的視線高度。

「卡蓮，我們還沒聽妳說過妳想怎麼做。」

突如其來的行為使卡蓮提高戒心，不過她沒有逃走，應該是願意聽我說話。

「……我想怎麼做？」

「嗯，我們想好好保護妳，帶妳回媽媽身邊。可是，妳還沒親口說出自己的想法。」

保護卡蓮，想把她送回母親身邊，是我們擅自做的事，卡蓮目前只會點頭而已。換個角度來看，等於是因為我們帶著她，她才沒頭沒腦跟著一起走。

這麼小的孩子當然不可能不想回家，這個問題或許沒什麼意義，但我認為重要的是由她親口說出來。

儘管我們只認識幾天，機會難得，我希望她能成長得更加懂得表達自身的情緒。

「妳想回家嗎？回答我這個問題就好。由妳親口說出來。」

「我想……回家。想要……見媽媽。」

「好，我知道了。那我們會帶妳去，妳要跟我們一起來嗎？」

「嗯！我……要跟姊姊她們一起去……想跟姊姊她們一起去！」

她害怕得發抖，卻還是看著我的眼睛回答。

能講出這麼明確的回答就夠了。我滿意地點頭，發現艾米莉亞她們彷彿胸口被箭射穿，愣在旁邊。

「啊啊……好可愛。」

「我、我也想跟卡蓮一起去！」

「交給我們吧。絕對會把卡蓮送回家！」

雖然她們本來就很喜歡卡蓮，所謂的「心被擄獲」就是這個狀態吧。因為卡蓮碰巧由下往上看，是能刺激母性本能及保護慾的絕妙眼神。

話說回來，她說的是「姊姊她們」啊……看來她還得花一些時間，才願意親近我和雷烏斯這兩位男性。

「大哥，今天早上姊姊她們開過作戰會議，我們是不是也該開一下？」

「……是啊。」

跟北斗一起開會吧。

之後我們採購了必需品，在外面吃完晚餐，回到旅館。

購物途中，我瞞著卡蓮跟其他人說明了明天的對決，以及與一整個國家為敵的可能性，大家想都沒想就選了卡蓮。

他們的溫柔使我感到驕傲，沒有意見衝突當然是最好的。

於是，我將姊弟倆叫到我房間，拜託他們幫一個忙，準備好出門後來到女性組的房間。

「卡蓮睡了嗎？」

「嗯，一不留神就睡著了。」

走進房間，卡蓮正趴在床上睡得香甜。今天早上也看過類似的畫面，大概是買東西走了太多路，累著她了。

仔細一看，卡蓮把臉埋在打開來的書裡睡著，這副模樣令人不禁苦笑。

「書再有趣，還是贏不了睡意呢。」

那本書是在城裡買東西時發現的。

上面記錄著生長於這塊大陸的植物，是一本類似圖鑑的書，當時卡蓮好奇地看著它，我便買來當成禮物。

可惜就算這樣，她還是沒對我展露笑容，不過她有乖乖跟我道謝，這禮物送得也算值得。

卡蓮一回到旅館就沉浸於書中，直到抵擋不了睡意。

「我本來還想讓她坐在腿上，兩個人一起看，結果被拒絕了。真遺憾。」

「別放棄，繼續挑戰吧。那個姿勢不太健康，最好坐著看。」

我明白卡蓮背上有翅膀，不方便仰躺，不過一直趴著看書容易對身體造成負擔。至少改成側躺，我會比較放心。

在我煩惱該如何解決這個問題時，莉絲帶著慈祥的笑容走向卡蓮。

「這樣臉上會有印子，我幫妳把書放旁邊喔。」

「……唔喵。」

「啊嗚!?」

莉絲伸手想拿走那本書，在睡覺的卡蓮一把抱住她的手臂。

我看著既困惑又開心的莉絲，站在我旁邊的菲亞點點頭，一副想通什麼的樣子。

「卡蓮似乎有抱東西睡覺的習慣。昨天她也跑過來抱我的手。」

「那做個抱枕或許也不錯。」

用北斗的毛當材料，感覺可以做出又軟又好摸的抱枕。

問題是就算幫牠梳毛，北斗也不太會掉毛，得花一些時間才做得好。雖然可以用剪刀剪，這樣北斗太可憐了。

可是有個抱枕，卡蓮趴著時就能拿來當靠墊，說不定能減輕身體的負擔。我認真思考要不要動手製作，菲亞默默靠到我身上，瞇起眼睛輕笑出聲。

「呵呵，我們現在好像在為育兒煩惱的夫妻。」

「經妳這麼一說，確實如此。有小孩大概就是這種感覺吧。」

「不知道我們的孩子要等到什麼時候。我隨時都可以的說。」

「講到這個，我還真沒轍。」

其實由於當事人的迫切希望，我和菲亞一直在努力做人，可惜完全懷不上孩子。

我早有聽說妖精的出生率極低，真沒想到這麼誇張。

但妖精跟人族好像也有成功受孕的經驗，推測有某種特殊的法則……目前卻半點線索都沒有。

「對不起，看到卡蓮，我有點控制不住慾望。明明是因為我是妖精的關係，你沒有任何問題。」

「別介意。我也會努力，一步步慢慢來就好。享受人生才是我們的作風吧？」

「……說得對。我得享受身為你戀人的每一天，而不是只想著當一名母親。對了，你要出門了嗎？」

「嗯，會在大家睡著前回來。」

「雖然你應該不會發生什麼意外，路上小心。」

「我們會顧好卡蓮的。」

明知道我要去做什麼，莉絲和菲亞仍然笑著目送我離開。

我在內心感謝兩人，走回自己的房間。

回到房間時，在書桌前做事的兩姊弟發現我回來了，抬起頭。

他們跟我一樣，不只做好外出的準備，還帶著武器，一身要去戰鬥的打扮。

「天狼星少爺，準備就緒。」

「我也是。我剛剛問過北斗先生，牠說沒問題。」

兩人看著這座城市的簡略平面圖，雙手動個不停。

以我們住的這間旅館為中心的平面圖上，圈著可能有敵人入侵的路線及死角。

我交代他們做的事，是在旅館周圍走動，繪製這張平面圖。

「辛苦了。按照計畫，這個位置由艾米莉亞守著，雷烏斯在正面擔任誘餌及威嚇敵人。有什麼突發狀況就臨機應變。」

「瞭解。」

「包在我身上，大哥！」

「我會到處移動，試圖收集情報。視情況而定會離開旅館，剩下就麻煩你們了。」

明天一大早就要跟阿西特決鬥，為何要準備應戰？

因為阿西特可能會派刺客擄走卡蓮。

「大哥，真的會有敵人嗎？」

「那種貪心的人經常不擇手段。防患於未然不會有壞處。」

當時他在那邊跟我扯什麼商人的尊嚴，光是會面不改色地拿強大的靠山威脅人，就夠可疑了。

那種人主動要求跟我們決鬥，八成是因為我不僅沒有屈服於威脅，還反過來威脅他。我猜他是覺得不該當場開打，為了暫時抽身才搬出這個藉口。

歸根究柢，對阿西特來說，只要抓到卡蓮即可，趁深夜派刺客殺掉我們，就不用管什麼決鬥了。將決鬥時間訂在早上，恐怕也是想讓我們早點就寢的小手段。

當然也有可能無人來襲，那就到時再說吧。

只要在明天的對決徹底擊潰對手，讓他們害怕到不敢再跟我們扯上關係即可。

「那些人應該知道我們擁有足以打倒大群魔物的實力。如果單純是靠以量取勝，倒還好處理，不過他也有可能僱用那種非正派人士暗地潛入。記得隨時保持警戒。」

「嗯！偷偷摸摸的傢伙最適合由我們對付。」

「對呀，無論是什麼樣的敵人，都不會比躲起來的天狼星少爺難找。」

想瞞過敏銳又鼻子靈的銀狼族和北斗，想必難如登天。最近連我都得認真躲藏，否則一下就會被發現。

「不曉得對方會如何出招，別勉強自己，別貿然追擊。保護卡蓮是最重要的。」

大家都已經知道，至今以來我一直會暗地行動，不過他們顧慮到我的心情，刻意不去提及。

然而……差不多在半年前吧？弟子們表示不想一直被我保護得好好的。

自此之後，像這次這種狀況或要跟違法之徒打交道之際，我都會跟其他人說明，讓他們幫忙。大家已經不是小孩子，為了幫助累積各種經驗，我才會同意。

唯有暗殺類的工作我沒打算叫他們做，也不會允許。那種骯髒的工作，我一個人來就夠。

平靜的時間一分一秒流逝，到了夜深人靜之時，坐在旅館屋頂上待命的我，感覺到下風處有股詭異的氣息。

我馬上發動「探查」，調查周遭，偵測到幾個人正在接近。以醉漢來說數量明顯太多，更重要的是，他們直線往這邊走來，肯定沒錯。

我對在其他地點待命的兩姊弟發動「傳訊」，跳下屋頂。

「好像來了。按照計畫行事。」

『是！』

『交給我吧！』

那麼，來把危險要素排除掉吧。

我無聲降落地面，像融化似地藏進夜色之中。

——阿西特——

遇到目中無人又難搞的那些傢伙的當天晚上，我在旅館的房間喝酒抱怨。

「真是，為什麼這麼不順……」

像這樣在城裡住進最豪華的旅館，搞定一件工作後喝的酒再美味不過，我卻一直焦躁不已。

本來應該能在連訂金都沒用完的情況下，抓到我要找的有翼人，如今卻落得這般窘境。

「有翼人本來就是很麻煩的種族，拜託別再害我浪費更多錢了。」

不久前……我的熟客——歐貝利斯克的領主表示想要有翼人。

我被隨手扔來的高額訂金及豐厚的報酬吸引，接下這份工作，前往當地調查，發現有翼人是超乎想像的麻煩種族。

本以為他們罕見的原因在於數量稀少，沒想到有翼人竟然住在有龍棲息的深山中。難怪那傢伙願意毫不吝嗇地掏出一大筆錢。

不拿出成果可能會被那名領主拋棄，最壞的情況，也是可以讓他以為我們死了，逃之夭夭……但我實在捨不得放棄那筆報酬。

因此我打算掙扎到最後，先是僱用了熟悉當地的冒險者。

讓冒險者帶我們到龍之巢，由擅長潛行的護衛瞞過龍的眼睛，抓走有翼人。這就是我的計畫。

幸運的是，我們在找到符合條件的冒險者，前往目的地的途中，捕獲了有翼人。

我們在河邊休息時，發現一個有翼人小鬼漂到岸邊，推測是來自上游的。一發現她還活著，我當場大聲歡呼。

不是大人而是小孩也很不錯。那位變態領主喜歡自己為收藏品戴上項圈，小鬼無法輕易逃掉，不幫她戴用來限制行動的支配項圈也沒關係。

雖然翅膀是大小不一的缺陷品，這個小鬼無疑是有翼人。剩下只要提供她足以維持生命的食物，回到歐貝利斯克即可。

虧我還在高興沒花多少力氣，就能賺到一筆大錢……

「該死！怎麼想都讓人不爽。全是那些廢物害的！」

我之所以僱用那幾個自稱冒險者的廢物，是想在跟龍戰鬥時拿他們當誘餌，而不是需要嚮導。

因此我僱了好騙的白痴，結果三個廢物居然在我沒注意到的時候找到魔花蜂的巢穴，對巢穴出手。

多虧他們幹的好事，害我們被一大群魔物追，最不可饒恕的是擅自把那個缺陷品扔出馬車當誘餌。

明明不用做什麼也逃得掉，膽子未免太小了吧。

「真是，蠢成那樣竟然還有辦法活到現在。」

聽見我的抱怨，護衛——卡托拉斯點頭附和。

卡托拉斯是沒有登記成冒險者，實力卻足以跟上級冒險者匹敵的一對兄弟中的哥哥，跟我認識很久，是我的護衛兼夥伴。

「他們的運氣到此為止。被我弟盯上，不可能有辦法活命。」

那幾個廢物，剛才由卡托拉斯的弟弟處理掉了。

原因除了惹到我以外，我連一枚石幣都不想付給半點事都做不好的廢物，收拾掉他們也能順便把錢拿回來。

我甚至還想叫他們把路上的餐費還來，可惜他們身上好像只有我最後給的那筆報酬。就算人死了，依然令人火大。

「所以忘了那幾個垃圾吧。問題是那些人。」

缺陷品還活著固然值得慶幸，但撿到她的人相當難搞……尤其是那個囂張的小鬼。

他不僅對金錢毫無興趣，搬出歐貝利斯克的國名威脅他也沒用，還反過來威脅我，真是出人意料。

帶著一隻看起來異常強大的從魔，被我們拖去的魔物襲擊還沒有任何傷亡。意即那群人擁有一定的實力，我判斷想靠蠻力搶回來有困難，便用錢僱用城裡的流氓，命令他們跟卡托拉斯的弟弟一起襲擊那些人住的旅館。

拜其所賜，訂金快要見底了，不過只要把其中的妖精跟銀狼族賣掉，應該能賺到一筆。

「雖然他們只有五個人，裡面還有隻大得莫名其妙的狼。為求保險起見，我們派了足夠的人手過去，今晚就能解——嗯？」

「喔，說人人到。」

我沒有加點酒或小菜，會在這個時間來敲門的，只有卡托拉斯的弟弟或我僱用的傢伙。

「……什麼人？」

「是我，任務完成了。」

「喔喔，我等很久了！」

卡托拉斯姑且還是有戒備一下，打開房門，用斗篷及兜帽遮住全身的男子，抱著一個大袋子站在門外。

這身服裝極度可疑，不過或許是因為靠這種工作維生的關係，這傢伙不喜歡露臉，打從一開始就穿成這樣。

就算看不見臉和身體，看那莫名高大的身材及獨具特色的聲音，可以確定是我僱用的人沒錯，我便拜託卡托拉斯讓他進房。

「東西呢？」

「在裡面。用藥讓她睡著了。」

男人走進房間，將手中的袋子放到地上，落地時的衝擊導致數根白色羽毛從袋口飄出。應該是有翼人的羽毛沒錯。

我笑著準備拿出報酬，發現他沒有帶其他人來。

「等等，剩下的女人在哪？」

「妖精和銀狼族的女人，我交給在外面待命的同伴。拿到錢再交貨。」

「那個囂張的小鬼呢？」

「殺了，一拿人質威脅，他就乖得跟什麼一樣。」

他邊說邊拿出那袋我交給小鬼當封口費的金幣。

「好吧，報酬拿去。」

「……你把這份工作看得真廉價。」

然而，確認完報酬的男子不滿地抱怨道。可以理解他的心情，畢竟把他抓到的妖精和銀狼族拿去賣，能賺到更多錢。

但我也拿不出更多錢了。我告訴他膽敢拒絕這件委託，會與一整個國家為敵，他才心不甘情不願地答應，現在是看到實物，捨不得交貨了嗎？

沒辦法，讓我告訴他跟我作對，會有什麼下場吧……

「等等！不是這個人！」

「嗯？什麼意思…………!?」

卡托拉斯的吶喊使我發現，男子抱怨時的聲音……好像不太對。

沙啞的聲音聽起來異常年輕，總之是另一個人。在我慢了卡托拉斯一步察覺到的時候，男子脫掉斗篷，露出真面目。

「你們在想什麼，我都知道了。」

「你、你是!?」

在我面前的，是撿到缺陷品的那小鬼。

不過，我還沒質問他，卡托拉斯就採取行動，朝小鬼的臉刺出小刀……等我回過神時，卡托拉斯已經飛到空中，摔在地上。

在我目瞪口呆的期間，小鬼一腳踢飛卡托拉斯，令他失去意識，拿出繩子把卡托拉斯綁起來，轉頭望向我。

「這樣就能好好跟你聊聊了。」

他的眼神跟白天看見的溫和穩重截然不同，銳利得讓人覺得卡托拉斯才是個小鬼，釋放令人窒息的壓力。

明明他伸手也碰不到我，我卻產生有一把刀子抵在脖子上的錯覺，這時……

「那麼……白天你說的商人的尊嚴，再跟我講一遍吧。」

小鬼露出跟現在的情況形成反差的爽朗笑容。

——　天狼星　——

盯上這邊的集團逐漸逼近，我躲在能將整棟旅館盡收眼底的屋頂上，觀察兩姊弟。

用廣範圍的「探查」調查過後，得知正在靠近的可疑人士約有二十人，其中三人疑似從旅館的後門潛入。

光明正大地從正面過來的集團，則撞上站在旅館不遠處的雷烏斯。

「你擋在這幹麼？我們要去那家旅館，快給我滾開。」

「差不多十五個人啊。挺多的嘛。」

雷烏斯負責的是迎擊正面襲來的敵人。

走到他前面的人，推測是阿西特用錢僱來的小混混。從那身雜七雜八的裝備來看，似乎還有許多冒險者。

照理說，阿西特多少知道我們的實力，人多就能贏這種想法……他應該不會有。

意即正面襲來的集團是誘餌，真正的任務由從後門潛入的那三個人負責。阿西特的目的是帶走卡蓮，沒必要打倒我們。

「銀髮和狼耳……是雇主說的銀狼族嗎？他就是目標？」

「不，要抓的是女的，男的可以隨我們處置不是嗎？」

「那就趕快解決吧。」

「可以說一下你們來這邊幹麼的嗎？」

他冷靜詢問，冒險者的回答卻是拿起武器。

雷烏斯見狀嘆了口氣，拔出背上的大劍，擺好剛破一刀流的架勢，再度詢問。

「先告訴你們，如果你們直接回去，我不會追擊。想打架的話我就不客氣囉。」

「挺跩的嘛。難道你以為我們會乖乖按照順序上？」

「哈，冒險者常遇到這種事。要恨就去恨盯上你們的那男人吧。」

「你們怎麼看都是盜賊，講什麼冒險者。」

「這小鬼嘴巴真賤——唔!?」

聽見雷烏斯中肯的反駁，其中一人想衝上去，卻立刻停下腳步。

因為雷烏斯比誰都還要快採取行動，揮下來的大劍停在那名男子眼前。

其他人完全看不清他的動作，愣在原地，回到原位的雷烏斯瞪著他們，再度拿起大劍。

「這是最後的忠告。人這麼多很難控制力道，出人命我不負責喔？」

「少在那邊說——嗚喔！」

「只要我們一起上——呃啊!?」

他們可能是覺得人多勢眾，怒罵著紛紛殺向雷烏斯。可是雷烏斯一揮劍，好幾個人就同時飛出去，消失在附近的籬笆或夜幕中。

看見這麼多人同時進攻卻被彈開，彷彿雷烏斯前方有一面看不見的牆壁，導致冒險者裹足不前。

「可惡！沒辦法靠近他！」

「用飛刀！從遠距離攻擊！」

「這種東西小菜一碟啦！」

雷烏斯已經不會因為區區飛刀而驚慌失措。

看到他冷靜地用大劍和手甲，將來自四方的無數飛刀全數擊落，那些人也發現彼此之間無法顛覆的實力差距了。

「搞什麼鬼!?沒聽說目標這麼強啊！」

「……怎麼辦？」

「這傢伙不是說就算我們逃跑，他也不會追上來嗎？」

他們似乎終於開始考慮逃跑，有那個時間思考，應該直接付諸實行。假如雷烏斯沒有手下留情，已經有人被砍成兩半都不奇怪。

阿西特之所以都僱用這種危機感不足的三流角色，八成是想利用這些人當棄子，而不只是誘餌。重點果然是從旅館後門潛入的分隊嗎？

這邊交給雷烏斯防守應該就行了，只有一名男性特別令我在意。

是個體型比其他冒險者大一圈，散發強者風範的壯漢。之前阿西特因為僱了隨便找來的冒險者，大吃苦頭，這個人恐怕是負責監視的。

在我煩惱是否該偷偷抓住那男人，問出敵人的情報時，一名喪失鬥志的冒險者企圖逃走，從男人旁邊經過……

「喂，不准擅自逃跑。」

男人抓住他的臉，直接把他拎起來。竟然能單手舉起穿戴裝備的成年男性。

我看就算以雷烏斯的實力，也無法輕易取勝……在我如此心想的瞬間，男子手掌施力，發出某種東西的碎裂聲，將冒險者扔到地上。

「!?你這傢伙在做什麼！」

掉在地上的冒險者一動也不動，大概是頭骨被直接捏碎，一命嗚呼了。

雖說是敵人，隨手奪走他人性命的行為使雷烏斯勃然大怒，男子卻面露疑惑，不曉得他在氣什麼。

「我只是把逃避戰鬥的膽小鬼清掉而已。你為何生氣？」

「何必做到這個地步！要阻止他的話，用揍的就夠了吧！」

「這樣不是很無聊嗎？肉爛掉的聲音及觸感多爽快啊。」

不僅對於殺人一事沒有任何躊躇，甚至會感到愉悅，看來他的嗜好不怎麼健康。

看見男子瘋狂的行為，冒險者也意識到危機，四處逃竄，過沒多久就演變成雷烏斯要跟男子單挑的狀況。

「啊，你們幾個別到處亂逃。追人很麻煩的。」

「你的對手是我。快點放馬過來！」

雷烏斯判斷放著這個人不管會有危險，擋在男子面前，不知為何，他將手中的大劍放到地上，赤手空拳應戰。

「怎麼？你不用那把劍嗎？」

「跟像你這麼強的人打，用劍可能會不小心出人命。雖然無法原諒盯上姊姊她們的傢伙，我可不想變成你這種人。」

事關自身的性命，或許會有很多人覺得雷烏斯太天真。

可是……你維持這樣就好。

明白生命的可貴之處，不會輕視它的雷烏斯，令我感到驕傲。

「哈哈！使劍的傢伙要跟我互毆嗎？有趣！」

男子毫不關心對手的狀況，話才講到一半就對雷烏斯出拳。

這一拳速度快到隔這麼遠都聽得見揮拳聲，雷烏斯卻扭轉身體閃開，揍向男子的腹部反擊。

「哦……有兩把刷子。你不只會用劍，還擅長用拳頭嗎？」

男子用另一隻手擋住攻擊，不僅完全沒受到傷害，還露出愉悅的笑容。

「看來值得讓我練練拳頭。叫什麼名字？」

「……雷烏斯。」

「我叫馬杜。看我砸爛你的肉！」

名為馬杜的男子目露凶光，逼近雷烏斯，這次他沒有揮拳，而是做出抓人的動作。

他對於捏爛對手的身體有異常的執著，一旦被抓住，想必會非常難纏。若是平常，雷烏斯說不定會開始跟對方比力氣，這次的他卻不太一樣。

「唔！喝！混帳東西，動來動去的！」

「是你的動作太隨便。」

不光是閃躲，而是靠手掌或手肘拍掉敵人伸過來的手臂……是我擋開雷烏斯的攻擊的方式。

對於一直跟我和北斗切磋的雷烏斯而言，似乎不是太難對付的敵人，純粹是用劍不好控制力道。他將馬杜的動作看得一清二楚。

「……看來沒有其他人。」

「你這傢伙！看不起我嗎！」

「啊，抱歉。因為看得見，不小心就──」

證據就是他在戰鬥的同時，還有餘力觀察是否有敵人接近旅館。這場戰鬥的目的在於防守，這麼做是無所謂，雷烏斯卻搞反做法了。視線不該從對手身上移開，要靠感覺去偵測。

即使他沒有挑釁的意思，在馬杜眼中這個行為實在很失禮。他焦躁地加快速度。

「哈哈！逮到你了！」

馬杜也開始習慣雷烏斯的動作，在攻擊中加入變化，終於成功抓住雷烏斯的手臂。

他立刻加重力道，想要捏爛雷烏斯的手臂，卻沒聽見他所期待的聲音，笑聲戛然而止。

「別以為這種程度就掐得斷我的手！」

每一天的訓練鍛鍊出的肌肉及臂力，導致雷烏斯的手臂比鐵還要硬。

他踹向引以為傲的握力不管用、因而大吃一驚的馬杜的腹部，馬杜僅僅是呻吟著後退幾步。

「嗚……啊!?你這……臭小鬼！」

「沒用嗎？那麼，這招如何！」

對方好像也擁有不輸給雷烏斯的強壯身軀。他單膝跪在地上，氣喘吁吁，狠狠瞪著雷烏斯，彷彿在說他還能繼續打。

雷烏斯見狀微微蹲低身體，將右手放在腰部，集中魔力，咆哮著使出那個招式。

「狼……牙！」

「什麼!?唔、喔喔喔喔喔!?」

雷烏斯的爺爺——加布教他的必殺技，擊中加強防禦的馬杜的雙臂，直接穿透他的防禦，將馬杜遠遠擊飛出去。

消失在黑夜中的馬杜用力撞上某處的牆壁，再也不動了。

我用「探查」檢查了一下，他只是昏倒而已，沒有死。

不過從剛才的衝擊推測，手臂的骨頭肯定斷了，以後應該再也使不出足以掐爛人體的力氣。

「做得太過頭了嗎？嗯……算了。愛做那種事的手還是廢掉比較好。」

雷烏斯從命中敵人的觸感，判斷對方深受重傷，卻不怎麼難過，撿起放在地上的劍。我深有同感，既然雷烏斯不介意，事情可以說圓滿落幕。

最棘手的馬杜被打倒，讓留下來觀察情況的少數幾名冒險者完全失去鬥志。

「你們打算怎麼做？要回去的話——」

「開、開什麼玩笑。誰要繼續跟你們這些怪物玩！」

「順便把那傢伙撿回去……呃，跑掉了。」

主要目的是守住旅館的正門，冒險者也沒有要去關心飛到遠方的馬杜的意思，雷烏斯這邊應該搞定了。

順帶一提，我同時也在關心艾米莉亞的狀況，那邊沒發生什麼問題，差不多要收拾完了。

成長得十分可靠的姊弟令我感到心滿意足，離開現場。

「啊，天狼星少爺。」

「辛苦了。看來這邊沒什麼問題。」

雷烏斯與馬杜交戰的期間，艾米莉亞默默在旅館後門應戰，我抵達的時候已經結束了。

跟搞不清楚狀況，被拿來當誘餌的冒險者不同，從後門偷襲的人不只有實力，還擅長隱密行動。艾米莉亞卻反過來從屋頂上偷襲，輕易讓他們失去意識，現在全被五花大綁，倒在地上。

雖說敵方只有三人，能一口氣將他們壓制住，並且用繩子綁起來，真是精湛的技術，可是……

「妳動作真俐落。」

「身為隨從，這是該有的嗜好。」

為何綁了這麼複雜又漂亮的結？這個結怎麼看都是龜殼。

四肢都有牢牢綁住，所以是沒問題，但我不記得有教過她這種事。說起來，綁繩結又是哪門子的嗜好？等等要跟她問個清楚。

儘管有一堆事想吐槽，現在先把該做的事做好吧。

艾米莉亞尾巴狂搖，想要我誇獎她，在我摸她的頭時，待在用來停馬車的倉庫的北斗走了過來。

「嗷！」

「看來你也收工了。」

其實還有三個人跑去北斗那邊，當然一下就被打倒了，目前處於昏迷狀態，被北斗搬過來。

那三名男性也由艾米莉亞親手綁住，我低頭看著合計六名的襲擊者，盯上用斗篷遮住全身的高大男子。

「就他了。艾米莉亞，不好意思，幫這男人鬆綁。」

「好的，您打算怎麼處置他？」

「我想借他的斗篷一用，裝成這男人跟那些人接觸。」

「噢……」

本來打算若沒有符合條件的人，再考慮其他方法，這男人應該就夠了，可是用斗篷遮住身體的話，他和我的身高差距太大，八成一眼就會被看穿。這樣真的能瞞過那些人的眼睛嗎？在艾米莉亞疑惑地為男子鬆綁的期間，我從馬車拿來一個東西。

「我記得那是您之前讓雷烏斯穿的鞋子？」

「嗯，是高底鞋。只要穿上它用斗篷遮住身體，多少可以掩飾身高吧？」

這雙鞋子是我為了鍛鍊雷烏斯的平衡感親手做的，同時還有這種用途。

「接著是……喂，起來。」

我輕拍扒掉斗篷後又被綁起來的男子的臉頰，硬將他打醒，問了幾個問題。不出所料，這些人是阿西特僱來擄走卡蓮的。

他們認為對帶著北斗的我們出手太危險，剛開始是拒絕的，卻被阿西特威脅，只得接受這件委託。

「我們畢竟是幹這行的。其實我也不想動你們，結果竟然落得這副慘狀。天殺的！」

「意思是你也算被害者嗎？只要你發誓不會再跟我們扯上關係，我可以留你一條活路。」

「……知道了。」

阿西特似乎告訴他卡蓮是某位貴族千金，所以這人不知道她是有翼人。他可能是覺得就算對方知道，面對與大國敵對的恐懼也只能屈服。

他們原本就態度消極，再加上他很清楚有些事不能太過深入，因此我打算事情處理好就放人。當然要先讓他們充分體會過北斗的氣勢，打從心底反省。

我又逼問出一些情報後，穿上男子的斗篷告訴艾米莉亞我有事要辦。

「我離開一下。應該不會再有人來襲，不過……咳，別疏於警戒。」

「!?您的動作依然迅速。」

特地把這男人叫起來，不只是想收集情報，也是要聽他的聲音。很久沒有模仿別人的聲音了，從艾米莉亞的反應來看，應該不至於差太多。

我轉身背對揮手送我離開的艾米莉亞、北斗，以及目瞪口呆的男人，再度與暗夜融為一體，開始移動。

在去找阿西特之前，我先做完一件事，準備好後才來到從斗篷被我借走的男人口中打聽來的，城裡最高級的旅館。

那傢伙似乎借了旅館裡的別屋，要在那裡接收卡蓮她們。

聽說那棟別屋的住宿費相當昂貴，是與價格相符的可疑地點。

「稍微有點吵也不會干涉的房間嗎……不用想都知道綁走艾米莉亞她們的目的。」

反過來說，在這附近做什麼，被目擊到的可能性都很低。

我隱藏氣息，走近那棟建築物，觀察屋內的狀況，裡面好像只有阿西特跟疑似護衛的男性。

他的語氣異常激動，所以我豎起耳朵，阿西特好像在抱怨。

我在意外的狀況下得知那傢伙的真實想法及狀況，暫時離開，抱著事先準備好的袋子假裝委託已經完成，敲響別屋的門。

「……什麼人？」

「是我，任務完成了。」

「喔喔，我等很久了！」

門一開，迎接我的是眼神格外銳利的削瘦男子。

原來如此，這就是阿西特之前提到的護衛，借我斗篷的男人也說不想跟他打的那傢伙嗎？

根據我獲得的情報，他是剛才和雷烏斯交戰的馬杜的哥哥，從他散發的氣勢感覺得出，是個不輸給弟弟的強者。名字記得是卡托拉斯。

「東西呢？」

「在裡面。用藥讓她睡著了。」

我將袋子放到地上給他們看，裡面隨便裝了些東西和跟卡蓮借來的少許羽毛，阿西特似乎輕易相信了。看來他醉得比想像中更厲害，不過就算他要檢查內容物，我也無所謂。

他接著詢問艾米莉亞和菲亞為何不在，以及我的下場，看到那袋金幣他就相信了，拿出講好的報酬。

「……你把這份工作看得真廉價。」

艾米莉亞她們不是能換算成金錢的女性，再說，我並不想為人標價，但這個金額實在說不過去。她們可是我不惜掏出所有的財產也想得到的女人。

然而，我的不滿似乎害聲音露出馬腳了，卡托拉斯發現異狀，拿小刀指向我。

雖然原本的計畫是扮成其他人跟他問話，反正我已經從喝醉的阿西特口中聽見他的真心話，沒必要繼續隱瞞身分。

脫下斗篷後，卡托拉斯意識到我是敵人，果斷地用指著我的小刀刺向我的臉。我轉頭避開攻擊，將他踹飛出去。

「哈，挺厲害的嘛！」

卡托拉斯很快就重新站好，帶著興致勃勃的笑容射出數把飛刀。

我閃過共計三把的飛刀，卡托拉斯趁機再度逼近，雙手對我揮下小刀，我後退一步躲開。

「怎麼啦？瞧你一直逃。」

原來如此……難怪阿西特有心情悠哉地喝酒。

不僅有大國當靠山，還僱了這麼強的護衛，自然可以高枕無憂。

就用刀的技術來說，應該可以在我遇過的人中名列前茅。說他擁有與上級冒險者匹敵的實力並不誇張，可惜……

「可惜你的攻擊太單調了。」

我已經看穿他的動作及習慣。

這傢伙的刀法確實精湛，但我知道境界遠比他高深的人。

用不著說明，就是師父，那個人手中的刀會跟活生生的蛇一樣撲過來，非常恐怖。

「少說大話了！既然你這麼厲害，何不反擊——嗚!?」

在他的小刀刺中我之前，我搶先抓住卡托拉斯的手腕一扭，趁他握力變弱的瞬間搶走小刀。

卡托拉斯大吃一驚，用另一隻手揮刀，我用手肘卡住那隻手，強行阻止他，拿搶來的小刀指向他的脖子。

遇到這種情況，不是偏頭閃躲就是暫時後退、拉開距離，卡托拉斯選擇了後退。

我踏出一步追向他，勾住他的脖子，利用後退時的反作用力把他砸在地上，踢昏他後用他自己帶著的繩子封鎖他的行動。

「這樣就能好好跟你聊聊了。」

剩下酒意消失殆盡的阿西特。

我用「探查」確認外面沒有其他人，笑著緩緩說道。

「那麼……白天你說的商人的尊嚴，再跟我講一遍吧。」

「啊……那個……」

每當我靠近一步，阿西特就後退一步，門口卻在我背後。

我逐漸將他逼得愈退愈裡面，等到背部撞上牆壁時，阿西特大概是發現自己無處可逃，害怕地指著我大叫：

「你、你這傢伙！別以為做這種事還有辦法活命！」

「你應該知道在這種場合說這種話，一點用都沒有吧？你的真心話我剛才在外面聽見了，勸你做好覺悟。」

束手無策……正是用來形容現在的情況。

阿西特開始乾笑，我射出搶來的小刀，刺中他的腳。

「呃啊!?住、住手！饒我一命……」

「是可以，那我有幾件事想問。」

我順便打聽了一下他撿到卡蓮的地點，以及歐貝利斯克這個國家的情報。這叫有備無患。

然而，歐貝利斯克的祕密很多，沒問到多少情報，不過我得知他找到卡蓮的那條河，上游離龍之巢很近，那裡就是卡蓮的故鄉的可信度更高了。

大致問完話的時候，阿西特開始瑟瑟發抖，伸手向我哀求。

「可、可以了吧……？我的身體在發麻……快點……」

「刀上果然有塗毒。放著不管會死嗎？」

「只會……動彈不得。求你……藥在……那傢伙身上……」

「沒有致死性就沒問題了。要怪就怪仗著有靠山及護衛就疏於警戒，缺乏危機意識的自己吧。」

「唔……唔唔……」

兩人的命運掌握在我手中，最後我選擇放著他們不管，走出這棟房子。

考慮到將來的風險，理應確實處理掉他們。可是這次的事件比起由我出手，還有更適合的人。

我穿上剛才脫掉的斗篷，離開旅館，呼喚躲在附近建築物後面的男性。

「準備好了。剩下隨你處置。」

「喔……看我好好教訓他們！」

滿身是血，單手單腳像被捏爛似往旁邊彎曲的男子，是阿西特抱怨的冒險者中唯一的倖存者。

我在來到這裡的路上碰巧發現他，確認他還有呼吸後，決定利用隱藏身分的這個狀況，提議幫助他復仇。

若是平常，可能會引起他的懷疑，被怒氣沖昏頭的男子卻立刻答應，所以我先讓他殺了被雷烏斯揍暈的馬杜。

我告訴他準備就緒後會叫他，讓他躲在附近的房子後面。

「呼……呼……那幾個……天殺的……傢伙。我死都不會……放過他們！」

雖說我為他做了急救措施，男子註定救不回來。

傷得這麼重還是動得了，想必是基於自己和同伴遭到虐殺的復仇心。他拿著被馬杜的血染紅的劍撐著身體，穩穩走向我剛離開的別屋。

這人恐怕撐不到一小時，不過要用來解決動彈不得的阿西特他們，理應足夠了。

「這就叫報應吧……」

過沒多久，確認建築物內的生命反應全數消失後，我靜靜離開。

《希望的魔法》

解決完阿西特一行人的問題，隔天，我忍著哈欠用馬車附帶的流理臺做早餐。其實早餐大可在旅館吃，可是昨晚發生了許多事，我想稍微轉換一下心情。

我在被我梳過毛，愉快地搖著尾巴的北斗的注視下做菜，艾米莉亞和莉絲走向馬車，與我互道早安。

「原來您在這呀。」

「你在做什麼？啊，該不會是……」

「嗯，為卡蓮做的。」

除了用來當早餐的三明治，我還做了蛋糕。

她那麼愛吃前幾天做的法式吐司，肯定也會喜歡蛋糕。

「用食物吸引她或許有點卑鄙，我也想早點和她打好關係。」

「真期待卡蓮吃到時的反應。」

「我第一次吃到蛋糕的時候，真的大受衝擊。仔細一想，我等於是被蛋糕釣到的。」

「別把我講成這樣。」

當時我完全沒有那個意思，純粹是高興艾米莉亞交到第一個朋友，懷著如同母親的心態歡迎莉絲。

然而仔細一想，我或許就是在不知不覺間，被莉絲當時露出的陶醉笑容迷住。父親及姊姊那麼溺愛她，在各種意義上來說，莉絲真是個罪惡的女性。

「把麵糊放進烤箱……趁烤蛋糕的期間做好三明治吧。」

「我也來幫忙。」

「那我負責切三明治的料。」

由於早餐是一天的精神來源，我們分工合作做好三明治，聚集在女性組住的四人房用餐。

大量的三明治接連消失，因為雷烏斯頻頻停下來打哈欠的關係，消耗的速度比平常慢一些。

「呼啊……好睏。」

「……呼嚕。」

「卡蓮，起床吃飯了。」

「……嗯。」

雷烏斯昨晚好像睡得不太好，可能是因為跟那群冒險者打過一場，興奮的心情遲遲沒有冷卻下來。更重要的是，他為了保護卡蓮很晚才睡，單純是睡眠不足。

因此我可以理解雷烏斯還很睏，不過為何連卡蓮都這樣？

那孩子比其他人都更早上床，今天早上還是最後醒來的，粗估睡了半天左右。

「想睡的話在移動的期間睡吧。要學會在哪都能調整身體狀況。」

「說得也是。那我把吊床拿出來。」

馬車的懸吊系統多少能吸收震動，只要路面不要太顛簸，足夠休息了。

我被雷烏斯影響，跟著打了個哈欠，發現莉絲和菲亞面帶苦笑看著這邊。

「天狼星前輩也想睡覺嗎？早餐可以讓我們做就好嘛。」

「我們只有晚睡一點而已，不怎麼睏，天狼星應該更晚才睡吧？」

昨晚確認阿西特他們的下場後，我沒有回到旅館，而是尋找跟這起事件有關的人，四處調查會不會影響今後的生活。

幸好受僱的人疑似不知道卡蓮是有翼人，阿西特他們一死，就沒人把消息帶回歐貝利斯克了。

為求保險起見，我還去跟私下掌控這座城市的黑道分子接觸。造成話題的只有妖精及百狼，一切一如往常，沒有任何問題的樣子。

通通確認完畢後，我才回到旅館，當時不只換日了，天空還泛起魚肚白。我姑且有小憩一下，但睡眠時間不足是事實。

「說得也是，那我也在馬車上補眠吧。不對，是必須補眠。」

「是的！畢竟我們約好了。」

我苦笑著說，艾米莉亞晃著尾巴回答。

昨晚……我用「傳送」叫大家先去睡的時候，艾米莉亞說身為隨從不可以比主人更早就寢。我好不容易勸動她，答應她一件事，她好像就第一個跑去睡了。而那件事就是……

「我在出發前淨身過，想睡的時候請跟我說一聲。我的大腿隨時為您空著。」

「膝枕是需要這麼有幹勁的行為嗎？」

「我樂於服侍天狼星少爺喔？而且您很少躺我的大腿。」

「是嗎？我記得躺過幾次。」

「最瞭解天狼星前輩的艾米莉亞都這樣說了，肯定沒錯。」

「對呀，你的話比起躺我們的大腿，更常讓我們躺大腿吧。因為我幾乎沒有躺過你大腿的記憶。」

經她們這麼一說，好像是這樣。

我並不是討厭膝枕。小時候，媽媽在那座花園讓我躺她的大腿，那舒服的觸感是我一輩子的回憶。

而且我一有需要，北斗就會馬上湊過來讓我靠，或許是這個原因，導致我不太需要抱枕類的東西。

「等等我先按摩一下大腿好了。這樣會變得比較軟吧？」

「就跟妳說不必這麼有幹勁了。」

在我撫摸艾米莉亞的頭，叫她冷靜一點時，三明治吃完了，我接著拿出今天的主菜——蛋糕。裝飾比平常精緻一些，我自認做得很好。

看見蛋糕登場，眾人紛紛歡呼，第一次看到蛋糕的卡蓮疑惑地盯著它。

「這個白白的東西是什麼？可以吃嗎？」

「它是蛋糕，跟妳之前吃過的法式吐司一樣是甜點。是天狼星為妳做的。」

「比蜂蜜還甜嗎？」

「不只甜，還軟綿綿的，很好吃喔。一小口也好，先吃吃看吧。妳一定會喜歡。」

莉絲和菲亞這番話勾起卡蓮的興趣，視線固定在蛋糕上。由艾米莉亞分切的蛋糕送到所有人手中，看見大家吃得津津有味，卡蓮也吃了一口蛋糕……

「……好好吃！」

她展露笑容，翅膀不停拍動。

「是嗎？妳喜歡就好。」

「天狼星少爺做的蛋糕當然美味囉。」

「對呀，吃幾次都不會膩。」

我感覺到蛋糕攻勢起了效果，坐在旁邊的菲亞幫卡蓮擦掉嘴角的鮮奶油，一面問她：

「如何？我們說得沒錯吧。」

「嗯，不過，卡蓮比較喜歡蜂蜜。」

「「「…………」」」

比起砂糖的甜味，卡蓮似乎更喜歡蜂蜜的甜。

我知道每個人的喜好都不一樣，這也是無可奈何，但她講得這麼明白，真的滿令人沮喪的。天然食品的威力果然厲害。

「糟糕，姊姊！大哥好難過！」

「唔!?雖然不想對卡蓮用這招，我可是天狼星少爺的隨從。為了主人，現在就……」

「慢著慢著，我沒有難過。還有艾米莉亞，我大概猜得到妳要幹麼，絕對不准動手。」

「……遵命。」

她想做的恐怕是洗腦之類的行為，為何露出那麼遺憾的表情？

儘管我確實有點沮喪，這件事又不是誰的問題，無論她嘴上怎麼說，卡蓮還是

吃得很高興，我就不計較了。

不過……我有那麼一點不甘心。下次是不是該用蜂蜜做甜點？

我邊想邊看著不停將蛋糕送入口中的卡蓮。

「天狼星前輩，可不可以打擾一下？」

收拾餐具的時候，我聽見莉絲在叫我，回過頭，卡蓮躲在她背後。直到昨天都只會黏著菲亞的卡蓮，現在也願意靠近莉絲跟艾米莉亞了。

「怎麼了？有什麼問題嗎？」

「卡蓮有話想跟你說。來，鼓起勇氣。」

「……嗯。」

她能和莉絲正常交流的模樣實在很溫馨，可是既然她要找的人是我，總不能一直站在旁邊看。我停下手中的工作，跪到地上配合卡蓮的視線高度，等待她開口。

「那個……想請你教卡蓮魔法。」

「魔法？」

「在卡蓮的故鄉，年滿五歲時好像會開始學魔法。」

「有翼人屬於身體輕盈的種族，不擅長肉搏戰。或許是因為這樣，他們才把時間花在訓練魔法上。」

「那麼小就開始學魔法，真的好厲害。我五歲的時候只會跟媽媽撒嬌呢。」

可能是因為怕我的關係，卡蓮解釋得非常不清楚，多虧事先得知情況的莉絲跟待在附近的艾米莉亞和菲亞幫忙補充說明，我大致明白了情況。

簡單地說。

有翼人滿五歲後會開始練習魔法，大約一個月前，年滿五歲的卡蓮接受了家人的指導。

但不管她如何嘗試，卡蓮連初級魔法都用不出來。

「媽媽雖然說不用放在心上，卡蓮有點傷腦筋。卡蓮想學會用魔法，嚇媽媽一跳。」

「所以想請我教妳魔法嗎……」

今天早上，卡蓮看到莉絲製造出洗臉水，促使她產生這個念頭。

聽說有翼人普遍擅長使用魔法，據卡蓮所說，就算是小孩子，練習幾天即可學會初級魔法。

卡蓮卻用不出魔法嗎……

她的翅膀本來就跟其他有翼人形狀不同，很可能在同族間顯得特別格格不入。

雖說一部分的原因是為了母親，沒有受到挫折，試圖學會魔法的態度，相當值得讚許。

所以要我教她是可以，不過她那麼怕我，比起讓我來，從女性組裡面找人更適合吧。我用視線傳達這個意思，三人同時眨了下眼。

「是你教了我們用魔法的訣竅，所以我想說，應該要跟你說一聲。」

「你不是這個團隊的隊長嗎？不管要由誰教她，都需要仔細向你報告。」

「而且就教人這件事來說，天狼星少爺最為適任。只要由您來指導，卡蓮一定也學得會魔法。」

原來如此，這次輪到我跟卡蓮拉近距離了嗎？

其實是想自己教卡蓮，卻把機會讓給了我。我就乖乖收下她們的好意吧。

在我思考的期間，卡蓮神情不安地等待著，我笑著緩緩朝她伸出手。

「好啊，妳不介意的話，讓我來教妳。在那之前我想調查一件事，可以把手伸出來嗎？」

「……嗯。」

雖然想先確認卡蓮的屬性，這個得用專門的魔導具才好鑑定。

於是，我打算先調查魔力的流向，碰觸卡蓮的小手發動「掃描」。

「對了，妳知道魔力是什麼嗎？」

「嗯……這個動來動去的東西就是魔力對不對？」

儘管是很模稜兩可的形容，她的身體似乎感覺得到魔力的存在。

我接著請她使用水屬性的初級魔法，藉由「掃描」詳細調查魔力的流向……

「唔，魔力確實有在體內循環。」

「那她為什麼用不出魔法呢？初級魔法的話，理應可以製造少量的水。」

「這種感覺是……不，該仔細確認過再說。」

我想到一個可能性，但這畢竟是前所未有的經驗，沒有確切的證據。

魔法我預計在馬車上教她，因此我本來想直接啟程離開這座城市，在那之前似乎得繞去一個地方。

卡蓮感覺到莫名凝重的氣氛，露出泫然欲泣的表情，我笑著叫他不用擔心，對眾人說道：

「出發前先去冒險者公會一趟吧。」

我們離開旅館，按照我的計畫前往冒險者公會，拜託公會職員讓我們使用能鑑定魔法屬性的魔導具。但那東西基本上只會在去公會登記時用到，坐在櫃檯的職員便詢問我們為何要使用。

「想調查的不是我們，是這個女孩。我考慮之後要教她魔法，想先調查她的屬性。」

「那女孩是你的小孩嗎？」

「不，是亡兄的小孩，現在由我們收養，跟著我們一起旅行。等於是我們的妹妹。」

「這樣呀……嗯，對不起，懷疑你們。身為公會職員，還是得問一下。」

急中生智想出的藉口，引來櫃檯小姐的懷疑，不過看見卡蓮被充滿冒險者的公會的氣氛嚇得黏在菲亞身後，她好像相信了。

起初我也考慮過說她是我的小孩，可是外表還很年輕的我有這麼大的小孩，有點不合理。

「那我馬上拿過來，等我一下。」

「要在這裡做什麼？」

「魔法不是有火、水等各種屬性嗎？我們要來調查妳適合哪種屬性。」

「每個人擅長的屬性都不一樣。只要查明妳擅長的屬性，說不定就能快點學會魔法。」

「真的嗎!?」

聽見兩人的說明，卡蓮似乎燃起希望，雙眼發亮。

她高興是很好，但遮住翅膀的斗篷開始不停抖動，希望她盡量控制一下。

我先叫大家圍住卡蓮，公會職員也準備好了，將鑲著透明魔石的魔導具放到我們面前。

「來，小妹妹，把手放在這顆石頭上面。」

「……嗯。」

卡蓮沒怎麼猶豫，將手伸向石頭，大概是好奇心勝過了恐懼。

這個魔導具雖然跟我們登記時用的形狀不同，應該同樣會視觸碰者的屬性發出不同顏色的光芒。火屬性是紅光，水屬性是藍光。

至於卡蓮的屬性，若我猜得沒錯，最好避免其他人看見。我叫大家包圍卡蓮，以遮住魔石的光。

卡蓮碰到的魔石開始綻放光芒……

「啊，發光了！」

「這是……」

「……果然。」

光的顏色……不是紅色也不是綠色，是完全的無色。

也就是說，卡蓮的屬性跟我一樣是無屬性。

「大姊姊大姊姊，妳看，好漂亮。」

「是的，非常漂亮。」

「嗯……對呀。」

「跟卡蓮的心靈一樣，是純潔的顏色。」

包含櫃檯小姐在內，看見魔導具光芒的所有人都懷著複雜的心情，只有卡蓮看得入迷。

而我則大概有料到這個結果。

我從未遇過其他無屬性的人，也有可能是魔法資質極低，我感應不到，所以我剛才什麼都沒說。不過從這道光芒的顏色來看，卡蓮確實是無屬性沒錯。

即使以我現在的實力，只要沒有魔法陣，連四屬性魔法的初級魔法都用不出，卡蓮無法順利使用魔法，也是理所當然。

我默默從旁邊讓魔導具停止運作，卡蓮一臉疑惑，不知道顏色代表什麼意思，提出天真的問題。

「大姊姊，卡蓮擅長的魔法是什麼？跟媽媽一樣是風魔法嗎？」

「呃──有點難以啟齒……」

「菲亞，我來吧。該由我告訴她。」

「……什麼意思？」

「卡蓮，妳聽好。妳擅長的魔法是……」

就這樣，調查完卡蓮的屬性後，我們離開城市，搭乘馬車前往有翼人居住的龍之巢。

由於我稍微加快了速度，再兩天大概就能抵達龍之巢入口處的那座森林前面。

明明終於可以把卡蓮送回家……馬車裡的氣氛卻有點沉重。

因為得知自己是無屬性的卡蓮，坐在馬車的車廂內垂著頭。翅膀也垂了下來，彷彿在反映她的內心，散發出一股讓人不敢跟她搭話的哀愁感。

「就算是有翼人，對無屬性的印象還是不好呢。」

「卡蓮那麼期待的說。」

全世界似乎都對無屬性觀感不佳。

對於想跟我們學習魔法，嚇母親一跳的卡蓮來說，期待愈大，打擊就愈大。

我本來打算在馬車裡補眠，可是放著現在的卡蓮不管實在不太好，我便靜靜陪著她。

過了一會兒，馬車離開城市，來到四下無人的地方時，躺在吊床上的雷烏斯忽然採取行動。

「……媽媽。」

「我說，打起精神啦，卡蓮。無屬性不是壞事啊？」

多虧他慎重地拉近距離，雷烏斯跟她說話，卡蓮也沒有逃跑。這或許也證明了卡蓮的心情有多麼沮喪。

這句話好像刺激到了她的情緒，卡蓮淚流不止，面向雷烏斯。

「不過，媽媽說過……無屬性的人不會用魔法。」

「這樣啊。但我反而很羨慕無屬性喔？」

「……為什麼？」

「因為我尊敬的大哥就是無屬性。」

「咦!?」

雷烏斯清爽的笑容使卡蓮瞬間愣了下，她聽懂這句話的意思，展開翅膀看著我。

由於還有其他人在場，在公會的時候我沒有說明，在這邊就不用擔心了。

「嗯，我也跟妳一樣是無屬性。北斗。」

「嗷！」

用不著開口，北斗就明白我的用意，將馬車拖到不遠處的草原上停下。

看我們走下馬車，卡蓮感到疑惑，在菲亞的催促下跟在後頭。

「要做什麼？」

「遵守約定教妳魔法。這麼大的空間足夠了。」

「可是，卡蓮是無屬性。」

「別擔心，我要教的是無屬性的魔法。妳跟我一樣是無屬性，只要多加練習，一定學得會。」

我表現得樂觀積極，卡蓮卻沒什麼反應，因為有人告訴她無屬性的魔法不需要學。

看來實際表演一次給她看最快。

「卡蓮，妳聽好。凡事都會根據使用方式及思考方式的差異，產生巨大的變化。我想想，有個比較對象應該比較好理解。」

我使了個眼色，姊弟倆點點頭，將魔力集中於掌心，發動魔法。

「這是風屬性的初級魔法。『疾風』。」

「我是火。仔細看，卡蓮。『火焰』。」

「……咦？」

艾米莉亞製造的魔法之風，吹得周圍的樹木劇烈搖晃，接著是雷烏斯射出的火球擊碎附近的岩石。

卡蓮興致勃勃地看著兩姊弟的魔法，發現一件事，提出問題。

「媽媽說用魔法之前，那個……不唸一個東西就用不出來，大哥哥大姊姊不用唸就可以用魔法嗎？」

「經過天狼星少爺的指導，我們不用唸咒文也用得出魔法。」

「我當然也可以。今天早上製造洗臉水的時候，我也沒唸咒對吧？」

當時卡蓮好像還沒睡醒，所以記不太清楚，經莉絲這麼一說，她才想起來，瞪大眼睛點頭。

「我也可以不用唸咒喔。不過我跟莉絲有點特殊啦。」

「剛開始對魔法一無所知的我們都辦得到了，妳一定也行。」

立刻發現姊弟倆沒有唸咒，著眼點是不錯，但現在的重點在於比較魔法。

聽見自己也辦得到，卡蓮興奮起來，我嚴肅地告訴她：

「看清楚。這就是無屬性魔法的可能性……不對，其中一個姿態。『衝擊』。」

我瞄準的是比雷烏斯擊碎的石頭大上好幾倍的岩石。

從掌心射出的衝擊彈粉碎岩石，在中心開出一個大洞。只要我想，也能將整塊石頭破壞，可是我打算從基本教起，便控制了一下威力。

卡蓮被「衝擊」的威力嚇到，張開翅膀僵在原地。

我輕輕拍手，卡蓮回過神來，對我的恐懼第一次從臉上消失。

「如何？這樣妳還覺得不需要學？」

「卡蓮也……做得到嗎？」

「當然，學習魔法最重要的，就是相信自己做得到，以及不要放棄，反覆練習。」

「……嗯！」

我還想教她同樣是無屬性的「增幅」等魔法，可惜兩天後就會抵達龍之巢，時間應該不太夠。

要我在有翼人的住所停留幾天教她也不是不行，但把卡蓮送回家後，有可能不能久待，馬上就要道別，頂多教個一、兩種魔法。

我們同為無屬性，所以我也考慮要教她我自創的魔法「麥格農」，不過教小孩子用槍還是會給人強烈的排斥感，唯有這招萬萬不可。

而且……以槍枝為範本的魔法，在這個世界太過異常又強大。

要保護自己的話「衝擊」便足矣，該先讓卡蓮學會抵擋敵人的護身用魔法，而非殺敵的魔法。

等卡蓮身心都有所成長，能夠判斷善惡後，如果我們還有機會見到面，到時再考慮看看吧。

我看著瘋狂拍翅，彷彿在叫我快點教她的卡蓮，制定今後的訓練計畫。

表演魔法給卡蓮看的隔天。

我們在太陽下山前停下馬車，分頭準備紮營。

一部分的人去附近的森林採集食材，其他人留在馬車準備晚餐，只有我和卡蓮在遠處練習魔法。

不幫忙準備雖然令人過意不去，大家都叫我以卡蓮為優先，這次我就乖乖接受他們的好意了。

複習完魔力的操控方式，終於到了讓卡蓮使用魔法的時候。

「很好，就是這樣。維持這個狀態，緩慢移動全身的魔力，集中在手掌。如果變得跟剛才一樣不舒服，要立刻停止喔。」

「……這樣可以嗎？」

「好，接著把手朝向目標，在唸出魔法名的同時釋放魔力。」

「嗯，『衝擊』。」

卡蓮的手掌射出看不見的魔力，直接命中附近的岩石，岩石表面出現些微的裂痕。

儘管威力跟我昨天用的「衝擊」相差甚遠，對現在的卡蓮而言，這就是極限。原因在於魔力不夠集中，但已經很厲害了。

雖說她有從家人那邊學到如何使用魔力，我昨天才教她我的魔法理論，她就用得出魔法了。

或許是因為有翼人屬於擅長魔法的種族，不過當事人的才能果然才是主要因素吧。

卡蓮的專注力相當高，就像她會全神貫注地閱讀我在城裡買給她的書那樣。專心做某件事的時候會不顧周遭，同時也是缺點，但卡蓮的專注力會幫助她以驚人的速度吸收知識。那對姊弟也頗有天賦，而卡蓮又在他們之上。

因此她不停陷入魔力枯竭狀態，看起來很難受，可是為了知道自身的極限，以及為了變得更強，此乃必經之路，因此我不太會制止她。假如她真的快要昏倒，我當然會喊停就是了。

順利使出魔法的卡蓮笑著面向我。

「……成功了！」

「嗯，做得很好。以這個威力，就算對手是魔物也足夠有效。」

至少比一般人用的「衝擊」強上數倍，只要瞄準魔物的眼睛，至少能起到嚇阻的效果吧。

需要消耗大量的魔力，威力卻不怎麼樣……這是常識，是沒有任何人會去使用「衝擊」的理由。

然而，卡蓮並未被這個常識束縛住，而是相信我說的話，短短一天就成長到這個地步。可見她有多麼純真。

「只要學會操作體內的魔力，就能使出更強大的攻擊。別著急，反覆練習慢慢變強就好。」

「卡蓮會加油！」

卡蓮開心得不停拍翅，臉色卻有點差，可能是魔力即將耗盡。

外出採集食材的人也是時候回來了，等等得準備晚餐，今天就到此為止吧。

「今天練習到這邊。一早就不停集中魔力，妳累了吧？」

「是沒錯……可是卡蓮想再試一次。卡蓮也想快點變得跟大哥哥一樣厲害。」

明知魔力枯竭有多難受，依然努力不懈，真是值得讚賞的學習態度。

本來應該要讓她休息才對，不過……

「……拿妳沒辦法，只能再練習一次喔。有沒有什麼問題？」

「卡蓮和大哥哥的魔法有什麼不同？」

「那我再讓妳看一遍。靠自己的力量發現差異也很重要。」

「嗯！」

昨天我以正常的速度使用魔法，這次則放慢速度，方便卡蓮觀察。

我像在呼吸似地發動「衝擊」，要放慢速度的話得多花時間集中魔力，反而很費工夫。

但擁有驚人專注力的卡蓮，很可能觀察出一些端倪，值得為她這麼做。

「感覺得到魔力集中在我的右手嗎？如果難以集中魔力……」

「…………」

她聽著我的解釋仔細觀察，不放過我的一舉一動。

卡蓮是個我行我素的孩子，卻純真又努力，更重要的是，她的求知慾相當旺盛，教起來很有成就感。

我想著希望能幫上她的忙，比平常更加專注地使出「衝擊」……

「我們回來了。找到了很多食材喔。」

「大哥，你看！有看起來很好吃的——嗯？卡蓮，妳幹麼？」

「……蜂蜜？」

不對……我是否該收回前言？

前一秒還在認真觀察我的卡蓮，不知何時跑到狩獵歸來的雷烏斯前面了。

看著剛才釋放的「衝擊」將岩石轟成碎片，我感到一陣空虛。

把整個過程看在眼裡的艾米莉亞和莉絲不知道該作何反應，搞不清楚狀況的菲亞面露疑惑。

「發生什麼事？氣氛好像不太對勁。」

「那個，該怎麼說呢……」

「心情很複雜……吧？」

雖然魔法可以之後再示範給她看，我該如何排解這難以言喻的心情？

菲亞正在跟她們倆詢問事情經過，旁邊的雷烏斯和走到面前的卡蓮交談著。

「真是，妳突然冒出來，嚇我一跳。怎麼了嗎？」

「卡蓮聞到蜂蜜的味道。」

「喔，鼻子真靈。其實我又在路上找到蜂巢，整個拿回來有困難，所以我只帶了一部分。」

「想吃！」

「咦，快吃晚餐了耶？想吃的話要先得到大哥的允許。」

卡蓮開始對我們敞開心扉，逐漸展現新的一面。

其中之一就是這個，這孩子好像比想像中更喜歡蜂蜜。

證據就是蜂蜜本身幾乎沒什麼氣味，她卻敏銳地聞了出來，做出反應。這就叫所謂的沉迷其中吧。

兩人聊著聊著，往我這邊看過來，我無奈地點頭。

「只能吃一點。」

「好！卡蓮，等我一下喔。」

「嗯！」

卡蓮如同一隻小狗，跟在回馬車裡拿所需道具的雷烏斯後面。

她滿腦子都是蜂蜜，不僅把魔法忘得一乾二淨，也不再害怕雷烏斯。

好吧……我本來就決定今天練習到這裡，卡蓮看起來那麼高興，我也不好多說什麼。

盯著雷烏斯挑蜂蛹的卡蓮使我不禁苦笑，著手用菲亞和雷烏斯找到的食材煮晚餐。

我打起精神，開始準備晚餐，卻一下就陷入猶豫。

今晚我打算煮野菜燉肉，可是馬車的冰箱裡還有保存期限快到的鳥肉。

那是我在遇到卡蓮前做好防腐措施，先保存起來的鳥肉，考慮到有翼人可能會視吃鳥肉為禁忌，我一直下意識避免它出現在餐桌上，包含在城裡吃飯的時候。

也是可以不放進鍋裡，做成烤肉我們幾個分著吃，但我又不好意思在卡蓮面前這麼做。直接拿去丟的話，那種鳥肉不好買到，這麼做未免太浪費。

總而言之，去跟一起備料的艾米莉亞和莉絲商量看看好了。

「……妳們覺得呢？」

「這個嘛，我是銀狼族，卻不會排斥吃狼肉，我認為不必擔心。」

「不過每種種族的文化都不一樣，先去問問看卡蓮吧。」

「莉絲說得沒錯。」

以前她會怕我們，因此我不敢多問，現在就算直接問，我想她也會願意回答。

我暫時中斷煮晚餐的工作，走向在萃取蜂蜜的雷烏斯和菲亞，那裡儼然是小型的流水線。

魔花蜂的巢穴很大，所以雷烏斯將它切成小塊帶走……

「菲亞姊，給妳。」

「嗯，最後輪到卡蓮囉。」

「嗯……」

先由雷烏斯挑出巢裡的蜂蛹，接著由菲亞刮取蜂蜜，最後是卡蓮用手指從刮完蜂蜜的蜂巢裡挖剩下的蜂蜜吃。

菲亞做事做得有點隨便……簡單地說，她沒有把蜂蜜刮乾淨就交給卡蓮，大概是看見幸福的卡蓮，忍不住想寵她吧。

我望向卡蓮腳邊，好幾個蜂蜜清得一乾二淨的蜂巢放在那裡。

兩人發現我露出複雜的神情看著這一幕，停下手抬起頭。

「怎麼了？要用來煮晚餐的話，可以把那邊的蜂蜜拿走呀。」

「不是……我覺得卡蓮好像有點吃太多。」

「會嗎？蜂巢裡剩的蜂蜜又不多，還好吧……」

「先看看她腳邊的巢有多少再說。」

「「啊……」」

看來她太專注在刮蜂蜜和卡蓮身上，沒有注意到。這樣講對卡蓮很失禮，不過現在的情況就像不小心給寵物吃太多飼料一樣。

但我可以理解她的心情，而且既然已經無法挽回，那也沒辦法。

卡蓮手上還拿著蜂巢，我告訴她這是最後一個，她面露遺憾，依然乖乖點頭，或許是吃夠了。

「……好吃嗎？」

「好吃！」

傷腦筋。看她這麼滿足，我哪忍心責備她。

我在心中嘆氣，莉絲看著卡蓮收拾最後的蜂巢，好像察覺到了什麼。

「卡蓮連蜂蛹都敢吃呢。」

「嗯，這個也很好吃。」

「我懂，甜甜的，口感很神祕。」

「莉絲姊姊也要吃嗎？」

「妳要分我嗎？謝謝。」

蜂蛹營養豐富，要吃是無所謂，可是卡蓮食量本來就少，再吃下去晚餐搞不好會吃不下。換成姊弟倆和莉絲，倒是完全不用擔心。

確定晚餐得多下一番工夫後，我向卡蓮提出那個問題。

「我想問一件事，卡蓮吃過鳥肉嗎？」

「……很少。」

「也就是說，沒有被禁止……其實今天的晚餐我想用鳥肉做，妳可以接受嗎？」

「嗯。」

肉的問題似乎解決了，我們便回去繼續準備晚餐。

吃完晚餐，決定好守夜的輪班順序後，到了就寢時間。

為求公平起見，守夜的順序每次都不一樣，這次我是第二個。

我跟第一個守夜的菲亞換班，坐在篝火附近，幫蹭過來的北斗梳毛，用小小的「光明」點燈看書，打發時間。

換班的時間將近時，在附近蓋著毛毯睡覺的艾米莉亞醒來了，坐起上半身。

「呼啊……您辛苦了，天狼星少爺。我馬上去準備，請稍待片刻。」

「嗯，慢慢來沒關係。」

雖說是露宿郊外，艾米莉亞好像覺得身為隨從，不該讓主人看到自己剛起床的模樣，迅速整理儀容。

不過她睡覺的時候只有脫掉一件上衣，洗個臉稍微梳一下頭髮即可。儘管如此，對女性來說形象就是這麼重要。

艾米莉亞梳洗完畢，泡了不會妨礙睡眠的紅茶，坐到我旁邊，我一如往常撫摸她的頭，她開心地搖著尾巴。

「妳的時間感還是一樣準。」

「呵呵呵……還比不上您呢。」

雖說不是百分之百正確，我們備有類似沙漏的器具，方便計算輪班時間，而艾米莉亞一定會在數分鐘前醒來。

時間不長，仍舊能在自己決定好的時間清醒，是能完全掌控生理時鐘的證據。

對人來說睡眠是不可或缺的行為，又是最無防備的狀況，讓身體學會這個技能，能在各種場合派上用場。

相對的，睡眠時大多處於無意識的狀態下，想練到這個地步難如登天，艾米莉亞卻為了輔佐我，花了好幾年養成習慣。我想成為能回應她的專一的男人。

「呼……真享受。讓天狼星少爺摸頭，果然有助於提神。」

「雖然這話不該由我說出口，被摸頭不是很舒服嗎？反而會想睡吧。」

「被您摸頭除了心情會變平靜外，還會帶來更多的喜悅及興奮。」

「這樣不是互相矛盾嗎？」

「總之被您一摸就會打起精神，對我而言是魔法之手。」

我並未注入魔力，推測是精神方面的影響。

也罷……她開心就好。我繼續摸了她一陣子，在察覺到一股氣息時停下手。

「夠了嗎？」

「是的，剩下請交給我。」

我離開艾米莉亞，裹著毛毯躺到地上。

北斗在同時趴到我附近為我擋風，我只有把眼睛閉上，意識依然維持清醒。

過沒多久，柴火的劈啪聲中，參雜進有人從馬車的方向走向艾米莉亞的聲音。

「……怎麼了嗎？」

「那個……」

我背對著那邊，所以看不見人影，但我很快就憑藉聲音及氣息判斷出那是卡蓮。

她疑似是在我摸艾米莉亞頭的時候醒來的，等我睡著才爬起來找人。

至於她醒來的理由……

「肚子餓，睡不著嗎？」

「……嗯。」

不出所料，是餓得受不了。

晚餐我不只準備了麵包及燉菜，還有野菜跟炒蜂蛹，卡蓮卻只吃了一碗燉菜。光吃一碗她看起來就吃不下了，卡蓮卻還是乖乖把自己的份吃完，由此可見她的母親把孩子教得很好。

可是就算她食量偏小，未免吃太少了。理由顯而易見，正是因為她在晚餐前吃了太多蜂蜜和蜂蛹，幸好我事先做好了準備。

「燉菜還有剩，要不要吃？」

「有燉菜嗎？」

卡蓮會疑惑很正常。

因為她親眼看見莉絲和雷烏斯這對大胃王姊弟把鍋子清空了。

「天狼星少爺料到會有這種事，留了一份起來。我馬上幫妳加熱，等我一下喔。」

「……對不起。」

「不必道歉。菲亞小姐和雷烏斯不小心給妳吃太多蜂蜜也有錯，而且妳那麼飽，還是努力把飯吃完了呀。」

「不可以剩菜，而且卡蓮……吃了很多蜂蜜。」

「呵呵，這樣就夠了。只要妳有反省的意思，天狼星少爺和我們都不會生氣。」

艾米莉亞說得沒錯，既然她明白自己吃太多零食，懂得反省，那就夠了。

而且卡蓮還小，晚餐前肚子餓的時候看見喜歡吃的東西，自然克制不住。

兩人的對話就此中斷，接下來的時間只聽得見加熱燉菜的聲音，等到卡蓮吃起燉菜，她們才又開始交談。

「……好吃。」

「呵呵，明天早上記得跟天狼星少爺說。他一定會很高興。」

「……嗯。」

「難以啟齒對吧？我很能理解妳的心情。因為我們以前也是這樣。」

「大姊姊也是嗎？」

「對呀，我在妳這個年紀的時候，有幾次晚上肚子餓，還讓天狼星少爺和一位叫迪先生，跟大家的哥哥一樣的人幫我準備宵夜。」

住在我出生的那棟房子時，艾米莉亞大概是正值發育期，晚上經常餓醒。順帶一提，雷烏斯也常這樣。

迪會偷偷幫兩姊弟煮宵夜，我偶爾也會先幫他們做好宵夜放著。

「即使想向他們報恩，對我這個小孩來說太困難了。可是，只要我有所成長，大家都會高興，所以以前的我很努力地在學習——不，至今我仍在不斷吸收知識。」

「……什麼意思？」

「我講得好像有點太複雜了。意思是，只要卡蓮學會很多事，我們就會高興。今天也是，看到妳用出魔法，天狼星少爺非常開心對不對？」

「嗯，他有誇獎卡蓮。」

「就是這樣。妳要吸取這次的教訓……不對，要記好這次的經驗，下次不要犯同樣的錯。」

不愧是從小看著弟弟雷烏斯長大的人，真會跟小孩子相處。

卡蓮沒有回應艾米莉亞溫柔的話語，不過些微的空氣流動使我明白，她清楚點了下頭。

總而言之，這樣她應該就知道吃零食要適可而止了。

然而，我為何覺得以這孩子的個性，一有蜂蜜出現在眼前又會重蹈覆轍呢？我腦中浮現這樣的疑惑，這次真的墜入夢鄉。

等到太陽升起，大家都醒過來後，卡蓮在我做早餐時走過來。

「那個……燉菜，謝謝。很好吃。」

「是嗎，妳喜歡就好。我知道蜂蜜很好吃，可是飯也要乖乖吃喔。」

「嗯，卡蓮下次會努力把蜂蜜跟飯都吃光光！」

「就是這個幹勁，卡蓮！」

「那今天就來挑戰大份一點的吧！」

「……怎麼跟我想的不太一樣。」

好像沒有「少吃蜂蜜」這個選項可以選。

算了……這也是一種選擇，而且卡蓮食量小，多吃點正好。

我如此說服自己，菲亞走過來把手放到我肩上安慰我。

「當爸媽也很辛苦呢。」

「嗯，養小孩果然很難。但跟教育一樣，非常有成就感。」

「希望我們的孩子也能成長得跟卡蓮一樣聽話。一起加油吧，孩子的爸。」

「妳是不是有點太急了？」

「天狼星少爺，關於我們將來的孩子，是不是盡量別讓他跟萊奧爾爺爺接觸比較好？」

「就說妳們太急了！不過我贊成。」

萬一自己的小孩跑去模仿那個爺爺，我會擔心得精神崩潰。

我們就在為卡蓮的教育東煩惱西煩惱的過程中，繼續這趟旅程。

兩天後。儘管比計畫晚了一些，我們抵達了疑似龍之巢入口的森林前方。

龍之巢指的是被廣大森林包圍的山峰，各種種類的龍以那座山為中心棲息於此，因而得名。

前方的區域因為被巨樹擋住的關係看不見山頂，於是我跟菲亞一起飛到空中查看，看見茂密如樹海的森林的遙遠前方，有一座高山。有翼人的住所肯定就在那座山的某處。

「我們居住的森林就已經很大了，這裡也差不多呢。」

「想穿越森林，可能得花點力氣。」

我強化視線，望向遠方，空中有大小各異的龍在盤旋，貿然靠近肯定會遭受攻擊。

若那就是傳說中的上龍種，說不定有辦法溝通，萬一不是，周圍的龍會一口氣襲來，導致我們陷入困境。就算我們會飛，機動力終究敵不過龍，我想盡量避免被包圍。

在空中待太久，龍可能會發現我們，發動攻擊，因此我只有確認該往哪個方向前進，便回到地面。

「空中的狀況如何？」

「從空中去太顯眼了，最好不要。而且也不知道正確位置，走陸路過去吧。」

「我倒覺得有大哥和北斗先生在，根本不用怕龍。」

「不行，龍的戰力尚未明瞭，重點是不能擾亂森林的生態系。」

假如我們被盯上，當然免不了一戰，不過積極戰鬥，害魔物跟龍數量變少的話，阿西特那樣的愚蠢之徒會更容易潛入。

若有翼人希望與外界建立友好的關係，倒是另當別論，但我們還什麼都搞不清楚，隨便破壞生態系的平衡並不好。

「總之準備好就出發吧。你們那邊的事情處理好了嗎？」

「是的，馬車藏在那裡。」

「行李也分裝成小包，大的讓北斗幫忙背了。」

「嗽！」

「辛苦了。剩下就是——」

聽見我這句話，眾人紛紛望向靠在樹上睡得安詳的卡蓮。

她不是累了，是因為在我們準備出發的期間，卡蓮無事可做。會成為累贅的書不能帶去，之後的路程又要用走的，會消耗體力，所以我叫她不准練習魔法，她八成很無聊。

話說回來……這叫愛睡的小孩長得快嗎？她真的很會睡。就是因為她在睡，我跟菲亞飛行時才不用顧慮她。

「……等卡蓮醒來就出發。」

「不叫她也沒關係吧？我背著她走就行啦。」

「不，她搞不好會在路上想起回家的路，盡可能讓她保持清醒比較好。」

卡蓮一睡著就很難醒來，叫她或搖晃她的身體都沒用。

因此我從懷裡的袋子取出祕密武器，拿到卡蓮的鼻子前面……

「唔……」

「來，在這邊。」

她張開嘴巴想要吃，我把手收回去，故意讓她沒吃到。

接著，卡蓮大概是覺得沒咬到東西很奇怪，微微睜開眼睛站起來。

現在的她還處於睡昏頭狀態，慢慢走向我手中的東西，走了三、四步後終於清醒過來。

「……咦？」

「早安，該出發了。」

「嗯……」

「我知道，別露出那種表情。給妳。」

我將手中的蜂蜜糖果扔進卡蓮口中，她便滿足地舔起來。

這方法實在很悲哀，不過現在這是能最快喚醒卡蓮的手段。

順帶一提，我從後方感覺到無言的壓力，沒有忘記餵食剩下的人。

「不只蜂蜜，還參雜其他水果的味道，好好吃。」

「呵呵呵……讓天狼星少爺餵，會變得美味好幾倍呢。」

「好吃是好吃，我比較喜歡大一點的。」

「好，可以了吧？差不多該——」

「再一個！」

「出發！」

這實在不算一個好收尾，總之我們衝進了森林之中。

進入森林，我們找到事前聽說的河川，沿著那條河往上游前進。

直線前往龍之巢也是可以，但阿西特就是在這條河發現卡蓮，繼續走下去，遲早會抵達卡蓮有印象的地方。

「卡蓮，有想起什麼嗎？」

「啊!?那種花，卡蓮在家裡的庭院看過。」

隨著我們逐漸接近深處，騎在北斗背上的卡蓮頻頻環視周遭，這就是故鄉接近的證據吧。

森林裡當然棲息著大量的魔物，因此我們遇到魔物的頻率相當高，可是大部分的魔物都被北斗嚇跑了。

沒被嚇跑的魔物要不是在靠近前被我和菲亞狙擊，就是被雷烏斯的劍轟飛。順帶一提，雷烏斯並未直接將魔物砍成兩半，是想防止血腥味刺激其他魔物。

擊退從河裡出現的雙足步行蜥蜴魔物——蜥蜴人之後，我們停下來稍事休息。

「魔物大多是與龍族接近的種類，難怪叫龍之巢。」

「大哥，這個蜥蜴人也是龍嗎？」

「正確地說並不是，不過這個種族也被稱為龍的眷屬。萬一他們成群攻來會很難處理，隻身作戰的時候要多加留意。」

除此之外，還有用兩隻腳在地上跑步的地龍、於空中翱翔的翼龍來襲，牠們全部屬於下龍種，我們輕而易舉便將其擊退。

我們打倒許多的魔物，跨越好幾個難走的地形，不斷往上游前進，來到視野開闊、有一座大湖的場所。

「哇，好漂亮的湖。感覺會有罕見的魚類。」

「莉絲姊，妳看，那邊還有超大的瀑布。」

「天狼星少爺，之後的計畫是？」

「我想想……今天先探索到這邊吧。」

天也快黑了，我望向背著露營道具的北斗，發現卡蓮的狀況不太對勁。

從途中開始跟她一起坐到北斗背上的菲亞呼喚她，卡蓮的視線卻固定在湖面上。

摔進河裡被沖走的震撼，加上之後發生的事，導致她記不清楚與母親分散的經過，來到這裡讓她想起什麼了嗎？

「怎麼了，卡蓮？有注意到什麼嗎？」

「這裡……就是這裡！卡蓮和媽媽來過的就是那座湖！」

既然是有翼人到得了的地方，看來目的地接近了。

這是她目前反應最大的一次，卡蓮卻痛得用手按著頭。

「不過……這種感覺是什麼？好奇怪……」

「還有事想不起來嗎？」

雖然想快點前進，現在動身的話，晚點就天黑了，會伴隨危險。

就算要攀上不遠處那座形成湖泊的巨大瀑布，也得花點時間，今天在這裡過夜比較好。

正當我準備狠下心說服她，北斗像在警戒什麼般大聲吠叫。與此同時，巨大的影子通過腳邊，我發動「探查」仰望上空……

「被發現了嗎！」

「喔喔⁉好大！」

「卡蓮，躲到我背後！」

「嗯、嗯！」

三隻擁有巨大翅膀的龍，於遙遠的上空飛翔。

從北斗提高戒心的模樣，再加上「探查」偵測到的魔力反應，那幾隻龍應該不是中龍種。

他們疑似是傳聞中的上龍種，若有辦法溝通……

『找到了！』

『還沒學乖嗎！』

『這次絕不放過他們！』

嗯……看來有困難。

就算他們聽得懂人話，對方明顯帶有敵意，根本不是可以溝通的狀態。

我們盯著迅速從高空下降的三隻龍，準備應戰。

全身分別是紅色、綠色、黃色的三隻上龍種，突然從空中出現。

或許是因為我們擅自進入了領地，他們完全將我們視為敵人，現在排成一列，在空中繞著大圈盤旋。

我們趁這段期間做好戰鬥的準備，三隻龍……三龍迅速往這邊降落。他們在降落途中同時吸氣，推測是想噴出廣範圍的火焰。

「包在我們身上！水啊，請保護我們……」

我們聚集在同一處，莉絲一發動魔法，從旁邊那座湖流過來的水就將我們包覆住。

「換我囉。大家，拜託了！」

接著由菲亞的魔法製造巨大的龍捲風，把莉絲召喚過來的水捲進去，變成以我們為中心的巨大水龍捲。

『這種程度的魔法！』

『別以為防得住我們的火焰！』

『化為焦炭吧！』

三龍同時噴出的火焰，想必蘊含驚人的威力，流動的水龍捲卻不只抵擋火焰，將其吹散，還防住了光吸進去、喉嚨彷彿就會燃燒起來的熱氣。

那正是兩人發明的，結合水與風精靈之力的合體魔法……

「『水流盾』。」

假如只有其中一人的力量，恐怕無法徹底防住火焰。

這個防禦魔法之所以如此強大，是因為兩者皆是強大的精靈魔法才做得到，一般的魔法結合在一起，不可能有辦法形成這麼堅固的護盾。

要說其他有能力仿效這招的人，頂多只有人稱魔法大師的羅德威爾吧。

「好厲害。連我的『麥格農』應該都防得住。」

「厲害吧？不過要讓風精靈配合相當困難，我花了好多時間才練到這個地步。」

「我們動不動就會淋成落湯雞呢。」

據兩人所說，是由聽話又願意服從複雜指示的水精靈，引導自由奔放卻力量強大的風精靈。

總之拜她們所賜，防住第一波攻勢了，三龍卻在掃蕩地面的同時再度飛向高空，難以反擊。

也不能說反擊，我們本來就不是來打架的。

「二話不說就開打耶。大哥，怎麼辦？」

「他們好像會說話，可是看那個樣子，想必聽不進我們的說詞。」

「沒辦法。先打下來吧。」

即使想要逃跑，制空權由對方掌握，要從會噴火進行地毯式轟炸的龍手下逃離也不容易。

總之得把他們拽到地上，聽我們解釋。

「以大家的實力不會辦不到，但這樣反而會觸怒他們吧？」

「到時再說囉。先讓他們失去戰鬥能力就對了。」

「若不讓他們下到地面，連對話的機會都沒有。總共三隻龍，我們各負責一隻。艾米莉亞看情況進行支援，保護卡蓮。」

「收到！」

「好！」

莉絲和菲亞就不要攻擊，繼續專心保護卡蓮好了。因為她們倆攻擊力雖然也不俗，在防守這方面是這群人中最優秀的。

「別擔心這邊，放手去做吧。」

「卡蓮，絕對不可以離開我們喔。」

「嗯、嗯！」

分配好各自的任務時，於上空盤旋的三隻龍再度迅速下降。

他們以受到重力加持的驚人速度逼近，可惜無論速度再怎麼快，到頭來都是跟剛才如出一轍的行動模式。

『嗚!?』

『耍什麼小手段！』

『那邊交給你了！』

在三隻龍接近的同時，我讓雷烏斯留在正面，自己跑到右邊，北斗則往左邊移動一大段距離。

左右的綠龍及黃龍冷靜地望向我和北斗，中心的紅龍瞄準站在正面的雷烏斯。

突然散開的我們雖然分散了他們的注意力，三龍依舊自動補上防線的缺口，合作無間。

他們盯上往兩側分散的我和北斗，張嘴想要噴火……

「『射擊』連射！」

「嗷！」

我們的速度卻更快一步。

比噴火更早施展出來的會爆炸的魔力彈，以及用足以踩碎地面的力道飛奔而出的北斗的身體撞擊，將綠龍跟黃龍擊落至地面。

紅龍企圖對雷烏斯身後的女性組噴火，艾米莉亞朝他的臉部釋放無數的「風衝擊」，強制中斷他的動作。

『唔!?囂張的傢伙……』

「喝啊啊啊啊啊啊——！」

雷烏斯衝往想要重整態勢的紅龍，高高躍向空中，用大劍砸向龍的脖子。

劍本來是用來砍東西的，不過雷烏斯的大劍擁有等同於鐵塊的大小及重量，可以當成巨大鈍器毆打用。

紅龍被宛如鐵鎚的大劍擊中，發出巨響摔在地面。

『嗚……唔……』

『竟然有辦法擊落我們……』

『算你們有兩把刷子！』

我格外小心不要殺掉他們，然而，三龍畢竟是比我們大上數十倍的對手，幾乎沒必要手下留情。

證據就是受到連岩石都能粉碎的一擊，三龍依然滿不在乎地站起來。

「不愧是上龍種，被北斗跟雷烏斯擊中，竟然連鱗片都沒掉。」

「嗷！」

「北斗先生說他有點太小力了。早知道我也用力點。」

「但我們成功把龍拽到地上了。重頭戲現在才開始，千萬別大意。」

我們的目的只是送卡蓮回到故鄉。

雖然三龍還是對我們抱持敵意，同樣在地上，他們理應會注意到這邊的狀況。

三龍張開翅膀，打算飛到空中，我急忙呼喚卡蓮，叫她站到我旁邊。那麼，他們會有什麼樣的反應呢？

『唔!?』

『是卡蓮小妹嗎!?』

『她平安無事啊！』

龍的表情難以分辨，至少看得出他們很高興。

從語氣判斷，這三隻龍似乎認識卡蓮，當事人卻反應平淡，為什麼呢？

卡蓮把一頭霧水的我們晾在一旁，歪過頭。

「……你們是誰？」

『『『咦!?』』』

原來如此……難怪她沒什麼反應。

聽見卡蓮的疑問，三隻龍沮喪地垂下頭，我們也當場傻眼。總而言之，這樣應該就能跟他們溝通了。

我也解除警戒，好讓他們知道我們不是敵人，三龍的態度卻產生巨大的變化。

『那孩子為何跟外面的人在一起？』

『聽說她失蹤了，說不定是這些人救了她。』

『不……且慢。外面的人全是想抓走同胞的人啊。』

氣氛好像不太對。

怎麼看卡蓮都沒被限制行動，服裝也整整齊齊，三龍卻在懷疑，可見他們至今以來看過多少蠢貨。

不過既然知道他們認識卡蓮，只要把人交給他們，他們就會帶她回故鄉吧。該趁他們再次發動攻擊前採取行動。

「請等一下。這孩子交給你們，請帶她去母親──」

『不會吧!?他們讓那孩子帶路，企圖入侵我們的村莊嗎!?』

『光是擄走幼童就不可饒恕了，真是群貪婪的傢伙！』

『在這裡收拾掉他們！』

我看……沒救了。

龍族搞不好是比起思考，更以本能為優先的種族，雖然三龍目前並不冷靜，也占了一部分的因素。

他們徹底誤會了，我們只有留下卡蓮溜之大吉；或者讓他們失去戰鬥能力，安分下來這兩條路可走。

最輕鬆的是硬把卡蓮塞過去，再直接逃跑，但是失去冷靜的三龍通通追過來，拋下卡蓮的可能性也不是沒有，我想避免這種事發生。

於是，決定應戰的我們讓卡蓮退下時，劃破空氣的尖銳風聲開始傳來。

「嗷！」

「大哥！又有一隻龍出現了！」

我慢了最先發現的北斗半拍，注意到有東西從空中接近，抬頭一看，一隻龍正在往這邊俯衝。

全身都是藍色的那隻龍，於飛行途中張開翅膀放慢速度，沒有發出半點巨響，優雅地降落在我們面前。藍龍的體型比三龍大上一圈，散發地位明顯不同的氣勢。

『桀、桀諾多拉大人⁉』

『您為何來到這種地方？』

『這裡由我們處理就夠了！』

看來三龍的上司出馬了。

北斗的警戒程度比剛剛更強，可見這隻龍的實力不容小覷。現在的狀況，搞不好已經不容我們手下留情。

在我認真考慮逃跑時，被三龍喚為桀諾多拉的藍龍，回頭望向身後的同伴……

『你們這群……白痴！』

『『『嗚啊!?』』』

用尾巴痛毆三龍的腦袋，發出響亮的聲音。

這一擊足以撼動四周的地面，三龍卻若無其事地站在那裡，似乎是家常便飯。

『您、您在做什麼!?』

『敵人在那邊！』

『是啊！我們是想打倒拿幼童當人質的惡徒──』

『好了，冷靜點。我在遠處都知道這些人沒有戰意了，近在眼前的你們為何沒發現！』

桀諾多拉就這樣開始訓話，戰鬥的氣氛蕩然無存。不管怎麼樣，來了隻看起來可以溝通的龍真的太好了。

訓話訓了一陣子後，桀諾多拉轉頭面向我們，雖說沒有敵意，他仍未放鬆戒備。

『我有很多事想問，不過，先說說你們來到此地的目的。視回答而定，放你們一馬也無妨。』

「好的，卡蓮，來這邊。」

「……嗯。」

我又讓牠們看了卡蓮一次，桀諾多拉跟三龍同樣驚訝，表現出喜悅的樣子。

『喔喔！卡蓮，原來妳沒事。』

「……難道，你是那個桀諾多拉大人？」

『唔？噢，妳還沒看過我這個型態嗎？等我一下。』

桀諾多拉閉上眼睛，龐然巨軀迅速縮小，變成比雷烏斯壯一個等級的男子。

外表看似人類，手臂及下半身卻被藍色鱗片覆蓋住，跟龍一樣長著角和尾巴。

比起上龍種，更接近……

「天狼星少爺，那副模樣。」

「嗯……是龍族。」

對於兩姊弟和莉絲來說，想必是不好的回憶。這副模樣跟我們在艾琉席恩學園的迷宮遭遇的鮮血之龍的首領葛拉恩一模一樣。

跟葛拉恩不同的是，他完全沒有殺人鬼的感覺，怎麼看都是個面帶溫和笑容的好青年。莫非世人所知的龍族，是上龍族變成的人類……？

「如何？這樣就認得出來了吧。」

「嗯！是桀諾多拉大人！」

「哈哈哈，是我沒錯。總之妳平安無事就好！」

卡蓮看了也認出那是認識的人，語氣有點興奮。

儘管我對這個種族頗為好奇，目前得先讓他知道我們不是敵人，送卡蓮回故鄉。

因此，我簡單說明來到這裡的緣由，桀諾多拉感慨地點頭。

「哦……下界的人一看到有翼人就會被慾望沖昏頭，原來也有這種特別的傢伙啊。」

『桀諾多拉大人，您相信那傢伙說的話嗎!?』

『那人搞不好騙了卡蓮，企圖到這邊拐走同胞！』

『來過這的人全是那副德行！』

「唉……好了，你們也給我變小。即使這些人盯上了同胞，他們把卡蓮帶回這裡是事實。我們也該以禮相待。」

他語氣溫和，卻散發出要是敢加害他們，絕對不會放過我們的情緒。

聽見桀諾多拉這番話，三龍意識到再爭論下去也沒用，勉為其難變成人形。

除了顏色，外表跟桀諾多拉幾乎沒有差異，卻有種小孩子的感覺，總之有股稚氣。他們行動時感性明顯勝過理智，在上龍種之中應該屬於比較年輕的個體。

「向諸位自我介紹一下，我叫桀諾多拉。感謝諸位救了我們的同胞。」

「哼，我叫艾依。」

「庫瓦。」

「萊。」

「我叫天狼星。這幾位是我的同伴……」

我們簡單做了自我介紹，桀諾多拉微微低頭致歉。

「抱歉，我這邊的年輕人好像給諸位添了麻煩。這樣講聽起來很像藉口，不過他們最近才剛學會變身。凡事總愛貿然做決定，不曉得是不是太過得意忘形了。」

優雅高貴，看起來自尊心很高的龍，卻願意老實向人道歉，這誠懇的態度讓人挺有好感的。

以剛才的狀況來說，他們妄下定論也是無可奈何，而且我本來就沒生氣，便接受他的道歉。

「雖然嚇了一跳，我們也有動武。這次就當互不相欠如何？」

「是啊，幸好雙方都沒受傷，但總是得做個了斷。好了，你們也過來道歉。」

「唔……抱歉。」

「可是，你們太可疑也有錯！」

「對啊對啊。誰叫你們要做那種像在拿她當人質的卑鄙──」

「嗷！」

「「「噗嗚哇!?」」」

在桀諾多拉的催促下，三人心不甘情不願地低下頭，不知何時走過來的北斗用前腳往三龍頭上拍下去。

他們的態度確實稱不上好，不過真沒想到北斗會跳出來。

「大哥才不卑鄙。原本就是你們自己誤會，乖乖道歉才合乎道理吧——牠是這樣說的。」

「這樣啊。北斗，回去。對他們發火不是我們該做的事。對不起，我家這隻擅自動手了。」

桀諾多拉似乎平常就會訓斥三龍，由我們幾個外人說教應該不太好。搞不好還會被當成敵對行為，桀諾多拉卻沒有生氣，還滿意地點頭。

「無妨，他們似乎反省得不夠，偶爾讓其他人罵幾句，也是一劑良藥。只要留他們一條命，你愛怎麼做都行。」

「桀、桀諾多拉大人⁉」

「我們只是想保護同胞。」

「是啊！而且這隻狼，力氣比想像中還大……」

「嗷！」

北斗說不定早就預料到會是這樣的展開。

仔細一想，雖說牠原本是隻狗，百狼是比我們更聰明的生物。北斗大概是從桀諾多拉他們的關係，本能察覺到這樣對待三龍也不會出問題。

由於得到了上司的許可，北斗毫不客氣地開始責備他們，接著又出現一個有意見的人。

「請你們適可而止！我現在要讓你們徹底明白，天狼星少爺有多為卡蓮著想！」

「唔……身為龍族的我們，竟落得如此窘境。」

「區區一匹狼和一個小丫頭說的話，別以為我們會隨便聽——」

「吼嚕嚕嚕！」

「給我閉上嘴巴跪坐！」

「「跪坐是什麼!?」」

不知不覺，說教的人變多了。

過於驚人的氣勢導致三龍完全無法反抗，維持艾米莉亞教的跪坐姿勢，被迫聽她介紹我，一表現出反抗的態度就會被北斗揍。

看起來很可憐，桀諾多拉卻沒有勸阻他們，我就當成這是在矯正他們的性格缺陷，當沒看到吧。

在我欣賞這有趣的畫面時，把手放在卡蓮雙肩上的莉絲及菲亞，帶著嚴肅的表情詢問桀諾多拉。

「那個，桀諾多拉先生，方便把卡蓮交給你嗎？」

「嗯，我會負責送這孩子回家。要回去的話最好快一點，我擔心芙蓮達的身體狀況。」

「媽媽怎麼了嗎？」

看來回到家不代表能跟家人展開一場感人的重逢。

得知母親芙蓮達身體出了問題，卡蓮驚訝得張開翅膀。

「前幾天，她被侵入這塊地區的盜賊的箭射中。聽說她不小心放開當時抱在懷裡的妳，導致妳掉進河中，妳不記得了嗎？」

「……嗯。」

「卡蓮因為掉進河裡，嚇到對當時發生的事記不太清楚。」

「這樣啊。既然如此，不必勉強回憶。之後我們的同伴把入侵者收拾掉，芙蓮達被治療魔法救回一命，然而箭上疑似有塗毒，她的身體日漸虛弱。」

背後的訓話聲仍在持續，那三隻龍反應會那麼激烈，原因想必就在於此。就算這樣，突然發動攻擊還是太過分了點，不過他們現在在接受懲罰了，沒必要放在心上。

「她的意識是清醒的，卻因為高燒及疼痛的關係，目前只能躺在床上。不只治療魔法，藥草也沒什麼效，這樣下去撐不了多久……」

雖說是因為被箭射中，芙蓮達好像對於拋下女兒一事後悔莫及。

不只身體，她的心靈也受到重創，或許是因為這樣，傷勢才痊癒得那麼慢。

「所以得讓她看到妳平安無事的模樣，這樣她才能放心。我們走吧。」

「嗯！」

桀諾多拉在背後的訓話聲停止的瞬間變成龍形，卡蓮發現我們留在原地，不安地回過頭。

「大哥哥和大姊姊呢？」

『抱歉，他們無法同行。不能輕易帶外人進入村落。』

其實我們也想跟去，無奈以現在的狀況來說，我不好意思請人家帶上我們。更重要的是，即使我們保護了卡蓮，送她回到這邊，我們很可疑是事實。

搞不好會再也見不到卡蓮，但我原本就是這麼打算，目的也達成了，我沒有絲毫不滿。

「卡蓮，不用顧慮我們。」

「對呀，快回去讓媽媽放心吧。」

「幫我跟媽媽問好。」

「唯有身為女兒的妳，能讓不安的母親放下心來。」

「回家盡情跟媽媽撒嬌吧！」

「嗷！」

訓完話的北斗和艾米莉亞也加入了，笑著為卡蓮送行，卡蓮卻遲遲不肯離開。

她明明想立刻趕到母親身邊，又捨不得與我們分別，真令人欣慰。

『卡蓮啊，妳想跟他們在一起嗎？』

「嗯！因為，大家會做好吃的東西給卡蓮吃，還教了卡蓮魔法！」

『沒被欺負嗎？』

「沒有，大家都好溫柔。」

我們才相處短短幾天，卡蓮就明白表示對我們的信任，我滿高興的。

桀諾多拉默默看著一本正經的卡蓮，經過片刻的思考，對從地上站起來的三龍說：

『你們三個，變成龍載他們一程。』

「這樣好嗎？」

「我們是不介意。」

「是不是跟首領和其他人商量一下比較好……」

『無妨。由我負責。』

桀諾多拉斬釘截鐵地回答，面向我們。

『小孩子對惡意很敏感，尤其是這孩子。卡蓮如此信賴的人，至少不可能會是心術不正之徒。』

他看著卡蓮的翅膀，接著說道。

他應該是想說，由於翅膀跟其他同伴不同，卡蓮對他人的視線及情緒，比常人更加敏感。

三龍這次似乎同意了桀諾多拉的說法，乾脆地變成龍，趴到地上方便我們坐上去。

『天狼星先生，請坐到我背上。』

『北斗先生請到我這邊。』

『雷烏斯先生就由我載過去吧。』

那麼短的時間就把三龍調教完畢。我的隨從及夥伴在各種意義上相當可怕。

我們稍微討論了一下要騎哪隻龍去，最後決定莉絲跟菲亞和卡蓮一起坐在桀諾多拉背上，我和艾米莉亞騎庫瓦，雷烏斯騎艾依，北斗則由萊載。

『那麼出發吧。抓穩，以免掉下來。』

隨著他一聲令下，四隻龍展開雙翼飛向空中，以桀諾多拉為首，艾依、庫瓦、萊跟在後面，排成一列飛翔。

「雖然我自己也辦得到，讓人載著飛也挺愉快的。」

「是的，感覺非常棒。」

艾米莉亞喜孜孜地抱緊我的背，大概是因為桀諾多拉叫我們要抓穩。要用臉蹭我的背是沒關係，可不可以別在這種時候輕輕咬人？

我望向於前方飛行的桀諾多拉的背影，兩人在安撫面露擔憂的卡蓮，旁邊則是雷烏斯和艾依在相談甚歡。北斗趴在萊的背上，龍載著狼的畫面相當不可思議。

我們在森林上空飛了一段時間，來到巨大山脈的山腳，地上是將森林開闢出一塊空地建造的廣場，以及幾棟民宅比鄰而立的部落。

『那裡就是我們龍族與有翼人同胞居住的部落。』

「這裡就是有翼人住的地方啊。的確，在這種森林深處，應該沒有任何人能接近。」

「儘管發生了許多事，能比預定時間更早抵達，真的太好了。」

用飛的只要數分鐘，走陸路的話，考慮到森林的面積及路上遇到的魔物，八成需要多花一天的時間。

既然卡蓮的母親身體狀況不好，這一天的時間想必會差很多。

「那個村落只有住龍族跟有翼人嗎？」

『是的，共有三百人左右。』

詳細詢問過後，大部分的居民是有翼人，桀諾多拉和三龍這樣的龍族，只占全體居民的兩成左右。

在我跟庫瓦提出一些小問題的期間，龍群開始降低高度，降落在離部落不遠的民宅前方。那棟房子雖然不大，給一家人住倒是足夠了。

我們跳下龍背時，家門打開，從中走出一名擁有美麗白翼的女性。

「桀諾多拉大人!?您怎麼會到這種地方……」

『事關緊要，我便直接過來了。比起口頭說明，用看的更快吧。』

「奶奶！」

「卡蓮!?」

外表看來約年過六十的女性驚訝地瞪大眼睛，用力抱緊衝過來的卡蓮。剛才桀諾多拉告訴我，她是芙蓮達的母親迪波菈，是住在同一個屋簷下的家人。

「啊啊……原來妳沒事。我好擔心。」

「奶奶……有點痛。」

「忍耐點，這是我有多麼擔心妳的證據。桀諾多拉大人，謝謝您找到這孩子。」

『不，不是我。保護好她，將她帶到附近的，是那幾個人。』

「您說的是——!?」

迪波菈慢了半拍才發現我們，反射性張開雙臂將卡蓮護在身後，接著又立刻把手放下來，大概是想到桀諾多拉剛才說的話。

然而，她似乎尚未放下戒心，不安地仰望桀諾多拉。

「桀諾多拉大人……」

『我明白妳想說什麼。他們不是妳想的那種人。』

「嗯，大哥哥大姊姊不是壞人。他們救了卡蓮。」

「是嗎……孫女受你們照顧了。」

她像要表達複雜的心情般，深深嘆息，可是聽見桀諾多拉和卡蓮這麼說，她好像願意接納我們了。

話說回來，我本來以為大小不一的翅膀可能會害卡蓮被排擠，結果她滿受寵的。光是知道這件事，來這一趟就值得了。

『詳情去問這些人吧。我們有點趕時間。』

桀諾多拉瞥了我們一眼，再度展開雙翼，準備飛向空中。

『我現在必須去跟首領說明這起事件。你們別離開這棟房子周圍。』

「好的，如果費時很久，我們就在附近搭帳篷休息。」

『嗯。還有，我回來前盡量別跟其他人接觸。若要與你們戰鬥，就算是我感覺也得耗費不少力氣。』

「除非突然遭受攻擊，否則我們什麼都不會做的。」

三龍尷尬地移開視線，可是我們可以說是多虧被你們發現，才能順利抵達這裡，大可不必放在心上。

我如此說道，三龍放心地吁出一口氣，坐到地上。

『不愧是北斗大人的主人，心胸實在寬大。』

『桀諾多拉大人，我們想留在這裡。』

『能夠說明情況的我們在場，大家也會比較安全。』

『嗯，那就拜託了。』

桀諾多拉振翅離開，我發現迪波菈面色凝重地注視留在原地的我們。她還沒徹底相信我們，有許多事情必須向她解釋，不過……

「是迪波菈小姐……對吧？我們在這裡等，請妳先帶卡蓮去找母親。」

「……說得對。不好意思，麻煩各位在這等一下。」

「不行！大哥哥大姊姊也要一起去！」

雙方都明白現在還不是能讓我們踏進家門的時候，卡蓮卻對這個決定有意見，放開迪波菈抱住菲亞。

「我很高興妳有這份心意，但妳媽媽現在病情危急，我們最好不要靠近。」

「可是，大哥哥大姊姊會用很厲害的魔法對吧！一起過來嘛！」

我有點驚訝。即使處於得知母親臥病在床、心情不安的狀態下，卡蓮仍在努力思考，想要做點什麼。

原本打算等說明完情況後，再請他們讓我為卡蓮的母親診斷，既然卡蓮有那個意思，乾脆把計畫提前一些好了。

「那個，我去過這個世界的許多地方，對疾病還算瞭解。雖然我剛才說了要在外面等，方便的話，可以讓我們也進去看看嗎？」

「我也對治療魔法有自信！為了拯救卡蓮的媽媽，請帶我們一起去！」

「是真的！大哥哥懂很多事，莉絲姊姊的魔法很厲害！」

「…………」

我稍微誇飾了一下自身的經歷，試圖說服她，迪波菈沉思片刻，嘆了口氣。

「唉……既然桀諾多拉大人也這麼說，好吧。都進來。」

「謝謝妳。」

第一次見面就看到北斗，可能會嚇到人，因此我們將北斗及三龍留在室外，踏進屋內。

迪波菈帶我們來到的房間中，有位女子躺在床上。

她疑似就是卡蓮的母親芙蓮達，不及卡蓮光澤亮麗的金髮綁成一束垂在胸前。她是一名比起美麗，更適合用可愛來形容的女性，現在的臉色卻差到隔著一段距離都看得出來，臉頰消瘦。

看見母親這麼衰弱，卡蓮哭著衝到旁邊。

「媽媽！」

「……卡……蓮？」

氣喘吁吁，似乎在受病痛折磨的芙蓮達緩慢睜開眼睛，沒有注視卡蓮的臉，只是發出呻吟。

她兩眼無神，說不定是意識不清，誤以為自己看見幻覺。

「對不……起。放開了……妳的手……對不起……」

「媽媽，是卡蓮！卡蓮在這裡！」

卡蓮用雙手包覆住母親無意識伸向上方的手，芙蓮達也注意到是女兒本人了，淚水從眼眶滑落。

「是妳……對吧？卡蓮……」

「嗯，是卡蓮！卡蓮回來了……！」

「啊啊……卡蓮……」

「媽媽……」

實際上，兩人分別的時間應該連半個月都不到。

可是對於年幼的孩子而言，這段日子非常漫長，如今，有哭有笑的旅程終於劃下句點。

「對不起……卡蓮，都是因為……媽媽太弱……」

「才不會。卡蓮沒事的。」

「不過……嗚嗚!?」

「真是！就叫妳別硬撐了！」

卡蓮終於跟母親芙蓮達重逢，兩人哭著握住對方的手，芙蓮達卻因為劇痛的關係，連好好握住女兒的手都辦不到。

迪波菈對痛得呻吟的芙蓮達使用治療魔法，她的臉色稍微好了一些，表情卻依然痛苦不堪，大概是疼痛並未減輕。

「媽媽，會痛嗎？」

「我……沒事。妳平安回來了……這點小事不算什麼……」

「對呀，卡蓮。奶奶會想辦法。」

「可是……」

迪波菈想在女兒面前逞強，但她的症狀顯然很嚴重。

這樣下去，感覺過沒多久她就會昏倒，儘管不太好意思，我要插手干預了。

「什麼事？抱歉，有話等等再說。」

「就我看來魔法是有效的，疼痛卻並未消失。繼續光用魔法治療，也沒什麼意義……」

「那你是叫我放著這麼痛苦的女兒坐視不管嗎！」

她不僅一直看著女兒受苦，直到剛才都還以為自己失去了孫女卡蓮。在內心積滿無處發洩的憤懣的狀態下，看到外人在一旁下指導棋，自然會生氣。

被擔心孩子的母親瞪視雖然有點令人難過，這種時候我可不能退縮。

「原因應該在她體內。我有辦法調查，方便讓我碰觸她嗎？」

「你在說什麼？你們又能幫上什麼忙？」

「魔法幾乎沒有效果。既然沒有其他有效手段，可以讓我試試看嗎？」

「可是，你們……」

她被盜賊的箭射中已經過了好幾天，從這個症狀來看，最好馬上診斷。

我嚴肅地回答，表示自己絕不退讓，迪波菈不知所措地後退一步。

只差最後一把就能說服她了，這時，菲亞把手放在卡蓮肩上。

「卡蓮，把迪波菈小姐制住！」

「嗯！」

「喂、喂，卡蓮！妳在做什麼，快放開！」

「不要！卡蓮要讓大家救媽媽！」

卡蓮聽從菲亞的指示，使出漂亮的擒抱……更正，從正面抱住迪波菈，阻止她的動作。

以小孩子的力量來說，她應該能輕易掙脫，迪波菈卻因為孫女這麼拚命的關係，不忍心動手。我趁這段期間走到床邊，芙蓮達察覺到我的氣息，睜開眼睛。

「……你是……誰？」

「保護了妳的女兒，將她帶到這裡的人。」

「把卡蓮……？」

「是的，卡蓮拜託我們為妳治療。不好意思這麼突然，我要碰妳的手臂了。」

雖然有點強硬，現在最重要的是幫她治療。

我還沒聽見芙蓮達回應，就碰觸她的手臂發動「掃描」，如我所料，在體內偵測到了異物。

位置在側腹深處，從形狀來看……

「等、等一下！放開那孩——」

「芙蓮達小姐被箭射中的是這個地方……從這個角度，沒錯吧？受傷時為她施展治療魔法的，是迪波菈小姐？」

「咦!?對……沒錯……」

雖說我事先聽人說明過，聽我講出被衣服遮住的傷口的正確位置及方向，迪波菈似乎也覺得不可思議，老實地回答。

「治療時有把箭拔出來嗎？」

「不然要怎麼治療。」

「前端的箭鏃也有？」

「當然，那東西相當難拔，這孩子吃了很多苦。」

「應該就是那時候沒處理好。不曉得是他們用的箭品質太差，還是拔法有問題……」

根據我用「掃描」診斷的結果，芙蓮達體內殘留著疑似箭鏃碎片的東西。當時迪波菈應該因為女兒全身是血的關係，手忙腳亂，不能怪她沒發現尖端有些許缺損的箭鏃。

會誤以為她的身體出問題是毒素所致也不奇怪。這也是依賴魔法的世界才會犯下的失誤。

若碎片位於靠外面一點的地方，或許只會有些許的異樣感，芙蓮達體內的異物卻殘留在不妙的位置，即使用治療魔法治好，光是一個小動作，箭鏃就會傷到內臟，製造新的傷口。

每次用魔法治療她都會痛得呻吟，原因也在於身體對異物產生了排斥反應。最壞的情況，搞不好會因為過敏或劇痛導致猝死，可能是因為持續用魔法治療的關係，她才有辦法活到現在。

不過芙蓮達遲早會撐不下去，不處理的話活不過數日。我將這件事告知迪波菈，她露出絕望的表情垂下頭。

「怎麼會!?那要如何拯救這孩子……」

「只能在她身上開個洞，取出碎片。」

「這種事哪辦得到！要是傷口在這種狀態下擴大，這次真的……」

「我當然明白，可是繼續放置下去，只會徒增她的痛苦。而我懂得將疼痛減輕到最低程度，取出這東西的方法。」

這個狀況跟我和莉絲的姊姊莉菲爾公主初次見面時一樣，差異在於患者的體力，以及異物的位置。

異物的反應位於側腹深處，那裡與四肢不同，有很多重要器官。將斷面控制在最小面積自不用說，還得考慮到感染症的可能性加以處理。

「我知道要取信於妳有難度，不過可否讓我來醫治她呢？」

「你為何要做到這個地步？」

「除了不想看到卡蓮傷心難過外，最主要的理由，是我體會過失去母親的悲哀及傷痛。」

「天狼星少爺……」

「大哥……」

在我心中等同於母親的艾莉娜去世時的傷痛，我至今依然無法忘懷。

雖說是治療，要是我不小心隨便傷到芙蓮達，可能會被這裡所有的龍族追殺……然而，我並不在意。

是我自己想這麼做的，更重要的是，身為這幾位徒弟的師父，我想當一個不愧對他們的男人。

「我不希望好不容易與母親重逢的卡蓮，嘗到同樣的滋味。而且假如是天災那種不可抗力的因素也就罷了，眼前有自己救得回來的生命，我沒辦法置之不理。」

我直截了當地告訴她，迪波菈便停止推開緊抱著她、努力阻止她的卡蓮。

看她還在嘆氣，應該是沒有完全接受，她卻帶著溫和的表情慢慢撫摸卡蓮的頭。

「這樣下去情況不會好轉也是事實……」

「奶奶……」

「既然你有自信，就試試看吧。只不過，如果這孩子有個萬一，我會用魔法教訓你。」

「好的，到時請別客氣。那麼我要開始了。」

終於可以動手治療了。

趁迪波菈尚未改變心意，迅速解決吧，而且還要考慮到芙蓮達的體力。

「請放心交給我們。我去開窗。」

「借過一下。大哥，鋪在這行嗎？」

我們在得到允許後，俐落地分頭做準備。艾米莉亞用風將室內的灰塵吹到外面，雷烏斯則幫忙將芙蓮達抱到鋪上乾淨的布的桌上。

我接著請菲亞調整空氣流向，在芙蓮達周圍製造出暫時的無菌室空間。儘管跟完全無菌相差甚遠，遠比什麼措施都沒做來得好。

我事先用喚起睡意的粉末讓她睡著，將芙蓮達移下床的時候，迪波菈面有難色，艾米莉亞便在準備的同時跟她說明情況。

「他們兩位治療的時候，全身都會被水弄溼，所以在床上不太方便。可以的話，想請您幫忙脫掉芙蓮達小姐的上衣。」

「是沒關係，但我不太想讓這孩子的身體被男人看到。」

「迪波菈小姐，妳放心，我馬上出去。」

「而我會這麼做。」

「什麼？」

雷烏斯離開的同時，我用布纏住雙眼，將視覺徹底封印。

雖然這副模樣有點好笑，靠著感應氣息及善用「探查」，即可判斷周圍的狀況，要處理的又是體內的異物，不太需要靠眼睛看。意即對我來說，看不看得見都一樣，硬要說的話比較接近為了遵守禮貌而做的。

我感覺到背後射來不知道是在為我這副模樣目瞪口呆，還是在猶豫該不該阻止我的視線，用莉絲製造的水清洗身體，走向躺在桌上的芙蓮達。

「好了……很久沒有做這麼正式的手術。莉絲，麻煩了。」

「嗯，那要開始囉。奈雅，請給我乾淨的水。」

莉絲集中魔力，向精靈奈雅請求，發動魔法，芙蓮達的全身便被水膜包覆住。這層水膜會保護她不被雜菌感染，還能稍微控制出血。當然有避開口鼻，以免妨礙呼吸。

這是之前莉菲爾公主為魔石所苦時，莉絲因為自己什麼都做不到而感到不甘，進而發明出的魔法，對於能夠從體內取出異物的我來說非常好用。因為即使能順利取出異物，只要沒用這個魔法保護，可能會引發某種感染症。

「麻醉完畢。接著是……」

我隔著水膜觸碰芙蓮達的身體，注入魔力，跟平常一樣施加麻醉，拿起消毒過的小刀輕輕劃過她的側腹。

割開一個足以讓異物通過的傷口後，將小刀交給待在背後的艾米莉亞。之後的工程需要的不是小刀，只有專注力。

「那麼，重頭戲要開始了。」

手術開始後過了約三十分鐘，我利用從傷口進入體內的無數「魔力線」，以不會造成負擔的力道推開周圍的內臟，留意著不要不小心傷到體內，取出異物。

我在做的事很單純，精神方面的負擔卻相當大，因為我透過並列思考分別操縱每一根「魔力線」，還不斷發動「探查」，以偵測從外面看不見的身體內部及異物的位置。

既然異物順利取出了，我其實想坐下來休息一下，但手術尚未結束。我藉由「魔力線」用再生能力活性化徹底治好被異物割出好幾道傷口的內臟，總算大功告成。

我一面讓艾米莉亞幫忙擦汗，一面完成所有的任務，最後將傷口交給莉絲治療，坐在他們為我準備的椅子上，面向迪波菈。

「呼，拿出來了。這樣她應該就會慢慢復原。」

「真的是這麼小的東西在折磨那孩子嗎？」

「人類的體內，再小的傷口都足以致命，有些東西還會引起過度的反應。對芙蓮達小姐而言，這東西不該存在於體內。」

取出來的異物放在事先拿來的小盤子上，不出所料，那是鐵製箭鏃的尖端部分。比嬰兒小拇指的指甲還小，可以理解迪波菈會感到疑惑。

箭鏃上當然有倒鉤，就是它勾到體內，對身體造成負擔，導致尖端的一部分斷在裡面吧。

迪波菈瞪著折磨女兒的碎片，卡蓮不安地扯住我的袖子。

「媽媽怎麼樣了？」

「剩下只要等傷口痊癒就行，妳再等一下。」

之後莉絲的治療也結束了，艾米莉亞用毛巾擦乾身體被水弄溼的芙蓮達，為她穿上衣服，確認她跟菲亞一起將芙蓮達抱回床上後，我拿下眼帶。

坐在旁邊的莉絲也消耗大量的魔力，很累的樣子，但她的表情非常滿足。雖想就這樣休息一陣子，得先報告結果才行。

「卡蓮，這樣媽媽體內的壞東西就不見了，妳儘管放心。」

「真的嗎!?」

「嗯，她醒來的時候一定能夠展露笑容。但她應該暫時不會清醒，妳要不要先去睡？」

「沒關係，卡蓮要待在媽媽身邊。」

天也黑了，今天我們一大早就在森林裡趕路，她應該十分疲憊，卡蓮卻搬來一張椅子，坐到母親附近。

在艾米莉亞去叫雷烏斯的期間，我望向看著睡得安詳的芙蓮達的迪波菈。

「體力雖然還有點令人擔憂，手術成功了。之後只要好好休養，就會逐漸恢復。」

「真的不用擔心了嗎？」

「是的，不過她極度衰弱，短期內沒辦法正常行動。」

「足夠了。只要那孩子沒事……就夠了。」

迪波菈瞬間全身脫力，露出平靜的笑容，大概是緊繃的神經放鬆了。這樣她就會願意靜下心聽我們說話了吧。

兩姊弟回來後，我們做了自我介紹，說明保護差點被抓去當奴隸的卡蓮，抵達這裡的過程。

得知她被惡徒抓住時，迪波菈大驚失色，但我告訴她沒有留下後遺症，她就安心得吁出一口氣。

「呼……原來發生了那種事。無論如何，真的感謝各位救了我女兒和孫女。」

「不會，我們只是沒辦法放著卡蓮不管。」

「我們只是做了想做的事，妳別放在心上。」

「就算這樣，還是讓我道謝吧。還有……對不起，一開始對你們態度那麼差。我實在喜歡不上外面的人……冒險者這種人。」

「住在這個村落的人，果然都對外來者印象不佳呢。」

進到龍之巢的全是盯上有翼人的貪婪之徒，就像撿到卡蓮的那些人，她會這麼想也是無可奈何。

聽見我這句話，迪波菈卻苦笑著緩緩搖頭。

「不……你說的確實沒錯，但我是因為一些個人因素。」

在迪波菈猶豫是否該加以說明時，肚子餓的咕嚕聲彷彿算準了時機，從三個方向傳來，莉絲和雷烏斯害臊地笑著。

不能怪他們，畢竟天色已暗，晚餐的時間早就過了。順帶一提，卡蓮的肚子也叫了，她卻別過頭，一副事不關己的態度。

「我也真是的，竟然只顧著說話，也沒好好招待恩人。雖然端不出多高級的料理，讓我請你們吃頓飯吧。話先說在前頭，現在才跟我客氣的話，我會生氣喔。」

「既然妳會生氣，那就沒辦法了。承蒙妳的好意。」

「包在我身上。卡蓮，奶奶馬上去煮飯，妳再等一下。」

「嗯！」

比平常愛笑的卡蓮精力十足地點頭，果然是因為回到家的關係吧。

迪波菈準備移動到廚房，可是人這麼多，一個人煮未免太辛苦。尤其是我們家還有食量驚人的大胃王姊弟。

「要煮飯的話我也來幫忙。」

「不，我去吧，天狼星少爺請繼續休息。莉絲當然也是。」

我確實累了，因此我決定收下艾米莉亞的好意。

我坐在椅子上發呆，看著仍未甦醒，但臉色好了一點的芙蓮達，以及在旁邊守著她的卡蓮時，在窗外注視室內的北斗有了反應。

「嗷！」

雖說外面有北斗幫忙警戒，我竟然渾然不覺。完成一件工作，似乎導致我放鬆下來了。

我立即發動「探查」，偵測到兩個巨大的反應正在靠近這裡。

「……其中一個好像是桀諾多拉大人。他們談完了嗎？」

「他讓大家明白我們不是敵人了嗎？」

「不知道，從北斗的反應來看，好像沒有殺氣。不過還是準備一下好了。」

「說得也是。做好逃跑的準備吧。」

我用「傳訊」將這件事也通知了艾米莉亞，以便應對任何情況，這時發生了令整棟房子稍微搖晃的地震。

推測是因為有龍降落於室外，桀諾多拉降落時很安靜，八成是另一隻龍太粗魯。

我邊想邊等待，過沒多久，房門打開，變成人類大小的桀諾多拉走進室內。

「抱歉，讓你們久等了。要跟腦袋僵硬的人說明，花了點時間。」

他跟分別時不同，看起來有點疲憊，但從他臉上的笑容判斷，應該用不著逃跑。

「那麼，決定如何處理我們？」

「唔，不好意思，方便現在就跟我一起來嗎？首領想直接見你們一面。」

「不許拒絕喔？」

桀諾多拉語帶愧疚，慢了幾步進來的另一名龍族狠狠瞪向這邊。

是隻全身都是紅色的龍族，看似非常警戒我們。

「梅吉亞啊，不必這樣瞪人家。為何如此緊繃？」

「閉嘴，你太信賴外來者了。外來者可是只會為我們帶來不幸的蠢貨。」

「何出此言。瞧，之前那麼痛苦的芙蓮達，現在睡得多麼安穩。」

從桀諾多拉降落到他來找我們，隔了一段時間，他似乎已經從迪波菈口中得知事情經過。

兩人爭執了一陣子，桀諾多拉冷靜地以理服人，因此名為梅吉亞的紅色龍族話變得愈來愈少。

確認他終於安靜下來後，桀諾多拉笑著對我們說：

「迪波菈跟我說了。你們救了芙蓮達一命。」

「只是在能力範圍內進行治療而已。」

「哼，真的治好她了嗎？」

梅吉亞瞪著我，彷彿在訴說「我是不會被騙的」，桀諾多拉卻毫不放在心上，接著說道：

「萬一失敗，等於會與我們全部的人為敵，虧你還有辦法這麼鎮定。不過這應該有助於之後的談話。立刻動身吧。」

「我明白了。每個人……都要去嗎？」

「這還用說！我會跟在旁邊，避免你們亂來。」

梅吉亞負責監視的意思。

本來就該跟人家把話講清楚，所以我是不介意跑這一趟，可是一旦交涉失敗，就再也回不來了，這令我很頭痛。

真想拜託他們讓我多留幾天，以觀察芙蓮達的恢復狀況。順帶一提，大家——尤其是莉絲和雷烏斯應該也餓了，我想至少吃個晚餐，不過事關緊要，我也不好說什麼。

桀諾多拉他們說要在外面等候，先行離開，我們便先前去向迪波菈說明情況。

「這樣啊。既然是首領的決定，那也沒辦法。」

「不曉得什麼時候可以回來，我們改天再來吃——」

「怎麼這麼說，你們救了我的女兒和孫女，首領他們肯定會諒解。去吧，不用顧慮我，我會煮滿滿一桌菜等你們回來。」

「謝謝妳。」

迪波菈帶著爽朗的笑容目送我們離開，我發現我的心情變輕鬆了些。也許我就是對散發母性的人沒轍。

最後，我想跟卡蓮打聲招呼，不知為何找不到她在哪裡。

她都平安回家了，應該不會亂跑，「探查」也偵測到她就在附近，不至於有危險。

我如此心想，來到屋外……

「卡蓮也要去！」

看見卡蓮抓著變成龍形的桀諾多拉的背，我當場愣住。

桀諾多拉說她聽了剛才的對話心生不安，擔心得跑出來。

「媽媽沒事了，接下來就輪到大哥哥大姊姊了！」

「妳好不容易見到媽媽，跟奶奶一起等比較——」

「要去！」

這孩子真頑固。但她這麼做也是出於對我們的擔心，難以判斷該高興還是該斥責她。

在我煩惱該如何是好時，迪波菈小姐走出家門，我拜託她幫忙說服卡蓮，她卻只是苦笑著看著她。

「若你們不介意，帶她一起去吧。這孩子一旦下定決心，就不太會讓步。」

「沒關係嗎？」

「她跟擔心我女兒一樣擔心你們，而且首領那邊很安全。」

這句話感覺有另一層意思，可是從迪波菈的反應來看，帶她同行似乎不成問題。

『或許讓其他人親眼看到卡蓮平安無事比較好。對了，天狼星，芙蓮達何時會醒？』

「我推測至少要等到後天。」

『那麼今晚送她回來就行了。如果你們說得沒錯，迪波菈獨自留在這裡也不會有大礙吧。』

『桀諾多拉大人，這樣的話──』

『我們三個繼續留在這。』

『一有狀況就跟您報告，您意下如何？』

三龍一副想到好主意的樣子，豎起尾巴站上前。

假如芙蓮達突然出了什麼狀況，有個人來通知我確實比較好，桀諾多拉卻對三龍投以銳利的視線。

『……該不會只是不想見首領他們吧？』

『您怎麼這麼說！』

『絕無此事！』

『我們是在擔心芙蓮達小姐……』

「嗷！」

『『『對不起！我們不想挨罵！』』』

三龍被調教成在北斗面前變得無比誠實，八成是在我們治療芙蓮達的期間也受到了教育。

事後我才知道，雖說是因為芙蓮達遭受攻擊，導致他們變得疑心病很重，除了沒事先確認對方的身分外，連續噴火把森林燒掉是最嚴重的過錯。

他們當然是真的擔心卡蓮和芙蓮達，不過這才是想留下來的主要原因。

「為了以防萬一，有人負責傳遞消息會比較放心，我也建議讓他們留在這。」

『好吧。反正也只是之後再挨罵。』

「哦，無論如何都逃不掉嗎？」

『逃不掉的。』

『『『…………』』』

雷烏斯的問題證明了他們註定得挨罵。

決定將垂頭喪氣的三龍留在卡蓮家後，我們坐到桀諾多拉的背上。

『嘖，要讓人等多久！』

『別著急，首領沒那麼沒耐性。』

我們聽著梅吉亞的怒罵聲，跟去程一樣坐在桀諾多拉背上，再度飛向空中。

用飛的不是因為目的地太過遙遠，而是那個地方位於不會飛就到不了的高臺。

麻煩歸麻煩，龍跟有翼人都會飛，應該不會感到不便。

結束短暫的空中旅行，我們抵達在高臺上挖出來的巨大洞窟。

『這裡是我們用來召開集會的洞窟，首領和負責統率這一帶的龍族的龍就在裡面。順帶一提，梅吉亞也是其中之一。』

『你這傢伙！不准擅自把我的名字告訴外來者！』

『因為你遲遲沒有自我介紹。走吧，跟我來。』

洞窟大到連龍的身體都進得去，因此梅吉亞直接走進洞窟。

桀諾多拉傻眼地看著他，我們跳下他的背，跟著負責帶路的藍龍，這時我發現一件事，開口詢問：

「桀諾多拉大人，有沒有什麼我們必須注意的禮節？」

『跟和我相處的時候一樣即可。首領是個很寵女人和小孩的老爺爺，除非你們笑他是老糊塗。』

他笑著這麼說，看來不必那麼緊張。

但我們並未放鬆戒心，由雷烏斯帶頭走向前方，過於寬敞又有各種裝飾的洞窟，使我們好奇得忍不住左右張望。

「這個洞窟還真大……不如說，儼然是座神殿。是怎麼蓋出來的呀？」

『首領的興趣是製作裝飾品。一有空他就會用爪子和魔法挖洞。』

「用手和魔法開闢出這樣的空間……需要驚人的勞力及魔力呢。」

「好像大哥喔。聽說首領比桀諾多拉大哥還大，真期待會是怎樣的龍。」

我們邊走邊聊，過沒多久，抵達比前面的走道寬敞好幾倍的大廳。

大廳深處設置著巨大的龍石像，前面有隻坐在地上的黑龍。

那隻黑龍比桀諾多拉和梅吉亞大一個等級……更重要的是氣勢不同，想必那就是桀諾多拉他們的首領。

大廳中心還有一個用岩石做的巨大容器，裡面燃燒著熊熊烈火，跟桀諾多拉顏色不同的好幾隻龍圍在旁邊席地而坐。

『亞斯拉德大人，我帶那幾位外界的人來了。』

『……來了嗎？』

梅吉亞恭敬地低下頭，名為亞斯拉德的黑龍緩緩點頭。怎麼說呢，有種在謁見國王的莊嚴氛圍。

巨龍們的視線同時落在我們身上，營造出緊張的氣氛……

「亞斯爺爺！」

『……來得好，來自外界的人們啊。我叫亞斯拉德。是這個村落的首領。』

「亞斯爺爺！大哥哥大姊姊不是壞人！」

『叫你們來的目的不為其他。我想直接聽你們解釋來到這個村子的理由——』

「他們懂很多事，教了卡蓮很多事！所以不可以罵他們！」

然而，由於卡蓮完全不看氣氛，剛才那嚴肅的氣氛即將煙消雲散。

究竟亞斯拉德能否維持住這股氣氛說下去呢？

『……我說，卡蓮啊。爺爺在講有點重要的事，可不可以安靜——』

「不行！」

看來為時已晚。

卡蓮拚命為我們說話，以幫助我們。過了數分鐘，亞斯拉德總算安撫好卡蓮，讓她安靜下來後，繼續剛才的對話。

『咳咳……諸位冒險者啊，我叫亞斯拉德。是這個村落的首領。』

他試圖營造出剛開始的嚴肅氣氛，一本正經地重複剛才的臺詞……

「亞斯爺爺！就跟你說不可以罵大家了！」

『知道了知道了。不會罵他們，妳冷靜點。』

『亞斯拉德大人，還不能斷定這些人不會危害我們。我認為有必要更加嚴厲地質問他們。』

『好了！這我也明白，你閉上嘴巴！』

……像這樣，卡蓮和其他龍頻頻插嘴，根本講不下去，剛才的緊張感蕩然無存。

她想保護我們的這份心意，我很感動，可是這樣下去對話不會有任何進展，於是我先塞了顆蜂蜜糖給她，讓卡蓮安靜下來。

周圍的龍也明白場面陷入僵局了，乖乖閉上嘴巴。不過他們跟桀諾多拉和亞斯拉德不同，看待卡蓮的目光不怎麼溫柔。

這個溫差固然令人在意，對方都報上名字，我不做個自我介紹也有失禮儀。做完簡單的自我介紹後，亞斯拉德突然低下頭。

『先感謝各位保護了我們的同胞卡蓮，將她帶回此地。』

『亞斯拉德大人！身無首領的您豈能輕易向別人低頭！』

梅吉亞激動地大叫。我猜是因為他討厭外來者，又是個遵守規矩的人。對我們來說是個難以應付的對象，但我知道集團生活需要敢於提出嚴厲意見的人，所以我沒有插嘴，只是默默旁觀。

『他們不僅救了卡蓮，還把她送回這裡。身為領導者，不道歉哪說得過去。』

『您說的是沒錯……』

『我最後再下定論。那麼，我再問一次剛才的問題。來到這個村子的冒險者們啊，照實回答。你們為何來到此地？』

對待卡蓮時的溫和態度產生一百八十度的大轉變，亞斯拉德釋放驚人的壓力瞪向我們。現場的氣氛彷彿在表示，若我們膽敢說謊，會與村裡所有的龍為敵。

他刻意提出桀諾多拉八成已經跟他說過的問題，恐怕是想親眼確認我們的反應。此舉等於是在威脅我們招供是否有其他企圖，但我們問心無愧，大可光明正大地回答。

「我想您也聽桀諾多拉大人提過了，我們來到這裡的目的，是為了將在旅行途中救助的卡蓮送回母親身邊。」

『真的只有這樣？』

「硬要說的話，因為我對這裡很感興趣。我好奇有翼人住在什麼樣的地方、過著什麼樣的生活。」

『就因為這種理由？搞不好會被我們或魔物攻擊，命喪於此喔？』

「以我的實力不至於輕易送命，重點是拋下這麼小的孩子，會讓人良心不安。」

我斬釘截鐵地回答，亞斯拉德看起來有點傻眼，這次望向我的徒弟。

『其他人也一樣嗎？』

「除了想送卡蓮回家外，我是天狼星少爺的隨從，跟隨主人是當然的。」

「我也只是跟著大哥走！」

「我不是隨從，純粹是為了卡蓮。」

「我們是以他為中心組成的家庭，這個問題幾乎沒有意義。」

「嗷！」

面對他巨大的身軀及魄力，大家都沒有移開目光，還不服輸地瞪了回去。

歸根究柢，我們是為了做對的事而來。無論對方有多麼巨大，都不需要感到愧疚。

『唔，看來沒有說謊。』

『我沒有懷疑您眼光的意思，不過，您要相信這些人嗎？』

『至少不會是我們的敵人。千萬別幹主動挑起爭端這種蠢事。』

亞斯拉德狠狠一瞪，有意見的龍便乖乖點頭。

桀諾多拉大概就是在等這短暫的空檔，於絕佳的時機提出建議。

『亞斯拉德大人，不好意思打擾您說話，我有件要事跟您報告。聽說他們查明了芙蓮達病倒的原因，並且成功將其摘除。』

『什麼⁉梅吉亞，你也看見了嗎？』

『是、是的！雖然不知道是否徹底痊癒，芙蓮達的臉色確實有變好。』

「大哥哥幫忙把壞東西拿出來，所以媽媽沒事了！」

『為了報答拯救同胞的恩情，我認為應該要歡迎這些人。』

桀諾多拉上前一步提議道，周圍的其他龍卻依然沒有給他好臉色看。畢竟根本上的原因，就出在我們這些外來者身上，他們大概無法贊同桀諾多拉的做法。

亞斯拉德煩惱了一陣子，瞥了我們一眼，最後直盯著桀諾多拉說：

『桀諾多拉啊，這些人確實救了同胞，但你不是剛認識這些人嗎？決定帶他們過來的也是你，你好像特別中意他們？』

『沒錯。你為何能夠斷言他們不會加害我們？』

『若這些人有意危害我們與同胞，那也太大意了。而且卡蓮已經落在他們手中，何必特地冒險送她回來？』

『不是為了叫她帶路嗎？』

三龍也這麼說過，從當時的狀況來看，不能怪他們這樣想。然而，桀諾多拉對這個推測嗤之以鼻，予以否認。

『那直接威脅卡蓮就行，用不著建立如此深厚的信賴關係，也沒必要明知會被我們敵視，還幫芙蓮達治療吧。』

『是想藉此得到我們的信任，伺機而動吧？』

『怎麼？我們是一旦露出破綻，就會輕而易舉被人打倒的脆弱生物嗎？既然亞斯拉德大人判斷他們沒有說謊，今後再仔細看清他們的本性不就得了。』

其他龍也跟著追問，桀諾多拉卻很有耐心地繼續說服。

話說回來，桀諾多拉幫我們說話，我是很高興沒錯，但他對我們的評價為何這麼高？

『這些人身為人類，被我們包圍卻毫不畏懼。那隻人稱百狼的生物也完全信賴他們，明顯不同於之前遇過的愚蠢外來者。』

『唔，的確。』

『重點是，不覺得很有趣嗎？他們搞不好會跟以前那個男人一樣，讓我們看見新的事物。首領應該能理解。』

『……是啊。』

『總之，應該要聽聽他們的需求。不管怎麼樣，要是沒有我們的幫助，他們連這個村子都出不去。』

他回頭望向我，表示這就是這場交涉的妥協點，我輕輕點頭致謝。

桀諾多拉站在我們這邊，好像也別有用意，不過我從他的言詞及態度感覺不到可疑之處，目前應該可以相信他。那些在剛才的對話中隱約透露出的各種情報之後再去問，現在必須先傳達我們的需求。

『這樣才合理。那麼，諸位希望我們提供什麼？想要錢的話，可以把在這座洞窟採掘到的寶石給你。外來者想要的就是這種東西吧。』

「那麼，想請您允許我們在這裡住幾天。」

『為何？』

「除了觀察芙蓮達小姐的恢復情況外，我想瞭解這裡的居民過著什麼樣的生活。因為我們旅行的目的就是多看看珍奇的事物。」

既然是增廣見聞之旅，我想調查有翼人與龍族的關係，體驗這裡的生活。

梅吉亞和另一隻龍聽見我的理由，插嘴說道：

『那又如何？想瞭解我們的生活，一天就夠了吧。』

『而且既然你已經為芙蓮達治療過，何須觀察她的情況？』

「有翼人的身體構造與人類相近，跟強壯的你們不同，在徹底痊癒前都不容大意。請不要太小看傷勢。」

『你說什麼！』

『挺有種的嘛。』

我終究是外人，可以理解他們的想法，但芙蓮達同時也是我和莉絲一起治療的患者，而且她是卡蓮重要的母親。我想至少照顧到她能正常走路為止。

並非醫生的我講這種話或許有那麼點傲慢，可是我也有不能退讓的時候，而且我不想一直被他們瞧不起。

龍群將我那句話視為挑釁，頓時一陣騷動，我毫不放在心上，接著回道：

「而且所謂的知識，不單單只是從書籍或別人口中得知的情報，而是要親自去見證、感受、體驗才算數。在龍族眼中，我們想必是渺小的存在，可是我認為，驕傲及信念與體型無關。」

『唔……就會耍嘴皮子。』

『要不是因為有首領的許可，真想跟你們打一場。』

「有種就來啊！要是你們被我咬死，我可不負責！」

「吼嚕嚕嚕嚕……」

「不可以吵架！」

儘管不至於當場開戰，氣氛變得有點險惡，不只雷烏斯和北斗，連卡蓮都站到前面保護我們。

在這種狀況下仍舊無所畏懼的卡蓮使我不禁苦笑，這時默默旁觀的亞斯拉德突然大笑道：

『呵哈哈！你們給我退下。老實認輸吧。』

『……既然首領都這麼說了。』

『唔！身為龍族的我們被講成這樣，我吞不下這口氣。』

他們似乎不是真的看我們不順眼，單純是不甘心被我駁倒。看來龍族都挺不服輸的。

『用不著不甘心，這些人會在這裡待一段時間。不服輸的話，大可之後再找機會跟他們一較高下。至於你剛才說的大話是否為真，就由我們仔細判斷吧。就跟你們想觀察我們一樣。』

「亞斯拉德大人，您的意思是……」

『嗯。我們將對諸位表示歡迎，允許諸位在此停留。』

「謝謝您。不過一整天都要被觀察挺困擾的，還請適可而止。」

「好了嗎？」

「對呀，我們可以跟妳在一起囉。得感謝妳的爺爺。」

「亞斯爺爺，謝謝你。」

聽見菲亞親口擔保，卡蓮高興地抱住亞斯拉德的尾巴，他抬起尾巴，將卡蓮放到掌心。這麼大一隻龍的手掌，高度自然相當高，卡蓮卻玩得很開心，似乎早已習慣。

原來如此，卡蓮之所以不怎麼怕北斗，是因為她習慣體積龐大的生物了。她大概覺得巨大的生物是只要沒有敵意，就會保護她的存在。

『可是，雖說我做了這個決定，村裡有許多對外來者抱持戒心的同胞。你們要多加注意，別惹出麻煩。』

「一定。」

『那麼，我來為這些人介紹環境吧。』

『嗯，客人交給桀諾多拉接待。散會。各位，千萬別丟了龍族的臉。』

『『『是！』』』

隨著亞斯拉德一聲令下，巨龍紛紛走向洞口。

只有梅吉亞在途中轉頭盯著我們——不，盯著我一個人。但他似乎也搞不清楚狀況，什麼都沒說，一頭霧水地離開。

只剩下我們幾個和亞斯拉德、桀諾多拉留在洞窟，討論今後的計畫。

『那麼，接著要決定你們的住處，哪裡比較合適？』

「卡蓮家！」

『嗯……那裡應該是最恰當的，但那棟房子給五個人住，或許會有點擠。』

「我們有自己的露營道具，如果沒有多餘的場所，睡外面就行。」

「住不下所有人，就每天換人進去睡吧。」

「我反而喜歡小一點的房子。這樣就能合法睡在天狼星少爺旁邊——唔唔！」

艾米莉亞大概是變得比較放鬆了，開始亂說話，我急忙摀住她的嘴巴。

這陣子因為要顧慮卡蓮在旁邊，她比較沒有平常那麼愛撒嬌，如今平安把卡蓮送回故鄉，導致緊繃的精神鬆懈下來，她便逐漸露出本性。差不多在今天晚上，她極有可能潛入我的房間。

「欸，有村裡的人不太會靠近的房子嗎？」

『村外有拿來當倉庫的小屋。晚上誰都不會靠近，只要不弄亂裡面，你們可以自由使用。』

「之後得去看一下。聲音的話靠我的風就有辦法隔絕，稍微打掃一下吧。」

「妳說的是什麼聲音！」

「這很重要耶？事關我們的未來。」

平常會一起跟我吐槽的菲亞，一聊到這方面就會變得很積極，煞不住車。最近特別激烈，可能是遇到卡蓮的關係。

現在我們最缺的人手，搞不好是化解這個狀況的吐槽人員。

於是，我們再度騎著桀諾多拉，回到卡蓮家。

坐在屋外等待的三龍一看到北斗，就立正站好列隊迎接，害我忍不住苦笑。

『『『歡迎回來！』』』

「嗷！」

哎，三龍也不是真心排斥這麼做，那就這樣吧。

外面交給北斗，我帶著變成人形的桀諾多拉進到屋內，迪波菈的笑容伴隨料理的香味一同迎接我們。

「歡迎回來。沒事就好。」

「勞妳費心了。首領同意我們暫時住在這裡。」

「能跟卡蓮在一起了！」

讓興奮的卡蓮恢復鎮定後，我們跟迪波菈報告結果，表示想觀察芙蓮達的狀況一陣子，迪波菈錯愕地嘆了口氣。

「唉……冒險者真的都是怪人。」

「對吧？簡直跟那傢伙一樣。」

迪波菈和桀諾多拉相視而笑，我有點好奇他們提到的對象，莉絲和雷烏斯的肚子卻於此刻再度大叫。看來在路上用來充饑的肉乾消化掉了。

「哈哈哈，先吃晚餐再說。不曉得合不合你們的口味，我煮了很多菜，別客氣盡量吃。桀諾多拉大人要不要也一起？」

「說得也是，那我就不客氣了。畢竟我還有事想跟各位聊聊。」

「我也是。在外面等的那三位呢？」

「暫時別管那三個白痴了。他們似乎有位優秀的指導者，我回去的時候再讓他們解散。」

這麼做好像也是為了讓他們反省……好吧。再撐一下，三龍啊，等一下偷偷帶點吃的過去好了。

回到卡蓮家，檢查完芙蓮達的身體有無異狀時，晚餐已經準備好了，所有人擠在有點小的餐桌前，享用稍晚的晚餐。

大概是居民的食用天性使然，整體而言比起肉類，用蔬菜做的料理更多，尤其是馬鈴薯料理占了大多數。

「這個嗎？這是能在這一帶採到的叫做莫普特的果實，我們很常吃。味道普普通通，數量倒挺多的，是個好東西。」

有翼人會種類似小麥的穀物，所以麵包也做得出來，主食卻是這個叫莫普特的食材。

那是一種用我的雙手即可包覆住，表面凹凸不平的圓形果實。烹飪方式是切成適當大小後拿去烤或煮來吃，從這一點來看，接近我上輩子的馬鈴薯。

口感有點特別，拿去跟其他食材一起燉煮後，成了絕佳的軟硬度。

「煮得很入味，非常好吃。」

「好燙!?可是好好吃！」

「麻煩再來一盤。」

「真好吃。但它好像容易飽，我吃不了太多。」

弟子們讚不絕口，離開村子時請人家分一些給我好了。

在這種深山地區沒什麼調味料，因此料理的味道偏淡，不過我也滿喜歡的。有種家庭的味道……吃了會心情平靜的味道。

我們家的大胃王姊弟一盤接著一盤，吃完第一盤燉菜的卡蓮也對迪波菈遞出盤子。

「再一碗！」

「唷，卡蓮難得吃第二盤呢。平常妳吃這樣就飽了。」

「卡蓮想變得跟大姊姊她們一樣，要吃多一點快點長大。」

「哎呀，聽妳這麼說真令人高興。」

「可是不能硬塞唷。剛才那盤的一半剛剛好。」

艾米莉亞說得沒錯，卡蓮目前應該只吃得下這些量。

在迪波菈幫卡蓮裝第二盤燉菜時，又吃完一盤的莉絲和雷烏斯滿足地點頭。

「對呀，吃飯吃得開心最重要。要是妳吃太撐搞到身體不舒服，就太糟蹋了。」

「沒錯！迪波菈小姐，我也要再一盤！」

「好好好。卡蓮，拿去，奶奶放了很多妳喜歡的料。」

卡蓮的食量比平常還大，有部分也是因為這是家人煮的菜吧。

從迪波菈剛才的語氣判斷，似乎真的很罕見，迪波菈驚訝地笑著將盤子遞給卡蓮。除此之外，好像還有其他事引起她的注意，但感覺並不嚴重，放著不管應該也無妨。

順便說一下，莉絲從來沒有吃太撐搞到身體不舒服過，這件事我貼心地沒去多提。

晚餐時間結束，擺滿整張餐桌的料理吃得一乾二淨。

一吃完飯，卡蓮和莉絲就跑去關心芙蓮達小姐，我們目送兩人離開後，喝著艾米莉亞泡的紅茶享受飯後的休息時間。

「雖然我早有耳聞他們很會吃，真沒想到這麼厲害。家裡的存糧都見底了。」

「不好意思。明天我們馬上去補充食材。對吧，雷烏斯？」

「嗯！狩獵就包在我身上！」

「哈哈哈，不必那麼在意。卡蓮失蹤後，我和女兒都吃不太下飯，這樣正好。」

迪波菈大笑著表示總比放著存糧爛掉來得好。

初次見面的時候，由於她已經心力交瘁，當面就對我們怒吼，現在這才是迪波菈原本的模樣吧。爽朗豪邁，有種剛強母親的感覺。

「而且食材去外面採集就有了，我的女兒和孫女一旦失去，再也回不來。幾天的存糧算什麼。」

「可是我們將在府上叨擾一段時間，還是請妳讓我們幫忙。有什麼需求儘管提出。」

「真有禮貌。那就麻煩你們在不會太勉強的範圍內幫忙了。這裡或許有點小，你們就當自己家吧。」

吃飯期間，基於卡蓮的要求，我們已經得到暫住在這裡的許可。

我接著跟桀諾多拉及迪波菈打聽這個村子的生活型態，聊到一半，莉絲獨自從隔壁的房間回來。

「卡蓮呢？」

「她在看芙蓮達小姐的時候睡著了，我把她抱到旁邊的床上。」

「今天發生那麼多事，吃飽了會想睡很正常。」

「不好意思，把卡蓮丟給妳照顧。」

「是我自己要做的，請別放在心上。而且她的睡臉很可愛。」

莉絲在艾琉席恩的時候常和姊姊撒嬌，不過遇到莉菲爾公主前，她在故鄉會幫忙照顧村裡的小孩，其實挺擅長跟小孩相處的。

莉絲露出滿足的笑容坐到椅子上，在紅茶送到她面前時，門口傳來敲門聲。

外面的三龍沒有反應，推測不是敵人，我偵測了一下氣息，發現來了個意想不到的人物。

「打擾了。」

迪波菈還沒應門就開門走進來的，是變成人形的龍族首領——亞斯拉德。

會來家裡的都是親近的鄰居，因此只要稍微打聲招呼，擅自進屋似乎也無所謂。

「亞斯拉德大人!?您怎麼會來……」

「沒什麼，只是來看看芙蓮達和客人。別那麼拘謹，平常心就好。」

「好、好的。那麼我立刻為您泡茶……」

「讓我來吧。」

外表是個拄著拐杖都不奇怪的老者，但從那自然而然洋溢而出的存在感及威嚴來看，無疑是那個亞斯拉德。

他踩著完全感覺不出他年事已高的穩健步伐，坐到附近的椅子上，艾米莉亞泡的紅茶在同一時間送到他面前。

「能讓妳這麼漂亮的女孩為我泡茶，是我的榮幸。而且，我從未喝過如此美味的紅茶。」

「您喜歡就好。」

「不只會泡好喝的紅茶，還有開闊的胸襟嗎？艾米莉亞啊，今後能否只為我泡茶？」

他突然開始對艾米莉亞示好。

艾米莉亞將目瞪口呆的我們晾在一旁，帶著清爽的笑容一秒回絕。

「我發誓要將一切奉獻給天狼星少爺，請容我拒絕。」

「很難追啊。別看我這樣，我還是個好男人，有自信讓女性得到幸福——」

「我已經很幸福了，請容我拒絕。」

艾米莉亞的拒絕銳利如刀，對方卻無意放棄。

見到龍形的他時，我還覺得他是個全心全意為村子付出，一本正經的人……

「難道這才是本性？」

「沒錯，這就是原本的亞斯拉德大人……不對，我的爺爺。」

不只小孩，只要是女性，他通通喜歡的樣子。

還順便得知他是桀諾多拉的家人。難怪氣質跟語氣有幾分相似。

「無論如何都不行嗎？就當是沒多少時間可活的老頭子的請求，跟我交往一下也好……」

「不行。」

「他恐怕還會去找其他女性，如果他太煩，麻煩跟我說。龍族身體很強壯，視情況而定，直接揍他也沒關係。」

「我會銘記在心。」

艾米莉亞不斷拒絕，這個老爺爺還是學不乖，拚命試圖追她。

菲亞應該能巧妙地回絕，可是莉絲對他人的請求和逼迫沒轍，我得多加注意。

「爺爺，你是不是忘記來這裡的目的了？」

「唔⁉你提醒我了。迪波菈啊，我進裡面看看。」

亞斯拉德好像來過很多次，直接走進芙蓮達跟卡蓮睡覺的房間，很快就走出來鬆了口氣。

「嗯，我確實感覺到芙蓮達的生氣。看那樣子應該不用擔心。」

「原來您是來探望芙蓮達小姐的。首領果然很辛苦。」

「那當然——我很想這麼說，不過對我而言，芙蓮達跟卡蓮有點特別。」

「對了，明明種族不同，卡蓮卻很黏你呢。跟真正的祖孫一樣。」

「我和卡蓮沒有任何血緣關係。我想想……你們似乎想多知道一些事，我就稍微透露點好了。迪波菈也不介意吧？」

「是的，他們的話我沒關係。」

得到允許後，亞斯拉德感慨地開始述說。

「我開始特別關心她們倆，是在數年前——不對，當時卡蓮還沒出生，所以只有芙蓮達一個人。那一天，我從空中戒備周遭，以捍衛村莊的和平。」

「你這話就錯了，爺爺。是因為閒著無聊，瞞著我們擅自去空中散步。」

亞斯拉德甩動尾巴，叫他不要多嘴，桀諾多拉也用尾巴擋開這一擊。兩條尾巴撞在一起，發出驚人的衝擊聲，這似乎也是家常便飯。

「咳咳，總之，我飛在空中的時候，看見有人在地上爭執。」

亞斯拉德定睛一看，發現被數名冒險者包圍的芙蓮達。

「那群冒險者是潛入這裡抓有翼人的，他們碰巧找到在森林採集食材的芙蓮達，想要抓住她。」

芙蓮達當時被冒險者嚇得腿軟，差點被塗抹麻痺毒的箭射中。

那個瞬間，一名男子從冒險者中衝出來，以肉身擋住那支箭，甚至將芙蓮達護在身後。

「面對手拿武器的那群人，那男人一步都不肯退讓，拚命保護芙蓮達。我就是在那時下到地面。」

介入其中的亞斯拉德轉眼間擊退冒險者，俯視為麻痺毒所苦的男人。

不管他做了什麼事，既然他跟這些人在一起，肯定是一夥的。正當亞斯拉德考慮處理掉這名男子……

「那傢伙在笑。我問他為何而笑，他回答我『幸好她沒受傷』……打從心底感到放心。」

他隨口問了一下，男子純粹是出於好奇心，想看看有翼人才來的，其他人是他僱來當護衛及嚮導的冒險者。

他們碰巧在被龍族發現前遇到有翼人，男子僱用的人卻無法抗拒慾望。

「那男人名為彼特。是人族男性……卡蓮的父親。」

也就是說，彼特是跟我們一樣，為了增廣見聞而旅行的男人囉。

亞斯拉德跟桀諾多拉沒有因為我們所說的話而傻眼，反而覺得有些懷念，原因就在於此。

「我接著追問，他說他對芙蓮達一見鍾情，錯愕的我便決定帶彼特回家。村裡的人都對他抱持疑心，被他拯救的芙蓮達卻並不反感，不知不覺，他們就在一起了。」

「一部分的同胞並不喜歡外來者，但多虧彼特從外界帶來的知識，我們的生活變得方便不少。對我來說，他還是個可以推心置腹的朋友。」

「原來卡蓮是人族和有翼人的小孩。」

「咦？那她的父親……」

「嗯，芙蓮達懷上卡蓮的同時，彼特的身體開始出狀況，在卡蓮出生的不久前去世了。」

難怪聽見我們是冒險者，迪波菈的態度有一絲躊躇。

應該是想到拋下女兒和孫女——無論理由如何——自己一個人先走掉的男人吧。

「人既然是我帶來的，我實在無法置之不理。在照顧芙蓮達和平安出生的卡蓮的過程中，卡蓮自然而然就開始叫我爺爺。」

「對真正的孫子明明那麼嚴厲，就只寵卡蓮一個人。」

「囉嗦！女孩子當然比男人可愛。而且龍族必須強大，對你嚴厲很正常。」

兩人又開始用尾巴互擊，聽見剛才的往事，我明白了許多。

其實迪波菈說我們可以用的房間裡面，放著幾本書。想必是卡蓮的父親彼特寫的。

有類似圖鑑的書，也有記錄世上的珍奇事件及當地體驗的書，或許卡蓮就是看了那些書，才長成這麼一個好奇心旺盛的孩子。以上純屬猜測。

這樣就解開幾個疑惑了，莉絲卻略顯悲傷地喃喃自語。

「難道是因為卡蓮的父親是人族，她的翅膀才變成那樣？」

「與此無關。我爺爺的爺爺說他看過那種有翼人。」

「沒關係啦。我們去想這些也沒用，不管翅膀怎麼樣，卡蓮就是卡蓮。」

「是嗎……說得也是。」

並非種族差異所致，而是類似突變嗎？

再加上卡蓮的魔法屬性是無屬性，某種意義上來說，可謂奇蹟般的存在。

不過如菲亞所說，我們想這些也沒用。只要接受原本的卡蓮，一如往常地和她相處即可。希望她的心靈能變得堅強到，將來可以用來看清會以貌取人的人。

我打算按照計畫，趁待在這裡的期間教導卡蓮許多知識，順便提出得知世上存在有翼人的部落時，浮現腦海的問題。

「我有個問題想問，為何龍族會和有翼人共同生活？」

各自的能力及體型明顯有差異，除了會飛以外，沒有任何共通點。

而且聽迪波菈所說，兩者之間也沒有類似主僕的嚴格上下關係，是為了彼此著想而共存。

「龍族確實是能力優秀的種族，卻有著明顯不如其他種族的致命缺陷。你知道是什麼嗎？」

「是……數量嗎？」

「正是，龍族懷孕的可能性非常低。或許是長壽的關係吧，極少懷上後代。」

「跟妖精的狀況一樣呢。龍族的數量好像比妖精還要少，出生率應該比我們更低。」

「沒錯，龍族還沒住在這個村落的時期，我們的祖先巡迴各個大陸，與許多種族嘗試過，全都無法和龍族生下後代。唯有有翼人不同。」

儘管機率不是百分之百，數十人裡面會有一人生下龍族。

雙方同為原本就數量稀少的種族，便決定互相幫助，維持共存關係。

「…………」

「天狼星少爺，怎麼了嗎？」

「沒有……沒什麼。對了，方便再請教一件事嗎？」

每次想到龍族，我都會不禁回憶起以前在艾琉席恩的迷宮遇到的龍族——葛拉恩。

儘管是敵人，我可是殺了為數僅少的龍族。我並不後悔，但身為動手的那個人，也許該報告一下他的下場。

「請問……兩位聽過葛拉恩這個人嗎？」

「「!?」」

一提到這個名字，兩名龍族就表現出至今以來最激動的反應。

尤其是亞斯拉德，他板著臉面向我，較為冷靜的桀諾多拉則追問道：

「天狼星啊，你在哪聽見這名字的？」

「數年前，我們遇見一位名為葛拉恩的龍族。然後……」

他是足以被冒險者公會通緝的殺人鬼，純粹為了取樂而對我的徒弟動手，因此我殺了他。兩人的臉上看不出對我的恨意，我才敢據實以報。

「……就是這樣。雖說是為了拯救徒弟，我手刃了兩位的同胞。」

「無妨……觸犯禁忌的葛拉恩註定逃不了一死。我反而想感謝你阻止了玷汙龍族驕傲的傢伙。我明明確實了結了他的生命。」

「有一點比較麻煩。葛拉恩是梅吉亞的哥哥。」

竟然是不怎麼歡迎我們的龍族的哥哥。

看來……想要悠悠哉哉地觀光是無望了。

數十年前，葛拉恩於有翼人的村落誕生。遠在我出生前。

身為一名龍族，他接受其他龍族的訓練一路長大，以成為守護部落的戰士。

變身後的葛拉恩卻沒有翅膀，是隻專門在地面奔馳的地龍。葛拉恩因此受到其他龍族的憐憫。生為地龍並不罕見，然而在被森林及高山包圍的這塊土地，會飛的翼龍更有價值。

即使如此，家人及其他人依然不吝於對他傾注愛情，所以葛拉恩成長的過程沒有出什麼問題。

然而……葛拉恩徹底走上了歪路。

常看到他又不是要抓來吃，卻隨便捕獲魔物，無謂地將其撕成碎片，全身染血的模樣。

亞斯拉德和桀諾多拉雖然覺得不對勁，但葛拉恩並未引發嚴重的問題，日復一日地成長。

等他長大到足以稱為青年的年紀，葛拉恩的母親生下梅吉亞，他多了一個弟弟。也許是成為兄長的關係，葛拉恩的詭異舉動在這時開始減少，導致亞斯拉德他們放鬆了幾分警戒。

如今回想起來……真不該掉以輕心。

慘劇發生在亞斯拉德他們對葛拉恩稍有忽視的時候……

『爸爸，我想變強……變得比現在更強。』

龍族體內存在潛藏巨大力量的結晶……通稱「龍心」。龍族是因為有那個結晶才如此強大，得到驚人的再生能力。

葛拉恩盯上每隻龍族體內都只有一顆的結晶，試圖增加自己的結晶……

『所以我想要力量。在我體內跟我合而為一……打倒那個臭老頭吧！』

最後……犯下吃掉同族的禁忌。

他的父親遭到已經擁有足夠力量的葛拉恩的偷襲，無法抵抗，慘遭殺害……被他吞入腹中。

「……太殘酷了。可是，那麼容易就能得到力量嗎？」

「唔，妖精小姐真敏銳。怎麼樣？今晚要不要跟我一起——」

「爺爺，等等再說。」

「好吧，妖精小姐說得沒錯，吸收同胞的結晶乃極度危險的行為。」

以前也有發生同樣的事，那名龍族很快就吐血身亡。

就算吸收了其他龍族的結晶，萬一跟自己的身體不合適，就只有死亡一途。簡單地說就是需要看血型的輸血，或者人類的器官移植。

從機率來看，這麼做會減少龍族的數量，會列為禁忌很正常。

「我趕到時已經太遲了，葛拉恩吃掉父親的龍心，因為吸收結晶的關係痛苦不堪，看到他這副模樣……」

雖說是自作自受，亞斯拉德看到葛拉恩吐著血掙扎，出於憐憫，狠下心噴火將他轟飛。

「被我的火焰命中，連桀諾多拉大概都會沒命。那傢伙卻撿回了一條命嗎……」

「不過以龍族來說不夠成熟的那傢伙倖存下來，未免太奇怪了。莫非那傢伙擁有我們所不知道的特殊能力？」

「經您這麼一說，我遇見的葛拉恩就算手臂被砍斷，依然能立刻長出來，擁有異常的再生力。據我推測，葛拉恩的身體被火焰灼燒，還是繼續再生，勉強存活下來。」

恐怕他適應了父親的龍心，在那時獲得驚人的再生力。順利適應的原因，很可能因為他們是血脈相連的父子。

葛拉恩確實是個強敵，但實力明顯不如村裡的龍族。

說不定是以失去一部分的龍族之力為代價，換來異常的再生能力。畢竟葛拉恩的龍形跟桀諾多拉和三龍比起來，大小顯然有差。

我說出自己的推測，兩人點頭表示同意。

「原來如此，可能性挺高的。可是連我的火焰都燒不死，虧你應付得來。」

「我用魔法封住他的行動，同時破壞兩顆龍心，藉此打倒他。」

「爺爺和天狼星都別再提這個了。既然葛拉恩已死，該想想要如何跟梅吉亞解釋。」

「對啊！家人被殺搞不好會讓他想報仇，但大哥是為了保護我們才挺身而戰。如果他想跟大哥打，先過我這關再說！」

「冷靜點，雷烏斯。我想請問，他——梅吉亞先生對哥哥葛拉恩是怎麼想的？」

「他知道兄長是犯下禁忌，殺死父親的罪人。至少不會突然跑來說要復仇。」

梅吉亞這麼恪守紀律，或許是受到觸犯禁忌的哥哥的影響。

經過討論，由受到戒備的我們告訴他葛拉恩死亡的經過，可能會害事情變得更難處理，於是我們決定由亞斯拉德找機會跟他說明。

「欸，這樣講或許很過分，不過既然他覺得哥哥死了，有必要特別說明嗎？」

「不講也是可以，但他因為葛拉恩的關係失去父親，我認為他有權知道。那麼我差不多該離開了，妖精小姐，聽說妳喜歡喝酒，今晚要不要在我家喝到天明？我這裡有不錯的酒。」

「很吸引人的提案，可是對不起。不跟大家共同行動，我的戀人會感到困擾。」

「那男人嗎？他可是人族喔？」

「嗯，我是在理解這件事的前提下跟他在一起的。我打算陪他到最後一刻。」

「那我也不會多說什麼。百年後我再來約妳。那位擁有一頭美麗藍髮的小姐如何？」

「爺爺，你夠了！」

之後，亞斯拉德被桀諾多拉強行拖出門外，幾位龍族通通回到家中。

《為誰而戰》

「天狼星少爺，早安。」

來到村莊的兩天後。

我睡在由三龍拖來的我們的馬車中，今天早上也被艾米莉亞的聲音喚醒。

雖然我自己也醒得來，早上聽見艾米莉亞的聲音已成了慣例，沒聽見我甚至會不想起床。

我一直有在留意不要淪為沒有艾米莉亞就什麼都不會做的男人，艾米莉亞本人卻希望如此，真令人困擾。

「早安，艾米莉亞。大家在做什麼？」

「莉絲和菲亞小姐大概快醒了，雷烏斯已經起床了。」

我走出停在卡蓮家旁邊的馬車，活動筋骨，環視周遭，看見在周圍跑步的雷烏斯和……

「大哥早！」

「「「您早！」」」

變成人形的三龍也在一起運動。

我下意識歪過頭，在遠處看著他們的北斗搖著尾巴走過來。

「嗷！」

「嗯……那三位還有不足之處，北斗先生在重新鍛鍊他們。」

「所以要叫他們跑步嗎？你跳出來當教練，是覺得那三個人有前途囉？」

對北斗來說，兩姊弟等於是牠的後輩，因此牠常陪兩人訓練，不過由北斗主動出面指導還滿稀奇的。

我摸著往我身上蹭的北斗的頭，加以詢問……

「嗷嗚……」

「北斗先生說，天分是不錯，但要成為天狼星少爺的部下，還得重新訓練過。」

「原來這裡也有一個擅自多收部下和小弟的。」

在艾琉席恩學園上學時，姊弟倆也幹過同樣的事。為什麼狼這種生物會想收上司的小弟呢？

「嗷！」

「除此以外，若能讓他們載，大家的移動速度都會提升。當然，能載天狼星少爺的只有北斗先生。」

「別把人家當成交通工具。唉，記得不要扭曲本人的意志。」

「嗷！」

「牠明白了。還有……牠請您也摸摸艾米莉亞的頭。」

我心想「最後那是妳自己的願望吧」，也摸了下艾米莉亞的頭，她和北斗的大小兩根尾巴拚命搖晃。

一大早就有一堆要吐槽的地方。我將三龍交給北斗和雷烏斯，與艾米莉亞一同走進卡蓮家，查看芙蓮達的狀態。

芙蓮達依舊躺在床上，始終沒有清醒過來，但我用「掃描」偵測不到異狀，照理說她差不多要恢復意識了。

我邊想邊繼續幫芙蓮達看診，跟走進房間的迪波菈道早。

「你們真的起得好早。瞧瞧我的女兒和孫女多會睡。」

「只是因為平常就習慣早起，自然而然會醒來。」

「真希望那兩個孩子也像你們一樣，快點起床。這種時候賴什麼床呀。」

看來迪波菈小姐也恢復到有心情開玩笑了。

天亮了卻完全沒有要起來的意思的卡蓮，以及治療完畢後仍然遲遲不睜開眼睛的芙蓮達。從迪波菈這句話判斷，卡蓮這麼愛賴床，或許是遺傳自母親。

幫芙蓮達診斷完後，本想進行晨練，可是我既然借住在她們家，理應幫忙做點家事。

思及此，我提議幫忙做早餐，迪波菈笑著表示沒那個必要。

「不用管我沒關係，你也去外面吧。晨練不是你的習慣嗎？」

「我總不能什麼都不做。」

「對呀，而且我們食量那麼大。」

「別擔心，只是要做多一點的話，我一個人就夠了。而且村裡的人分我的食材還有剩。」

沒錯，昨天真的忙到昏頭。

一大早桀諾多拉和三龍就來了，這倒沒問題，不過我們的消息似乎已經傳到其他人耳中，村裡的有翼人跟龍族動不動就跑過來。

亞斯拉德說得沒錯，其中也有對我們心存戒心的人，但大部分都是擔心卡蓮跟芙蓮達，前來探望的居民，一確認她們平安無事，那些人就留下食材做為賀禮。

順帶一提，我還看見年齡與卡蓮相近的龍族跟有翼人的小孩，不曉得是害怕我們，抑或家人叮嚀過什麼，他們離得遠遠的不肯靠近，導致艾米莉亞她們有點沮喪。

「那你們帶的鍋子再借我用一下。」

迪波菈一副不肯聽我們意見的態度，走出房間。

這幾天我發現，她非常愛照顧人，我們住進來後明明有一堆事要忙，她卻毫不介意。硬要幫忙反而會被罵，我就乖乖收下她的好意吧。

我再度來到屋外，剛醒來的莉絲和菲亞在做暖身操，雷烏斯及三龍則不太對勁。

「要隨時注意背後！一瞬間就會被北斗先生幹掉喔！」

「我明白，可是……不行！看不清楚！」

「那就由我當誘餌——嗚啊!?」

「即使是北斗大人，攻擊時總會露出破——噗呃!?」

被北斗追著的雷烏斯及三龍，接連被牠的前腳一掌拍在地面。

北斗當然有控制力道，不過他們剛才還在慢跑啊……怎麼會演變成這種狀況？

「我們來的時候，他們已經在被追了。」

「雷烏斯他們只負責逃跑，好像是在做閃躲北斗攻擊的訓練。」

「也就是鬼抓人嗎？」

意即北斗的教育已經開始，藉由讓他們在沒有遮蔽物的場所四處逃竄，訓練反射神經及判斷能力。

再加上當鬼的北斗不是用碰的，而是直接把人拍到地上，相當刺激。

我們聽著第三人的慘叫聲響徹四方，跟著開始做晨練。

首先是稍微慢跑幾圈，在陪雷烏斯他們訓練的北斗不知不覺與我並肩而行。

「嗯？結束了嗎？」

「嗷！」

我望向旁邊，抵抗到最後一刻的雷烏斯趴在地上。他好像是為了跟我一起跑步，才急忙解決掉雷烏斯的。

身為百狼的北斗若要配合我們的速度，根本稱不上訓練。然而對北斗來說，和我一起跑步是上輩子養成的習慣，類似於散步。

因此我跟高興地跑在旁邊的北斗一起跑了一陣子後，改為鍛鍊肌肉，這時家門打開，卡蓮從門後走出。

「呼啊……早餐……做好了……」

「知道了。各位，進屋前別忘記清潔身體。」

「也請記得補充水分。」

艾米莉亞為眾人送上水跟毛巾，我正想跟來叫我們吃飯的卡蓮道謝，發現她怪怪的。

卡蓮的身體在搖晃，一副站不穩的樣子，我盯著她的臉……她竟然站在那邊睡著了。

「……呼嚕。」

「欸……她在睡覺吧？」

「我的心情已經超越無奈，感到佩服了。」

也許是回到故鄉，放下心來的證據。我們抱著某種意義上來說是個大人物的卡蓮，回到家中。

講點題外話，雷烏斯和三龍在途中復活，對剛才的訓練召開反省會。習慣跟北斗訓練的雷烏斯暫且不提，牠的一掌具有令人陷進地面的威力，三龍卻若無其事，真不愧是龍族。

早餐是將居民給的食材隨便扔進去煮成的大雜燴，跟在附近採到的香料很搭，十分美味。

大胃王姊弟一盤接著一盤，迪波菈看著緩慢進食的卡蓮，滿足地點頭。

「沒想到只要拿出蜂蜜，就能輕易叫醒卡蓮。每天早上我都要煩惱怎麼叫她起床，這樣以後就輕鬆多了。」

「嚼嚼……呼嚕……」

「我看她好像還沒醒？」

「這還算好的呢，卡蓮以前連飯都不會吃。對了，你們等等打算做什麼？」

迪波菈想問的應該是今天的行程。

昨天發生了許多事，沒時間參觀村子，等桀諾多拉來了後請他幫忙介紹是不錯，但我還得遵守跟卡蓮的約定。

「上午我打算教卡蓮魔法。」

「那就麻煩你了。得知卡蓮的屬性時，我還很煩惱，不過看見那孩子開心地使用魔法，我慢慢覺得屬性一點都不重要。」

「我會證明無屬性不比其他屬性差。而且卡蓮很有天分，我教起來也很有成就感。」

「沒人比大哥更懂無屬性。只要努力練習，她可以變得跟大哥一樣強！」

雖然有種雷烏斯這句話提高了難度的感覺，我個人倒是希望她能夠超越我。

跟某位魔法大師說的一樣，魔法擁有無限的可能性。希望卡蓮能找到跟專攻戰鬥的我不同的另一條道路。

我偷偷期待著，當事人卻……

「……還要吃。」

果然對她抱有太大的期望了嗎？不，卡蓮只是早上起不來而已。

只要激發這孩子的才能，肯定……

「……呼嚕。」

不會有問題…………大概。

吃完早餐，我們原地解散，艾米莉亞跟莉絲去幫忙做家事，雷烏斯再度跟三龍一起和北斗訓練。

我和菲亞則帶卡蓮來到家裡附近的大樹下。

這個時候卡蓮也完全清醒了，聽見我要教她新魔法，興奮得拍動翅膀。

「這次要教妳的是『魔力線』，簡單地說就是用魔法製造絲線的魔法。」

「絲線？很厲害嗎？」

「看起來沒什麼特別之處，不過視用法而定，可以用在很多地方上。」

「治療妳的母親跟我受傷的時候，也有用到這種魔法。學起來不會有壞處。」

卡蓮頻頻點頭，我先實際用了一遍「魔力線」給她看。

我讓卡蓮觸摸我製造的魔力絲線，她疑惑地拉扯它。

「要做出這個嗎？」

「沒錯，若不灌注足夠的魔力，絲線會立刻斷掉，消失不見。妳先參考我做的，挑戰看看。」

「嗯。」

只是要做出由魔力凝聚而成的絲線，會用「衝擊」的卡蓮理應可以輕易做到。

或許是多虧我先讓她摸過樣本，卡蓮一下就製造出了魔力線，可惜我輕輕一扯，線就斷掉了。

「咦？跟大哥哥的不一樣。」

「跟妳用『衝擊』的情況相同，魔力不夠集中。還有，妳是不是只想著增加粗度，以做出強韌的絲線？」

一根絲線再強韌也沒用，除非強度跟鋼絲一樣，否則會斷掉才正常。有時也需要伸縮性，例如我上輩子的橡皮筋。

我是因為知道前世的特殊合金鋼絲這種東西，才做得出牢固的絲線，要重現類似的魔力線卻並不容易。

「唔唔……好難喔。」

「再摸一次我的線確認一遍吧。除此之外，腦袋也要靈活點。」

「靈活？」

「對妳來說可能有點難理解。就是不要被特定的觀念束縛住。例如它看起來只有一根，但不代表只有用到一根線吧？」

「一根……像這樣嗎？」

「哎呀，這次就很堅固呢。天狼星也來摸摸看吧。」

我碰觸卡蓮再度使用「魔力線」製造出的魔力絲線，這次是以三根細絲結合成一條線的狀態製造出來。

雖然魔力還不夠集中，隨便一扯就會斷，跟剛才的比起來變得相當牢固。

我還以為她會增加魔力線的粗度，結果我才暗示了幾句，她就幾乎只靠自己的力量發現這個方法。

認識這孩子後，她經常使我意想不到，這次也一樣。

「很厲害嘛。虧妳想得到。」

我立刻稱讚她，卡蓮高興得拍動翅膀，抬頭看著我，導致我下意識把手放到她頭上。

「啊……」

糟糕，不小心把她當成艾米莉亞她們對待了。

卡蓮曾經被人抓去當奴隸，想摸她頭的時候，她會想起挨揍的回憶，反射性躲開。其實我們家的女性組之前挑戰過好幾次，沒一次成功的。

因此我馬上準備把手抽回去，卡蓮卻沒有拒絕，只是呆呆地注視我。

「妳不會排斥嗎？」

「……那個，大哥哥的話沒關係。所以希望你多多誇獎卡蓮！」

「是嗎，那我就不客氣了。好棒好棒，卡蓮真是個乖孩子。」

「嗯！」

「啊，太奸詐了。讓我也摸一下。」

這也是拜治好了母親芙蓮達所賜吧。

卡蓮笑著允許我和菲亞摸她的頭。

誇獎她一陣子後，正當我想接著教她下一個魔法，在屋內幫忙做家事的艾米莉亞跑來找我們。

「天狼星少爺，芙蓮達小姐剛才恢復意識了。」

「好，我馬上——」

「媽媽！」

率先有反應的卡蓮飛奔而出，我們撿回慘敗給北斗的雷烏斯後，回到家中。

走進房間，躺在床上的芙蓮達坐起上半身，抱緊撲進懷中的卡蓮。

「媽媽……」

「啊啊……原來不是我在作夢。妳沒事真的太好了。要是連妳都離我而去，我該怎麼辦……」

「別講那麼不吉利的話。比起這個，妳應該有話對他們說吧？」

「媽，這些人是？」

「嗯，他們不僅治好了妳，還救了卡蓮把她送回家，是我們的恩人。」

在我們回來前，她似乎先跟芙蓮達稍微說明事情經過了。

剛醒來的芙蓮達還一臉睡眼惺忪的模樣，笑著對我們深深低下頭。

「受各位關照了。真的很感謝各位救了小女。我很想表達謝意，但你們也看到了，我現在還動不了……」

「有妳這句話就足夠了。」

「我才要道謝呢，跟卡蓮在一起非常開心。」

「是的，有種多了個妹妹的感覺。」

「但各位幫了這麼多忙，我怎麼可以只用一句話就帶過。媽媽，有什麼東西可以答謝人家嗎？」

我們叫她無須費心，從芙蓮達的表情判斷，她好像無法接受。可見她有多麼珍惜卡蓮。

芙蓮達陷入沉思，在途中兩手一拍，似乎想到了什麼。

「對了！我的羽毛如何？那個人說有翼人的羽毛很珍貴，如果你們想要，全部拿走也沒關係……」

「妳這孩子在胡說什麼！這樣不就不能飛了嗎！」

「只要卡蓮平安無事，不能飛算什麼。」

「我能體會妳的心情，不過別因為一時激動就做決定。唉，都差點沒命了，怎麼還是老樣子。」

看來芙蓮達是個做事不經思考，不如說遇到重要的事情不太會顧慮後果的人。

「請您冷靜點。要送我們羽毛的話一根就夠了。」

我安撫著這對妳一言我一語的母女，決定暫時先不討論這個。

她說只要是她做得到的事，她什麼都願意做，但我只要得到能訓練卡蓮的許可和借住在這個家就夠了。

可是她感覺還會再問我們需要什麼謝禮，之後最好先想一下。

卡蓮花了一段時間盡情感受過母親的溫暖後，像想起什麼似地猛然抬頭，扯住芙蓮達的袖子。

「媽媽，跟妳說喔！卡蓮會用魔法了！」

「咦，真的嗎!?」

「嗯，大哥哥教的。卡蓮表演給妳看！」

卡蓮放開驚訝的芙蓮達，左顧右盼，走到窗邊，指向窗外的一棵樹。

那棵樹下是我剛才教她魔法的地方，我馬上追過去，把手放在卡蓮的肩上制止她。

表演被迫中止，卡蓮面露不滿，不過身為她的魔法老師，我不能放任她這麼做。

「雖說是在窗邊使用，不可以在室內用『衝擊』喔。萬一不小心打中媽媽怎麼辦？」

「啊……」

「『衝擊』之後再表演給她看就行了，我剛剛不是才教過妳在這邊用也不會有危險的魔法嗎？」

卡蓮學魔法的時間還不長，現在又處於興奮狀態，很可能失去控制。而且在室內使用能把岩石炸裂的魔法不太好，除非是緊急情況。

我一字一句解釋給她聽，卡蓮乖乖點頭，走回芙蓮達面前。

「大哥哥說不行，卡蓮換成表演這個魔法給妳看。」

「……嗯，只要是卡蓮的魔法，什麼都可以。讓媽媽看看吧。」

不知為何，芙蓮達異常驚訝，但從她誠心期待卡蓮用魔法的樣子來看，應該不是對此有意見。

母女倆將疑惑的我晾在一旁，愉快地用卡蓮製造的「魔力線」開始拉著玩。

兩人溫馨的互動持續了一段時間，等到她們終於玩夠時，我向芙蓮達說明了卡蓮的屬性。

「難怪這孩子不會用魔法。我竟然沒發現，真不是個好母親。」

「這裡的人沒一個發現的。別只會沮喪，為那孩子的成長高興吧。」

「媽媽，卡蓮的魔法厲害嗎？」

「好厲害。媽媽很高興妳學會用魔法了。」

「嗯！卡蓮會跟大哥哥學更多魔法，變得更強！」

「即使是無屬性，這孩子也有足夠的天分變強。我們預計在這邊停留一段時間，請問我方便繼續教卡蓮魔法嗎？」

這件事我也跟迪波菈提過，但還是得和身為母親的芙蓮達徵求許可。

我鞠躬詢問，芙蓮達的眼神流露出一絲感慨，摸著卡蓮的頭回答：

「你叫天狼星……對吧？這孩子麻煩你了。因為我沒有那個能力教她無屬性的魔法。」

「我會盡力做到最好。今後可能會更辛苦，加油吧，卡蓮。」

「身為大哥的徒弟，身體也得鍛鍊。明天起跟我一起跑步吧。」

「隨從教育如何？會變得很有修養唷。」

「意思是卡蓮成了我們的後輩囉。有什麼問題儘管開口。」

「受傷的話包在我——不對，拿受傷當前提不太好。品嘗美食的方法就交給我吧。」

「看來要變熱鬧了。」

「對呀……對卡蓮而言是一件好事。」

之前還沒確定下來，如今得到家人的允許，卡蓮便正式成為我的徒弟。

我們討論起卡蓮的未來，她的母親則帶著慈祥的笑容守望我們。

從那天開始，卡蓮的生活產生巨大的變化。

一大清早——早上在有人叫她前都不會醒來的卡蓮，表示要跟我們在同樣的時間起床。

「卡蓮也想變得跟大姊姊她們一樣。所以卡蓮要跟大家一起起床訓練！」

「這積極的態度是很好，不過妳有辦法那麼早起嗎？」

「…………要來叫卡蓮！」

我也覺得這樣太寵她，可是看她那麼乾脆，我決定幫忙叫她起床。累積幾次經驗，應該就會自己醒來了。

於是，早上的訓練成員多了卡蓮一人，她卻更常在途中耗盡體力，由北斗背著。儘管這樣根本稱不上訓練，重點是要持續到她的身體熟悉那種感覺，養成習慣。

有翼人本來就是為了方便在天空飛翔，體重偏輕的種族，不適合要用到武器或肉體的戰鬥方式。因此我打算稍微訓練一下卡蓮的體力即可，主要以魔法為主。

做完晨練吃完早餐，我準備在外面陪卡蓮練習魔法時，一隻龍從天而降。

三龍跟北斗在一起，所以我以為是桀諾多拉來看我們，現身的卻不是藍龍，而是紅龍。

「天狼星少爺，那隻紅龍是？」

「是梅吉亞……」

梅吉亞降落在不遠處的廣場上，變身成人形走過來。

過了幾天，他的戒心似乎降低不少，今天的臉色卻有點凝重。

恐怕是從亞斯拉德口中得知哥哥的死訊……來跟我確認的。

「占用一些時間，我有個問題必須要問你。」

「是亞斯拉德大人跟您說的那件事嗎？」

「對，關於我哥葛拉恩。他真的……是被你打倒的嗎？」

由於卡蓮就在旁邊，他沒有用「殺死」一詞，可見梅吉亞還算冷靜。

理解現狀的艾米莉亞將卡蓮帶到旁邊後，我對他的疑問表示肯定。

「是的，有可能是其他人，但他自己是那樣說的，如果變身後的模樣是紅色的地龍，應該不會有錯。」

「是嗎……想不到那個人竟然會死在人族手下。」

他閉上眼睛，轉頭望向其他方向，看不出他的情緒。

至少感覺不到憤怒及憎恨，因此我靜靜等待梅吉亞的回應。

不久後，梅吉亞緩緩睜開眼睛……

「那我有一事相求。拜託你……跟我打一場。」

梅吉亞向我下戰帖的隔天。

我們跟他一同來到比有翼人村落更靠近深山的神殿。

「到了，這裡就沒問題了吧？」

「好大，沒想到山裡有這種地方。」

「我們龍族打起來會嚴重波及周圍的環境，所以需要這樣的場所。」

稱之為曾經是神殿的建築物……或許更正確。

疑似建築物的東西徹底淪為廢墟，覆蓋周遭的石板路到處都是缺口，通通被植物覆蓋住。

除此之外還有幾根高聳的石柱，同樣跟石板路一樣慘不忍睹，大多腐朽、崩塌了。

這個地方怎麼看都具有歷史價值，卻是龍族祖先蓋好玩的東西，因此他們並不會特別有感情。由於面積異常廣大，這裡便成了龍族專用的運動場。

「意思是可以毫不顧忌地使用魔法囉。」

此處位於從有翼人村落看得見的那座山的另一側，騎龍也要數十分鐘才到得了，應該可以使出全力，用不著擔心殃及周遭。

「那麼開始吧。他們好像也在等。」

我望向旁邊，不遠處的高臺上，弟子們坐在坐墊上當觀眾。變成人形的桀諾多拉和身為首領，理應不該隨便離開村落的亞斯拉德也在。

他搬出「為了防止梅吉亞做得太過火」這個聽起來很正當的理由，硬是跟過來，我怎麼想都覺得他只是想打發時間。

「話說回來，虧你們有辦法這麼鎮定。人族隻身與龍族交手，丟掉小命都不奇怪。」

「管他是不是龍族，大哥才不會輸咧。」

「天狼星少爺一定會回來。各位，還有需要紅茶或麵包嗎？」

「嚼嚼……給我三個麵包。」

「我要紅茶。卡蓮呢？」

「麵包！媽媽要吃嗎？」

「嗯──媽媽還不能吃太多東西，跟妳一人一半好了。」

為了讓她吸收知識，我還帶了卡蓮來觀摩，旁邊是卡蓮的母親芙蓮達。

由於我不希望她硬撐，芙蓮達雖然已經恢復到可以獨自行走，我剛開始並不打算帶她同行。可是芙蓮達一聽說我要和梅吉亞交手，就低頭懇求我務必讓她觀戰，我才下達了許可。

不知道她為何如此堅持，身為卡蓮的指導者，得注意別在人家面前出糗。

「亞斯拉德大人和桀諾多拉大人要不要也來一些？我跟天狼星少爺一起做了很

多，請不用客氣。」

「那我就來點吧。這個叫可樂餅的食物真不錯。沒想到莫普特可以做得這麼好吃。」

「我也覺得。尤其是淋上這個黑色醬汁夾進麵包裡，真是人間美味。」

那邊根本是在野餐。

我完全不介意他們樂在其中，但那個距離可能會遭受波及，麻煩小心一點。

算了，弟子們也不是沒能力保護自己，要是發生什麼意外，桀諾多拉和亞斯拉德也會挺身而出。

「慢著，桀諾多拉。可樂餅跟這個叫飯的東西一起吃更美味。」

「就算是爺爺我也不能讓步。夾在麵包裡才是最好吃的。」

「不，要配飯！」

「麵包！」

龍族分成飯派跟麵包派爭執的模樣真可悲。

看著看著，我心中湧現強烈的不安，不過卡蓮她們有危險的時候，這兩隻龍再怎麼說都會保護她們吧……大概。

「可惡！我可是認真的，首領和桀諾多拉未免太隨便了！」

這邊這位則是正經過頭了。

他一副隨時要飛去抱怨的樣子，我走過去安撫他。

「冷靜點。他們只是來觀戰的，隨他們的意吧。」

「決鬥同時也是神聖的儀式。抱持那種輕浮的態度觀戰，我無法忍受！」

「我才要問你是在瞧不起我嗎？自己要求跟我打一場，還有心思管其他人？」

「唔……」

「怕殃及無辜所以無法拿出全力……可別說這種無聊的藉口喔？若你也是龍族的戰士，就別東張西望，放馬過來。」

「……說得對。這樣對你太過失禮。」

梅吉亞同意我的說法，恢復冷靜，坦率地低下頭。

只要認錯就會乖乖道歉，由此可見他本性不壞。缺點在於剛才那種正經過頭的部分，桀諾多拉和亞斯拉德好像也被他弄得很頭痛。

順帶一提，他昨天跟我說過既然要交手，就不必這麼拘謹，因此我轉為用一般的語氣跟他說話。

總而言之，最好在他們吵起架來前開打。

全副武裝的我，以及將自身當成武器，赤手空拳的梅吉亞，保持一定的距離對峙。不知為何，他依然維持人形。

「你要用這個型態跟我打嗎？」

「龍形不好控制力道。我並不想殺你。」

這樣講不代表他輕敵。變成龍形會是我的數倍大，光是爪子擦過去都足以致命，這麼做也是理所當然。

除此之外，他似乎想讓我先攻，擺好架勢直立不動，因此我切換狀態，飛奔而出。

「……喝！」

「唔!?這種程度的速度不算什麼！」

我發動「增幅」，一轉眼就衝到他身前，梅吉亞卻看清我的動作，精準地對緊逼而來的我揮拳。

我閃過那一拳，從全身釋放魔力，發動製造殘像的「蜃氣樓」，梅吉亞的拳頭隨著銳利的風聲擦過身旁。

拳頭的風壓導致殘像立刻散去，我趁機繞到梅吉亞旁邊，踹向他的膝蓋後方，用手臂勒住他的脖子，將他砸在地面上。

我在讓人失去戰鬥能力時常用這一招，對方的後腦杓會直接撞上地面，是沒控制好力道可能會出人命的招式。

然而，龍族的身體十分強壯，以我的力氣，就算摔在地上也不會痛到哪去。前幾天，我請桀諾多拉和三龍幫忙，事先預習過龍族有多耐打。

如我所料，梅吉亞若無其事地起身……

「哼，這種雕蟲小技怎麼可能打敗得了我……」

「我想也是！」

我毫不留情地賞了梅吉亞一記用「增幅」強化過的踢擊。

姿勢不穩的梅吉亞不可能站得住，被踢中的他遠遠飛出去，在石板路上愈滾愈遠。就算距離拉開了，我依然連續使用「衝擊」追擊，梅吉亞再度被擊中，背部用力撞上附近的石柱。

石柱發出激烈的衝擊聲崩塌，梅吉亞的身體被瓦礫埋住……仍舊滿不在乎地站起來。

「漂亮，沒想到人族的攻擊竟有如此的威力。不過想要貫穿我的鱗片——」

「不，足夠了。透過剛才那幾招，我大概明白了。」

「你已經覺得自己會贏了？」

「沒錯，憑你現在的實力贏不了我。」

「……你說什麼？」

聽見我的勝利宣言，梅吉亞感到不悅，但我有這個自信。

桀諾多拉和三龍說過，龍族因為身體強壯的關係，只會閃躲致命的攻擊，基本上偏好正面迎擊。

是個適合捨身攻擊的種族。

畢竟他們擁有連上級魔法都擋得住的鱗片，龍族巨大的身軀又不方便閃躲攻擊，自然會養成這個習慣。

剛才的攻防戰使我得知，即使是人形狀態，龍族還是很耐打，可是不知為何，他們的體重也會配合外形變輕，我用腳就能把現在的梅吉亞踢飛，更遑論「衝擊」了。

假如我真的想殺了他，只要趁他飛出去時朝他的臉部發射「反器材射擊」即可。

所以我才有辦法斷言他贏不了我，然而，這場對決的目的本來就不在於分出勝負。

「這場對決，雙方都不拿出全力就沒意義。快點變成龍形，放馬過來。」

我不斷挑釁他，想起梅吉亞跟我下戰帖時的狀況。

※※※※※

『那我有一事相求。拜託你……跟我打一場。』

通常來說，會覺得梅吉亞要求與我對決是想幫兄長報仇，我卻完全感覺不到殺意，進一步詢問詳情。

『報仇？怎麼可能。我哥——不對，那傢伙不僅背叛同胞，還是觸犯禁忌的罪人。這叫死有餘辜。』

他從亞斯拉德口中得知兄長的死訊時，湧上心頭的並非憤怒，而是迷惘。

他心神不寧，順從本能跑來找我。

『即使如此……我還是沒辦法恨之入骨。畢竟我沒親眼看到他殺死父親，小時候他陪我玩過那麼一次，我至今依然無法忘懷。』

或許是那一本正經的個性所致，梅吉亞苦惱地述說。看他這個樣子，我隱約猜得到原因。

這肯定不是可以站在理性的角度說明的。

就算是觸犯禁忌的罪人，對梅吉亞而言，他是唯一的哥哥。

『所以我想瞭解你。我想感受我的哥哥是輸給一名強者。』

龍族會尊敬強者，視挑戰強者為高尚的行為。

意即他不是想報仇，而是下意識希望能多少守住兄長的尊嚴，僅僅是自我滿足，我或許並不需要冒險與他一戰。

然而，我殺了葛拉恩是事實，若跟我戰鬥能讓他多少好過一點，我想答應他的要求。

而且……我必須變得比現在更強。

假如身為老師的我駐足不前，追在我身後的雷烏斯也會跟著停下。

總之基於各種理由，我收下了梅吉亞的戰帖。

※※※※※

「想不到你竟然叫我變身。真是個怪人。」

梅吉亞受到我的挑釁，緩慢起身，露出頗有龍族風範的猙獰笑容。

不可思議的是，他的笑容明明並不瘋狂，卻讓我想起葛拉恩，不由得心想「這兩個人果然是兄弟」。

「我也知道自己很奇怪。順便說一下，你哥馬上就變身囉？」

「我跟哥哥不一樣！後果自負喔？」

「無妨，決鬥不就是這樣嗎？」

「……行！」

龐大魔力溢出的同時，梅吉亞的身體變成了龍形。

光站在那裡就感覺得到的壓迫感，加上輕輕擦過都足以致命的利爪與利牙。不只踢擊，連「衝擊」都無法撼動的巨大身軀，即將與我交戰。

『既然說了那種大話，可別讓我失望！』

「嗯，我知道。」

這種緊張感……跟對上剛劍爺爺及身為魔法大師的校長時一樣。

久違的感覺使我繃緊身軀，調整呼吸……

「……要上囉。」

切換開關。

—— 莎米菲亞 ——

「呼……他還是老樣子。」

雖說事前就聽說過，看見天狼星毫不畏懼龍族，大膽向前，我無意間嘆了口氣。

他英勇奮戰的模樣是很帥沒錯，我也相信以他的實力不會有問題，但會不會擔心跟這是兩碼子事。

「先為天狼星少爺準備一套乾淨的衣服好了。莉絲，可以幫我拿那個包包嗎？」

「這個嗎？嗯——不會有事……吧？」

對天狼星深信不疑的艾米莉亞冷靜沉著，從包包裡拿出毛巾及飲料，準備等到戰鬥結束後拿給他。雙手明明從來沒停過，眼睛卻始終盯著天狼星，真厲害。

莉絲則擔憂地凝視他，大概是不安的心情更加強烈。

這楚楚可憐的模樣，連我這個女人看了都忍不住想保護她，卻因為她兩手拿著可樂餅麵包的關係，惹人憐愛的程度降低了一半，真可惜。

我半是信賴，半是不安，這樣一想，我們三個維持著神奇的平衡呢。

我們都很清楚天狼星的個性，也習慣等待了，所以並不會介意，不過……

「菲亞姊姊，大哥哥不會有事吧？」

「梅吉亞先生算是相當厲害的龍族喔？竟然要跟變身後的他交戰……」

還不瞭解天狼星的卡蓮跟芙蓮達會緊張也很正常。

人族和龍族的體型確實有無法顛覆的差距，天狼星卻打從一開始就打算跟龍形的他戰鬥，似乎另有意圖。

現在開始才是重頭戲，得做好天狼星託付的任務才行。

我摸著不安地看著天狼星的卡蓮的頭，望向正在進行戰鬥的場所。

「卡蓮，我明白妳會擔心，但妳要仔細觀察那場戰鬥。天狼星會示範他教妳的魔法要如何使用。」

「『衝擊』和『魔力線』嗎？」

「沒錯，應該還會用之後會教妳的魔法，別放過任何一秒喔。」

「可是不閉眼睛會痛痛。」

「……可以眨眼啦。」

「嗯！」

真是的。這孩子明明很聰明，卻有點脫線，逼人非得看著才行。

不過她就是這一點可愛……這就是天狼星說的母性本能受到刺激嗎？

聽見我這句話，卡蓮靜靜開始觀戰，我發現芙蓮達目不轉睛地看著我。把親生母親晾在一旁高談闊論，果然太失禮了嗎？

我正想跟她道歉，芙蓮達卻苦笑著搖頭。

「啊，不是的。我沒有那個意思，呃……雖然在這種時候問這個有點奇怪，有件事想請問莎米菲亞小姐。」

「叫我菲亞就好。妳想問什麼？」

「梅吉亞先生都變身了，為何不只妳一個，其他人也都沒阻止這場戰鬥呢？是我異於常人嗎？」

「呵呵，放心吧。只是我們有點奇怪而已，妳才是正常的。」

還在旁邊吵架的兩位龍族不曉得是怎麼想的，但我們已經大致習慣天狼星的作風。

雷烏斯從剛剛到現在都沒有說話，仔細觀察天狼星，試圖多少吸收一些他的技巧，在我們之中最不安的莉絲也邊吃麵包邊集中魔力，以便隨時能夠治療。

我向她說明假如情況真的不妙，我們當然會出面制止，芙蓮達露出複雜的表情點頭。

「原來如此。天狼星不會怕嗎？他看起來並不像龍族那麼好戰呀。」

「天狼星喜歡自我鍛鍊跟競爭，戰鬥本身倒不算喜歡。」

他常說變強是為了貫徹自身的意志，守護重要之人。

證據就是昨晚天狼星告訴我答應這場對決的理由，除了解開梅吉亞的迷惘外，也是為了超越自身的極限。

他還提到只要他變強，追隨他的雷烏斯照理說也能變得更強，同時還想讓卡蓮看見無屬性的可能性。

講了那麼多，結果還是把別人的優先順位放在自己前面嘛。

「可是天狼星戰鬥時經常影響觀眾，希望妳先什麼都不要說，默默觀戰就好。」

「……好的。」

芙蓮達好像接受了我的說法，摸著卡蓮的頭望向正在交戰的兩人。

她硬要跟過來，提出那種問題，我認為不只是出於擔心天狼星，也是想要瞭解他。畢竟她都把女兒交給他帶了，會想多瞭解他一些很正常。

戰況愈來愈激烈，天狼星也開始使用不太會在別人面前用的魔法。

「哥哥在天上飛!?」

「他用『魔力線』勾住牆壁，用魔力在腳下做出踏臺，藉此在天上飛。之後應該會教妳。」

「瓦礫在往奇怪的方向飛，是怎麼弄的？」

「那也是『衝擊』和『魔力線』的應用方式。他這麼做應該有特殊的用意，理由我不清楚就是了。」

不只「衝擊」，天狼星連他擅長的「麥格農」都用出來了，卻無法突破梅吉亞的防壁。

而且由於體型差距的關係，他必須比梅吉亞動得更激烈，看似開始累了，逐漸被壓制住。

儘管如此，天狼星依舊泰然自若。

嗯，他可是會對雷烏斯說出「放棄這種選項，等死了再選就好」這種話的人，這也是應該的。

「大哥哥……」

「卡蓮，冷靜觀察天狼星。他看起來像放棄了嗎？」

我會把你交代的事做好，負責為卡蓮解說。

所以，你就跟平常一樣……

「為大家大顯身手吧。」

——————

叫梅吉亞變身成龍，與拿出真本事的他交戰的我，在切換開關的同時發動「增幅」衝上前。

『來吧！天狼星！』

看他第一次叫我的名字，應該是認同我是強者了。

為了回應他的期待，這次我用的不是「衝擊」，而是連續發射「麥格農」狂奔著。

『唔!?雕蟲小技！』

同時被三發連鐵板都能射穿的魔力子彈擊中，梅吉亞的身體卻只是稍微晃動。

「這就是真正的龍族嗎？不過——」

我沒打算停下。

我將於體內流竄的魔力隨時維持在全力狀態，從正面逼近，梅吉亞以不符合體型的速度朝我揮下手臂。我發動「蜃氣樓」閃掉那一擊，留下殘像繞到他的側面。

『別以為同一招會管用！』

梅吉亞甩動尾巴橫掃四周，我跳起來躲開，再度射出「麥格農」。

這次我瞄準沒被鱗片覆蓋的翅膀根部及關節部分，結果只開出一個小洞，傷口隨著少量的出血一下就癒合了。不只鱗片，連皮膚及肌肉都相當強韌，是個難纏的對手。

『動作真隨便。是我贏了！』

梅吉亞試圖用翅膀擊落跳到空中的我，我卻藉由「空中踏臺」跳到更高處閃開。

『什麼⁉』

「你還有時間驚訝？」

他大概是完全沒料到我會在空中跳躍，驚訝地抬頭看著我，我朝他灑下一陣彈雨。

不只「麥格農」，「榴彈槍」也如雨水般降下，卻絲毫傷不了他的身體。

『哼，算你厲害。但這樣不足以貫穿我的鱗片！』

只護住眼睛，承受住我的攻擊的梅吉亞，抓準空檔對我噴火。

不是廣範圍噴射的火焰，而是凝聚成細細一條的熱線，我踩著「空中踏臺」用力往旁邊跳開。

我暫時拉開距離，確認魔力的消耗量，整理在近距離收集到的情報，還用另一個區塊的思緒預測戰力差距。

「挺驚險的……」

用不著說明，他的攻擊一旦直接命中，就是我的敗北。

意即我獲勝——或者說存活下來的手段，只有閃過梅吉亞全部的攻擊，用或許能射穿其鱗片的「反器材射擊」射中他。

不過，那個魔法需要一些時間壓縮魔力。

除此之外，子彈的飛行速度比「麥格農」更慢，用一般的方式發射很可能會被躲開。

就像他剛才選擇保護眼睛一樣，他分辨得出足以造成致命傷的攻擊。

說起來，雖然因為體型差距的關係，他不容易打中我，以綜合戰力來說，梅吉亞遠勝於我。

因此我贏過他的，在於瞬間爆發力及戰鬥經驗……吧？

總之分出勝負的關鍵，端看我能否在梅吉亞習慣我的動作前，用「反器材射擊」精準命中他。

通往勝利的道路實在太過狹窄，但我現在也只能全力奔跑。

『想不到你有辦法躲這麼久。』

之後，我靠著「空中踏臺」和勾在附近石柱上的「魔力線」移動，持續閃躲攻擊。

戰況固然嚴峻，我依舊以梅吉亞為中心四處狂奔，抓準空檔發射「麥格農」。

還將畫著「土工」魔法陣的魔石扔到地上，製造跟周圍石柱同樣的柱子。即使會被梅吉亞一擊破壞，石柱還能當成遮蔽物用，因此我不停製造著。

我重複著破壞跟創造，與他交戰，魔石用完之際，四周已經全是石柱。

我不再只是單純地射出「麥格農」，而是利用周圍的瓦礫，靠跳彈從四面八方攻擊，可惜沒什麼效。

『盡是些小伎倆，我快看穿你的行動囉。』

不管身體的哪個部位被擊中，梅吉亞都只是表現出不耐，看不出會感到疼痛。疑似弱點的眼睛，他用手臂防得滴水不漏，目前可以說毫髮無傷。若能找到其他弱點就好了……可惜沒那麼簡單。

我陷入苦戰，梅吉亞卻習慣了我的動作，攻擊的準確度慢慢提升，導致我難以閃躲。

『你打算繼續這樣的攻擊到什麼時候？不會不知道自己正逐漸被逼入絕境吧？』

「你說呢……我才要問你，為什麼不飛到空中？」

『是因為你的能力。翅膀會成為靶子，不能輕舉妄動。』

畢竟鱗片擋得住子彈，卻防不了衝擊。

我本來還打算要是他飛起來，就瞄準翅膀將其擊落，看來梅吉亞也在冷靜觀察我。

戰況仍未好轉，我往旁邊跳躍，閃開廣範圍的噴火攻擊，梅吉亞彷彿在伺機而動，揮下手臂。

他開始預測我的閃躲方向，發動攻擊，但這還在意料範圍之內。我在空中一蹬，閃了開來，對剛才碎掉的石柱使用「衝擊」，碎塊便往梅吉亞臉上飛去。

『唔!?竟然有這種用法！』

沉重的岩石直接命中，震得梅吉亞的頭部劇烈搖晃，不過對他來說，似乎只是鼻子輕輕撞了下。連這一招都只能稍微阻止他的動作嗎？

看這情況，「反器材射擊」也未必有辦法打倒他。

我的迷惘似乎反映在了行動上，慢了那麼幾秒察覺到躲在火焰中襲來的爪子。

我強行扭轉姿勢不穩的身體，順利避開，然而梅吉亞並未放過這個機會，尾巴朝我一甩。

這個狀況不可能閃得掉從眼前逼近的巨大尾巴，可是現在放棄還太早了！

「『射擊』。」

我立刻用右手使用魔法，試圖靠衝擊波震歪尾巴的軌道。

連岩石都能擊碎的衝擊彈，將尾巴大幅彈開，不過……

『唔啊啊啊啊啊──！』

梅吉亞早已料到我的攻擊有多少威力，憑蠻力強行將彈開的尾巴抽回來，使勁揮下。

雖然沒有直接命中，尾巴擦到了我身體的一部分，導致我像陀螺似地翻滾著飛出去。

我勉強調整好姿勢，護著身子著地，卻沒辦法馬上起身。

『終於逮到你了。你的動作……我看得一清二楚。』

被擊中的右手……還能動。

只是擦到一下就有如此的威力。要不是因為我反射性用魔力保護手臂，分散衝擊，這隻右手搞不好已經斷了。

我忍受著疼痛，警戒梅吉亞的追擊，不知為何，他只是低頭看著我。

『到此為止吧。』

「覺得自己贏了？」

『你的手傷成那樣，沒必要再打下去。你表現得很好了，乖乖認輸吧。』

「是嗎……」

剛才真的是千鈞一髮。

劇烈的疼痛導致我的魔力差點中斷，右臂不僅被削下一塊肉，連骨頭都斷了，無法正常行動。

梅吉亞掌握了我的行動，敗北近在眼前……可惜，似乎是我快他一步。

準備……就緒。

「那這就是最後的攻擊。撐下去就是你贏了。」

『還有沒有使出來的招式嗎？行，放馬過來！』

我在梅吉亞周圍不停奔跑，不惜消耗魔石製造好幾根石柱，「麥格農」無法造成傷害還一直使用，全是為了這一刻。

我的左手製造出無數的「魔力線」，不只梅吉亞，那些絲線還纏在周圍的石柱等其他岩石上面，牢牢固定住。

一口氣的時間就恢復魔力的我，拿出最後一顆魔石，注入魔力扔到地上。

「發動！」

畫著「土工」魔法陣的魔石應聲而碎，引發激烈的地震，周圍剩下的石柱全數從根部裂開。

梅吉亞被地震嚇了一跳，接著冷靜環視周遭，為接下來發生的事瞪大眼睛。

『什麼⁉柱子為何突然斷了⁉』

斷掉的石柱、散落一地的瓦礫，突然同時飛向梅吉亞。

數量多到無法計算，又是來自四面八方，因此梅吉亞放棄擊落它們，逃向上空……

『翅膀被⁉不對，身體也是！我怎麼沒發現⁉』

網狀的「魔力線」不僅束縛了牠的翅膀，還纏住整具身體，害他無法如願展翅飛翔。

石柱及瓦礫在他驚慌失措的期間接連襲來，擊中身體，如同磁鐵似地附著在上面，妨礙他的動作。

最後他連走路都有困難，失去平衡，倒向前方。

『什麼情況!?究竟是如何做到的……』

「我花了很多時間布局。你不上當怎麼行。」

石柱及瓦礫之所以會往他身上飛，是因為我在周圍來回奔跑時設置的「魔力線」。

用魔石製造的石柱並非遮蔽物，而是拿來固定跟強力橡膠一樣伸縮自如的「魔力線」用的。從上空俯瞰，應該會看見無數的石柱跟遍布周遭、有如蛛網的「魔力線」。

只要在最後弄垮做為支撐的石柱，像網子一樣展開的「魔力線」和瓦礫，就會同時飛向梅吉亞。

簡單地說就是我設置了大量掛著重物的魚網，一口氣扔出去，套住梅吉亞。

雖然這個陷阱很費工夫，一個個套上去的話，感覺馬上就會被他扯破，所以這次我分成好幾個步驟做準備。

我賭的就是自己能否在準備好之前撐過梅吉亞的猛攻。

不停用效果薄弱的「麥格農」射擊他的身體，是想掩飾勾在他身上的「魔力線」的異樣感。魔力線一直在戰鬥過程中斷裂，要邊打邊維持住，或許是最累人的。

正因為我對抗的是不會把細微的異狀放在心上，習慣正面承受攻擊的龍族，才能採用這種戰術。

『唔……這種程度的拘束能奈我何！』

堅固的「魔力線」，面對龍族的力量依然撐不久。

置之不理的話，他應該會逃出去，不過瓦礫也附著在他身上，製造出巨大的破綻。

從用掉最後一顆魔石的那一刻就在凝聚的魔力塊——「反器材射擊」，已經準備發射。

「跟你哥一樣呢……」

儘管方法不同，葛拉恩也是被無數的「魔力線」封住行動。

由於左手要用來維持「魔力線」，我抬起受傷的右手朝向梅吉亞，同時使用「反器材射擊」。

撕裂空氣，將遠方的高山射穿一個大洞的魔力砲彈……擦過梅吉亞的頭部，轟碎了兩根角之中的其中一根。

『……為什麼？你不是會在這種狀態下射偏的人吧？』

「我們又不是要互相殘殺。而且，你有自信接下剛才那招還能活命？」

『這……或許有難度。』

「那你應該知道我要說什麼吧？」

『嗯，只能承認是我輸了。』

我邊說邊消去「魔力線」，梅吉亞緩緩起身，長嘆一口氣，宣告自身的敗北。

——天狼星——

確認梅吉亞認輸後，我切換開關，直接坐到地上。

我的魔力不停恢復又耗光，身心都快累垮了，連站都站不穩。

龍族果真難纏。歸根究柢，獨自跟龍對決就不是正常人會做的事。

假如是與夥伴並肩作戰，根本不會陷入苦戰。叫雷烏斯和北斗牽制他，我一面掩護他們，一面用「反器材射擊」攻擊就搞定了。只要北斗使出全力，搞不好一隻狼就打得贏。

『唔，手會痛嗎？』

「那還用說。」

梅吉亞擔心地慰問我，我因為精疲力竭的關係，回答得很敷衍。

可能是剛結束一場戰鬥，鬆懈下來了，右手的疼痛變得更加劇烈，所以我注入魔力，想麻醉傷處，魔力卻消耗得比想像中還多，害我險些失去意識。

全身頓時脫力，我心裡想著「完蛋了」，倒向後方，就在這時……

「嗷！」

「天狼星少爺！」

熟悉的聲音使我回過頭，北斗用前腳撐住即將倒地的我。

同一時間，騎在北斗背上的艾米莉亞和莉絲坐到兩側，擔心地觀察我的狀態。

「我馬上幫你治療，奈雅，拜託了！」

「莉絲，請妳順便把這塊布也弄溼。」

面色凝重的莉絲發動魔法，重傷的手臂被水包覆住，疼痛逐漸減緩。剩下就是單純的魔力枯竭及疲勞，只要治好手臂的傷乖乖靜養就沒事了吧。

治療期間，北斗一直撐著我的背，艾米莉亞則餵我喝水，用溼毛巾擦拭臉上及身體的髒汙，勤快地為我服務。

不久後，菲亞她們騎著變身成龍的桀諾多拉和亞斯拉德，一來到我身邊就開始大聲嚷嚷，大概是太興奮了。

『漂亮。身為人族不僅敢於發動攻勢，甚至會使用連龍族都能擊倒的魔法。』

『想不到你真的贏了。這場戰鬥在我漫長的生涯中，也算挺有趣的。』

「不愧是大哥！總有一天我也要變強到能一個人打倒龍族！」

「各位可是在傷患面前，可以安靜一點嗎？」

「姊姊對不起！」

『『好的……』』

艾米莉亞面帶笑容，三人卻感覺到她平靜的怒火，同時噤聲。雷烏斯自不用說，沒想到連那個龍族都乖乖聽話。我的隨從真恐怖。

判斷形勢對自己不利的桀諾多拉和亞斯拉德跑去找梅吉亞了，我目送他們離開後，接著是一臉無奈的菲亞朝我走過來。

「真是的。我知道你不會有事，不過別讓人操心好不好？大家以為你的手要沒了，嚇得尖叫耶。」

「啊……我只能說抱歉。」

「既然是認真對決，我也不好說什麼，但真的請你小心一點。我希望你能用完好的雙手擁抱我們。」

艾米莉亞和莉絲頻頻點頭贊同。

菲亞像在罵小孩似地輕戳我的額頭，接著立刻展露笑容，溫柔地把手放在我的臉頰上。

「幸好你沒事。暫時禁止你做激烈的訓練。」

「我知道。骨頭好像也斷了，這段期間我會減少運動。」

「那就輪到我表現了！身為天狼星少爺的隨從，從吃飯、洗澡到那種事，都包在我身上！」

「妳真是本性難移……」

莉絲的治療魔法對骨頭的效果有點薄弱。

再加上這次不只骨頭裂開，而是整根斷掉，還是提升自己的治癒力，好好治療吧。本來應該要花上將近數個月才能痊癒的傷勢，只要靠魔力提升治癒力，大概兩、三天即可恢復到能動的程度。

我害大家那麼擔心，最好暫時安分點。

當我治療完手臂，最後用繃帶及木棍固定手腕時，等待我處理好傷口的卡蓮及芙蓮達一同走來。

「不痛了嗎？」

「還是會痛，不過沒事了。對了，卡蓮，妳有看清楚我用的魔法嗎？」

「嗯！好厲害！」

起初她看見我的傷口，露出不忍卒睹的表情，一知道我沒事就兩眼發光，拍動翅膀。

然而，她似乎在回想剛才那場戰鬥的期間產生疑惑，於翅膀停止動作的同時可愛地歪過頭。

「可是，卡蓮做得到嗎？最後的魔法有點可怕。」

「不用全部學會也沒關係。我表演魔法給妳看，是想讓妳知道就算是無屬性，只要付出努力，甚至能與龍族交戰。」

世人將無屬性與沒前途畫上等號，有翼人也不例外。

我在前往部落的途中表演給她看的「衝擊」，讓她看見無屬性的可能性，而這場戰鬥應該讓她的印象更加深刻了。

「有妳想用的魔法嗎？」

「那個……卡蓮想用用看會飛的魔法！」

她說的大概是「空中踏臺」。

然而，那個魔法不僅要消耗大量的魔力，做出來的踏臺不夠結實的話，身體很有可能穿過去直接墜落。除此之外還得鍛鍊下半身，對現在的她來說為時尚早。

聽完我的說明，卡蓮仍未恢復鎮定，繼續激動地擺動雙手及翅膀。

「卡蓮，天狼星很累了，讓他休息吧。」

「唔唔……不過……」

「我懂妳的心情。媽媽也很期待妳能在天上飛。」

「嗯！」

還是當母親的最懂孩子的心。

芙蓮達摸著卡蓮的頭安撫她，坐到我前面，眼神透出一絲愧疚。

「你平安無事就好。但我不太想看見恩人受傷的模樣。」

「讓妳操心了。可是，我得到了指導令嬡的許可，自然想讓人看清我有幾分實力。」

「拿你沒辦法，幸好我有強行跟來。」

她對我展露柔和的微笑，由此可見，她沒有責備我的意思，純粹是出於擔心。

感受到她的溫柔，我的心情輕鬆了些，慢慢起身走向梅吉亞。用不著說明，艾米莉亞和北斗不安地黏在旁邊，害我走起路來不太方便。

『看來你的手沒事。』

「託大家的福。所以，你有比較舒暢嗎？」

『……嗯。至少我明白哥哥輸給你很正常了。』

梅吉亞現在是龍形，很難看出表情變化。

但我從他的一字一句中，感覺到他心中還殘留迷惘。

「……你好像還心存疑惑？」

『不，也沒有……』

『梅吉亞啊，事到如今就別隱瞞了。』

『沒錯。你既然輸了，就該更坦率一點。』

桀諾多拉和亞斯拉德的勸告，使梅吉亞放棄掙扎，抬頭看著被我射穿的山峰，喃喃說道。

『確實有一件事讓我很在意，不過都過去那麼久了，問這種問題搞不好只會令你感到不悅。』

「沒關係。有些事講出來心裡會比較好受吧？」

『……你這傢伙真奇怪。我明白想這個也沒用，可是我很納悶，哥哥為何不惜殺死父親也要觸犯禁忌。』

這個疑問從葛拉恩失去蹤跡後，就一直留在梅吉亞心中，即使暫時遺忘了，突然回想起來的時候他仍會煩惱不已。

『葛拉恩是被力量蒙蔽雙眼，連家人都拿去犧牲的大罪人。可是再怎麼恨他，我都無法捨棄想叫他哥哥的心情。』

「雖然這話不該由我說出口，我認為你有點誤會了。」

『何出此言？』

「從你們口中的葛拉恩和我親眼見到他時對他的印象判斷，他只有把你一個人當成家人看待。」

葛拉恩是享受殺戮的殺人鬼，對跟強者切磋帶來的喜悅不感興趣。

因此他沒對當時還是小孩的梅吉亞下手，反而盯上父親這個大人，我一直很在意。

「為了變強想得到結晶，卻第一個對父親動手，太奇怪了。」

『因為他想吸收父親的力量吧。雖說他因為遭到偷襲而喪命，父親在村裡可是屈指可數的強者。』

「問題就在這裡。會幹偷襲這種事的傢伙，為何不去偷襲最好下手的你？」

正常來說，先殺了好處理的弟弟再去殺父親，應該比較容易。

既然是家人，找年紀小的梅吉亞出去玩，在四下無人的場所殺掉他，可謂易如反掌。就算是龍族，小孩子在大人不注意時被魔物攻擊並不稀奇。

然而……梅吉亞還活著。

弟子們也發現我想表達的意思，艾米莉亞像要代表眾人發言般，輕聲說道：

「莫非是不想對弟弟下手？」

「只是其中一個可能性。他只陪弟弟玩過一次，或許也是想避免對他產生感情。」

也可能是單純只想吸收強者，或者根本什麼都沒想。

本人已經不在世上，真相永遠不得而知就是了……

『……真樂觀的想法。』

「我知道。可是，樂觀有什麼不好？」

正因為再怎麼鑽牛角尖都不可能得到答案，往自己喜歡的方向解釋也無妨。有時候比起不斷煩惱，乾脆地放下會活得比較開心。這是我在上輩子學到的一種思考方式。

「偶爾也需要轉換心情，樂觀向前。而且，你也沒辦法斷言我的推測有錯吧？」

『……原來還可以這樣解釋。』

「要你馬上走出來大概很難，現在開始好好思考吧。你需要學會放寬心。」

精神一直維持在緊繃狀態，做什麼事都不會順利。

而且再罪大惡極的人，有那麼一個人叫他哥哥又有何妨？乾脆把他當成反面教材也行。

我不會原諒那傢伙的所作所為，不過他讓弟子們的精神有了巨大的成長，倒是值得感謝。

聽完我這番話，梅吉亞從龍形恢復人形，從他身上感覺得到與對決前截然不同的穩重氣質。

「沒想到會被打倒哥哥的人教育。」

『感覺不壞吧？看你的表情就知道。』

「嗯……還行。」

梅吉亞點頭附和桀諾多拉，神清氣爽，彷彿在黑暗的道路看見一道光。

隔天，我醒得比平常晚。

從窗外的陽光推測，已經到了晨練時間，但我因為右手受傷的關係，禁止在完全痊癒前做激烈的訓練，絕對不是睡過頭。

昨天那麼累，因此大家讓我在卡蓮家睡了一晚。我緩緩睜開眼睛——

「早安，天狼星少爺。」

看見坐在枕邊，笑容滿面的艾米莉亞。

不曉得她什麼時候來的，似乎還是老樣子在看我睡覺。

「……早。今天妳也很厲害啊。」

「不敢當。是因為昨天的戰鬥讓您太累了。」

「就算這樣還是妳贏了。過來。」

「是！」

現在只要我沒有因為艾米莉亞的氣息而醒來，不只是頭，還要摸她的臉頰獎勵她。

因此我在摸完艾米莉亞的頭和臉頰後坐起身，稍微活動身體，檢查狀態。右手雖然還得用繃帶及木棍固定住，多虧昨晚好好休息過，疲勞似乎消除得差不多了。

「天狼星少爺，身體的狀態如何？」

「嗯，幾乎不會痛了。所以不用幫我更衣。」

「請容我拒絕。不在這種時候照顧您，我這個隨從又有何用！而且天狼星少爺很少處於這個狀態，此刻正是活用我的技術之時！」

「至少努力克制一下不要喘氣吧？」

換衣服這點小事我自己就做得來，艾米莉亞卻說要幫忙，不肯離開。

僵持了一段時間，換完衣服的我來到戶外的水井洗臉，看見在外面跑步晨練的莉絲、菲亞、雷烏斯和變成人形的三龍。

定睛一看，北斗也在跑步……不對，是以狩獵般的動作追在雷烏斯和三龍後面，牠發現我醒了，停下腳步。

北斗搖著尾巴跑過來，我看著站在面前的北斗，不禁懷疑自己的眼睛是不是出了問題。

「嗷！」

「你是……北斗嗎？」

令人驚訝的是，北斗背上長出了一對翅膀。

看見大小不一、綻放純白光輝的翅膀，我還以為百狼進化後就會變成這樣……

「呼嚕……」

「……睡得真穩呢。」

結果只是卡蓮趴在北斗背上睡覺。

理應在晨練的卡蓮為何會趴在那裡睡覺？北斗為何會維持這種狀態追逐雷烏斯和三龍？一早就有一堆事要吐槽。

不知道我有多困惑的北斗拚命搖尾，我摸著牠的頭，跑完步的莉絲跟菲亞一面擦汗一面為我說明。

「她原本是在正常跑步的，跑到一半卻有點太拚，或許是因為看見你昨天的英姿。」

「本來想說讓北斗送她回家，不過背著卡蓮剛好可以給北斗增加負擔，就維持現狀了……」

順帶一提，正式開始訓練卡蓮後，我才知道她累到一定程度會像關機一樣睡著。而且還很突然，第一次看到時嚇了我一跳。

艾米莉亞抱起卡蓮，終於不用再玩鬼抓人的雷烏斯及三龍一回到附近就癱倒在地。

「呼……呼……感、感謝您伸出援手，天狼星先生。」

「我們被追了好久……快不能……呼吸了……」

「要是您沒來……我們又會被砸在地上……」

「嗷！」

「唉……再強壯的身體，沒辦法駕馭只會徒增疲勞。瞧你們累成這樣，就是最好的證據……北斗先生是這樣說的。」

「「謹、謹遵教誨……」」

我只是走過來而已，三龍卻對我感激萬分。

相對的，雷烏斯雖然在喘氣，還有心思冷靜地幫忙翻譯。也是啦，被北斗嚴格訓練了近一年，當然會習慣。

「你追著他們，還沒讓背上的卡蓮掉下來嗎？你也很努力嘛。」

「妳覺得這孩子晃幾下就會醒？」

「您不驚訝卡蓮沒醒來嗎？」

「……您說得對。」

我很清楚，只要有睡意，卡蓮到哪都能睡，不用蜂蜜就叫不醒。

總之北斗好像在訓練大家的同時，也在自我鍛鍊。

嗯……我知道不行，可是看見大家這麼努力，總覺得心裡癢癢的。

如果不用手，只鍛鍊下半身……

「……請您住手。」

「不可以喔。」

「不准。」

「……知道了。」

女性組語帶責備的聲音逼得我不得不放棄。我不認為自己的想法有反映在臉上，虧她們看得出來。

我如此說道，艾米莉亞信心十足，莉絲露出苦笑，菲亞拋了個媚眼點點頭。

「察覺主人在想什麼，也是隨從的職責。」

「我是……隱約有種感覺。你的繃帶還沒拆，今天先休息好嗎？」

「我知道你有管理好自己的健康狀態，不過讓底下的人看見自己休息，同樣是必須的吧？」

跟我無時無刻都在關心徒弟一樣，她們也一直在關注著我嗎？話語間流露出的溫柔，迫使我只能舉起左手投降。

《師父與母親的決心》

轉眼之間，我們在有翼人的村落待了半個月。

瞭解居民的生活、在自我鍛鍊之餘指導卡蓮，順便為龍族和有翼人舉辦烹飪教室，過著忙碌的每一天。

今天，我也帶著艾米莉亞教有翼人和變成人形的龍族如何做菜。

「請像我這樣，用雙手把肉當成球拋。」

「不這樣就煎不出美味的漢堡排。請模仿艾米莉亞的動作，反覆挑戰，讓身體記住。」

「唔……以我們的力量來說真困難。」

「這種事就該輪到我們有翼人出馬了。麻煩龍族的各位幫忙顧鍋子和調整火力。」

「把事情全丟給你們做也不好。只能多練習幾次，熟能生巧了。」

以龍族的力道，很難把肉糰裡的空氣拍出來。因為力氣太大，用另一隻手接住肉糰時會整個散掉。

就算這樣，龍族依然努力挑戰，有翼人也按照我們教的步驟製作漢堡排，我看著他們默默點頭。

「既然你們已經練得這麼熟，我不在場也沒關係吧。」

「是的，雖然沒辦法做得跟老師一樣好，應該不會有問題。」

「能端出這樣的成品，首領也不會有意見。感謝你。」

剛開始上課的時候，學生們個個表情僵硬，如今則會對我露出自然的笑容。

有翼人外貌與人族相似，所以我沒什麼感覺，還保有部分龍的特徵的龍族拋肉糰、撈浮沫的畫面，倒是挺有趣的。

上完今天的最後一堂烹飪課，我回到卡蓮家，卡蓮正在弟子們跟芙蓮達的注目下做訓練。

「嘿！喝！」

「就是這樣，卡蓮。別停下來喔。」

「加油，卡蓮！」

「卡蓮，就快到了！」

拜逐日累積的訓練所賜，卡蓮終於連「空中踏臺」都學會了。

無奈她體內的魔力量並不多，目前只能走幾步而已。

動作也很僵硬，經常差點失去平衡，不過，她在空中跳足五步，躍向站在前方的芙蓮達懷中。

她完全沒有控制力道，直接撲過去，導致芙蓮達支撐不住，差點往後倒，幸好北斗跳出來當她的靠墊才沒出意外。這傢伙真的很能幹。

「呼……呼……看見了嗎？」

「嗯，很厲害，卡蓮。今天走了五步呢！」

不只被母親緊緊抱在懷裡摸頭的卡蓮，芙蓮達也露出真心的笑容。

看到卡蓮每次成功辦到什麼事，都會好好誇獎她的芙蓮達，我感受到這對母女感情真的很好。雖然好像有點誇過頭，芙蓮達搞不好是想連同父親的份疼愛女兒。

我看著她們走過去，發現我回來的卡蓮急忙衝過來。

「欸欸欸，大哥哥也看見了嗎？」

「嗯，看得很清楚。卡蓮，妳進步了。」

我摸了下走過來的卡蓮的頭，她拍動翅膀，高興地笑著。

這副模樣宛如小時候的兩姊弟，我在懷念之餘檢查卡蓮的身體狀況，偵測到輕度魔力枯竭的徵兆。

「妳最好停一下。我要做的事也做完了，一起休息吧。」

「嗯！那……」

「我當然知道。拿來吧。」

「卡蓮馬上去拿！」

明明那麼累，卡蓮卻衝進家裡拿著一本書回來，爬到靠著附近的樹木席地而坐的我腿上。

卡蓮最近熱衷於看書，原因是她帶來的書。

「大哥哥大哥哥，這個大湖裡面有很多魚嗎？」

「不只有很多魚，還有很多神奇的魚。例如全身都是軟的，有八隻腳的生物，或者比北斗大的魚。」

「比北斗大!?連亞斯爺爺都能吃飽飽！」

卡蓮之父彼特寫的書，記錄了他環遊世界經歷的神奇事件和傳聞，以及各地令人印象深刻的事件，現在翻開的那一頁上寫著我們曾經去過的迪涅湖。

芙蓮達告訴我這些書是父親的遺物，也是卡蓮的寶物，在唸給她聽的過程中，每翻過一頁，我都感覺到作者彼特好奇心非常旺盛，真的很喜歡旅行。看卡蓮好奇心這麼旺盛，確實繼承到了父親的血脈。

彼特留下的書有好幾本，內容大多是我不知道的事，但一本一本這樣看下來，我發現有幾個地方我們親自去過。我將這件事告訴卡蓮，她便興奮地詢問當地的資訊。

在那之後，卡蓮看書時總會坐到我大腿上，休息時間也會像這樣一起看。

「那你看過這個嗎？」

「這個……還沒看過。」

「我去過這裡，是在遇見天狼星之前去的，想聽嗎？」

「想聽！」

「啊，這個地方媽媽跟我說過。一次也好，好想去看看哦。」

「卡蓮也想去看看！」

透過我們分享的經驗自由想像，得到新知識的卡蓮，看起來非常高興。

因此，我也教得很愉快……有件事卻讓我有點困擾。

「卡蓮，妳的翅膀……不要動得……那麼激烈。」

「欸欸欸，這是什麼？」

「聽不進去。」

卡蓮興奮時會下意識拍翅，不停打到我的臉。翅膀很軟，所以不會痛，可是鼻子真的好癢。

打斷她也不太好，因此我忍耐著繼續陪她看書，雷烏斯似乎想到了什麼，兩手一拍。

「大哥感覺好像卡蓮的爸爸。」

「雷烏斯，不能說這種話。」

「啊……對不起。」

在父親於出生前去世的卡蓮面前，應該要避免提及這個話題。

被莉絲規勸的雷烏斯立刻閉上嘴巴，可惜為時已晚。聽見父親一詞，卡蓮有所反應，盯著我的臉看。

「大哥哥是爸爸？」

「不，我不是妳的爸爸。」

「可是，爸爸是指像大哥哥這樣厲害又溫柔的人對不對？大哥哥可以當卡蓮的爸爸。」

大概是因為她對父親的印象只有從其他家庭看來的，卡蓮心中的父親，或許就是願意讓她撒嬌的可靠男性。

這是她足夠信任我的證據，我很高興她有這份心意，但是……

「不行，因為我不是妳的爸爸。」

「唔……不行嗎？沒關係……有媽媽跟大哥哥你們在。」

雖然不至於渴望父親，卡蓮對父親果然有所嚮往吧。

我為她並不排斥這個話題鬆了口氣，撫摸露出天真笑容的卡蓮的頭。

卡蓮的訓練結束後，我來到跟亞斯拉德初次見面的洞窟。

本來必須要有桀諾多拉及做為代表的龍族陪同，才能踏進這個地方，我已經得到亞斯拉德本人的允許，所以不成問題。

我在由會發光的礦石照亮的洞窟內走了一小段路，看見龍形的亞斯拉德在大廳削石頭。

『唔，是你啊。聽說那個叫烹飪教室的東西，今天是最後一次，大家的狀況如何？』

「學得很好。基礎都懂了，剩下端看他們的努力。對了，今天方便嗎？」

『嗯，東西放在老地方。是說……真難得。今天只有你一個人來？』

「這是有原因的。」

為了答謝我救了卡蓮，以及將新的料理帶進部落，他願意將挖掘這座洞窟時挖到的礦石和寶石分給我。

其中還有非常大顆的寶石，相當吸引人，不過我最高興的是連魔石都有。一小塊碎片都值數枚金幣的魔石，對於用不到它的龍族而言沒有半點價值，洞窟裡還剩很多。

亞斯拉德同意我可以自由使用，我便抓準這個機會，拿來製作新魔導具或做實驗。

平常我都是拿袋子裝滿魔石就馬上回去，但我還有其他想要的東西，便詢問亞斯拉德：

「今天可以拿幾顆這邊的寶石走嗎？」

『怎麼這麼突然？你不是一直對寶石沒什麼興趣？』

「其實我想用這些寶石做東西。」

『哦，要做什麼？』

聽見我這麼問，一直在削石頭的亞斯拉德停下雙手的動作。工作就是他的興趣，就像製作這座洞窟裡面的裝飾品一樣。

他興致勃勃地把臉湊過來，確認周圍沒有任何人後，我將理由告訴他……

『原來如此。難怪你要獨自前來。』

「那我拿走幾顆這邊的原石囉。」

『慢著！既然如此，豈能隨便讓給你！』

「……不覺得這種時候應該要爽快地提供嗎？」

『確實如此，可是一想到結果，就不想乖乖送人。想要的話給我拚命爭取！』

「好難搞而且好幼稚！」

經過討論，我走出洞窟，跟變成人形的亞斯拉德互毆。

事後我才知道，亞斯拉德好像不純粹是嫉妒，而是想跟戰勝梅吉亞的我較量看看。

雖然只是遊戲般的吵架，而非真心要分出高下，對方好歹是統率龍族的首領，住在部落的龍族及有翼人紛紛聚集而來，釀成一場大騷動。

我的右上勾拳命中亞斯拉德，贏得寶石的數日後。

我終於做好那個東西，在當天晚上邀請艾米莉亞、莉絲、菲亞三人出去散步。

「星星依舊好美喔。」

「是的，天空感覺離這裡好近。」

「去了那麼多地方，這一帶特別美。」

「可能是因為地勢高，空氣也特別清新。真是絕佳的觀星地點。」

滿天繁星下，我和面帶笑容的三人一同在部落裡閒晃。

來到不遠處的小山丘上時，走在前面的菲亞面色平靜地回過頭。

「所以，到底怎麼了？你約我們夜間散步，我是很高興沒錯，不過你應該是有話想跟我們說吧？」

「果然看得出來？」

「看得出來呀。如果是散步，雷烏斯和北斗應該也會跟來，可是這裡只有我們幾個。」

「難道您有什麼煩惱？」

的確，要去散步的話，北斗不可能不跟來，但我並沒有排擠牠。我事先跟雷烏斯和北斗說明過，今晚請他們待在卡蓮家。

他們倆似乎以為是什麼嚴重的事，我笑著否認了。

「不是煩惱。關於未來，我有一件重要的事跟妳們說。」

「那最好找大家一起……啊，該不會跟雷烏斯有關？」

「那孩子又闖了什麼禍嗎？」

「這我也會順便談，先聽我說吧。」

我暫時停下腳步，看著卡蓮家的方向接著說道：

「首先，是時候離開這個部落了。」

「這樣呀……」

「終於要離開了嗎……」

烹飪教室告一段落，芙蓮達的身體也十分健康。

不只魔法，魔力的基礎知識我也教會卡蓮了，只要她繼續勤加訓練，想必會成為有翼人之中首屈一指的強者。

有翼人的生活也充分體會過了，老實說，我們繼續留在這裡也沒什麼意義。

「再待一下……也沒關係吧？」

「我是很想，不過國際會議（Legendia）的舉辦日快到了。」

雖說集合各大陸的國王與重要人物的國際會議（Legendia）尚未開始，考慮到車程，我想多留一點時間。

弟子們看似可以接受，實際上還是無法這麼乾脆。

「要跟卡蓮道別了呢。」

「好不容易多了一個妹妹的說。」

「啊，對了。卡蓮不是對外面的世界有興趣嗎？乾脆邀她跟我們一起去旅行如何？」

我認為菲亞這句話是在開玩笑，但如果我同意，她可能會真的付諸實行。

或許是共同旅行過一次的關係，大家都對卡蓮依依不捨。那孩子性格有些獨特，卻有種神奇的魅力。

說實話，同為無屬性之人，我很想多教她一些東西，唯獨這件事真的不能改變。

「我能理解大家的心情，可是總不能逼她跟母親分開吧。」

「……您說得對。小孩子還是跟家人在一起最好。」

「我明白。不過……好寂寞喔。」

與卡蓮分別固然寂寞，說不定能在國際會議（Legendia）上見到家人的莉絲卻眉頭緊皺。我輕撫她的頭安慰她，她的表情確實變得柔和一些，不過看起來還是很難過。

「我有辦法笑著跟她道別嗎？」

「萬一卡蓮哭出來，我會非常心痛。」

「身為大人的我們得好好忍耐才行，盡量笑著道別吧。」

「一定會再回來的，我也想見證卡蓮的成長。」

我已經跟雷烏斯和北斗說明過，得到他們的諒解。

捨不得歸捨不得，大家都願意接受我的決定，明天就去知會芙蓮達和亞斯拉德他們吧。

剩下就是……

「其實還有一件要事。雖然為時尚早，聖多魯的國際會議(Legendia)結束後，我想先回梅里菲斯特大陸一趟。」

「不錯呀。很久沒見到姊姊他們了。」

「離上次見面過了一年，也該有第二個小孩了吧？」

「妳們說的是天狼星的家人對不對？我還沒見過他們，得去跟人家打聲招呼。」

視今後的狀況而定，也可能改變計畫，但大家都不反對回到梅里菲斯特大陸，我暫時鬆了口氣。

不過，我接下來要說的才是真正重要的事。

我做了個深呼吸，慢慢轉身面對三人。

「回到梅里菲斯特大陸，去見諾艾兒他們，幫媽媽掃完墓後……我想在艾琉席恩舉辦婚禮。」

「……咦？」

「結婚……」

「不是在指姊姊和梅爾特先生……對吧？」

「是我們的婚禮。」

我們是戀人，約好要攜手共度一生，可是因為在旅行的關係，我很少提到結婚。說起來，對這個世界的人來說，婚禮與其說是宣布結婚的儀式，更接近跟貴族打好關係的政治手段，不一定要舉辦。

其實，以前受邀參加雷烏斯的好友艾爾貝里歐的婚禮時，我滿羨慕的，她們三個卻幾乎沒提過想辦婚禮。只要彼此能在一起就心滿意足，菲亞甚至想要孩子。

在旁人眼中，我們儼然已經是夫婦，不過因為這樣就什麼表示都沒有，對她們未免太失禮。

我這個年紀也可以結婚了，所以我才下定決心召集熟人，舉辦盛大的婚禮，確立明確的夫妻關係。

「艾米莉亞，莉絲，菲亞，可以把左手伸出來嗎？」

我站到聽見結婚、目瞪口呆的三人面前，從懷裡拿出這幾天做好的戒指。

我分別為她們的無名指戴上鑲著銀色、藍色、綠色小寶石的戒指，看著每個人的眼睛明白地告訴她們：

「艾米莉亞，真的很感謝妳總是在扶持我。」

「天狼星少爺……」

「希望妳將來繼續在我身邊扶持我。不是以隨從的身分，而是做為我的妻子。」

「啊……啊啊……那是……當然的。」

聽見我的求婚，艾米莉亞感動得哭了出來。但她還是努力忍著嗚咽聲，答應我的求婚。

即使淚流不止，她依然對我展露幸福的笑容。

「你、你真的要選我嗎？我……沒錯！我食量很大喔!?而且我跟你和其他人不一樣，不擅長戰鬥，會礙手礙腳……」

「我也很喜歡看妳吃東西的模樣，而且我從來沒嫌過不擅長戰鬥的妳礙手礙腳。我是在瞭解妳的一切的基礎上喜歡妳，想跟妳在一起的。」

「我也是……無時無刻都在溫柔守望我們的天狼星前輩……那個，我最喜歡了。」

「謝謝妳。莉絲，妳願意跟這樣的我結婚嗎？」

「……是的，我很樂意。」

莉絲滿臉通紅，摩娑著我為她戴上的戒指，用力點頭。

接下來就剩菲亞了，她臉上掛著淡淡的苦笑。嗯，不意外。

「真沒想到你會同時跟所有人求婚。」

「抱歉，其實應該要把妳們單獨約出來，可是我不想分優先順序。」

要不是因為知道她們感情好，應該不能像這樣求婚吧。

我有點愧疚，面帶苦笑的菲亞瞇眼笑出聲來，抱住我的手臂。

「呵呵……沒事啦，你不用放在心上。因為你平等地愛著我們，回應了我們的心意不是嗎？」

「您不僅與身為隨從的我成為戀人，還願意娶我為妻。沒有比這更令人喜悅的事！」

「這樣我們就是真正的家人囉！」

艾米莉亞跟莉絲也在同時撲進我懷裡，我溫柔地抱住她們，說出不是對她們，而是對自己所說的誓言。

「我知道一直旅行很累人，不過今後我也會繼續保護妳們。所以……請妳們永遠和我在一起。」

「是很累沒錯，但我從來沒有後悔跟你在一起。你維持現狀就好。」

「對呀，而且我們可不是只懂得被人保護的妻……妻子！」

「未來我們也會繼續扶持天狼星少爺。」

我的戀人——不，我的妻子們笑著對我說出令人心安的回應。

確認彼此的心意，緊張兮兮的求婚事件隔天。

我在卡蓮家與芙蓮達隔著桌子相對而坐。

其他人在外面看著卡蓮訓練，迪波菈外出辦事了，目前家裡只有我和芙蓮達兩個人。

「天狼星，你要跟我說的是？」

「其實我們差不多該繼續旅行了。」

「是嗎……這一刻終於來臨了。」

她好像隱約預料到了。芙蓮達惋惜地嘆了口氣，望向窗戶。

我也跟著看過去，窗外是正在跟大家一起訓練的卡蓮。芙蓮達溫柔地注視忙碌卻神采煥發的愛女。

「就你看來，卡蓮的本事如何？」

「說實話，我非常期待她未來的發展。她很努力，更重要的是求知慾強，所以擅長想像，在魔法方面應該相當有才能。」

「呵呵呵……那真是太好了。」

芙蓮達看起來真的很高興，大概是因為她之前不知道卡蓮是無屬性，誤以為她缺乏魔法的才能。

「可能用得到的魔法，我幾乎都教她了，魔法的訣竅她也大部分都已經理解，我想她會自然而然變得更強。」

「還有能教她的魔法呀？」

「有是有，但卡蓮現在學那些太早了。因為裡面有不能隨便使用的強力魔法。」

我沒有教卡蓮想像上輩子的武器發明的魔法。輕易奪走人命的魔法，不適合那孩子。

順帶一提，由於距離太遠的關係，卡蓮似乎把我對梅吉亞用了無數次的「麥格農」當成「衝擊」的強化版。

不過，到頭來還是要看人怎麼用。

對抗魔物時，那類型的魔法會是強大的自衛手段，所以我打算留下「麥格農」的筆記，等卡蓮懂得力量的使用方式，再由桀諾多拉轉交給她。

「……謝謝。你為那孩子考慮了這麼多呀。」

「卡蓮是個好學生，會讓人忍不住寵她。」

雖說我們的相遇純屬巧合，我只不過是做了自己想做的事。我倒覺得丈夫去世，仍然把卡蓮教得這麼好的芙蓮達更偉大。

聽見我這麼說，芙蓮達面露苦笑，然後帶著嚴肅的表情注視我。

「天狼星，雖然我講過很多次，我真的很感謝你們不只救了我們的命，現在也在為我的女兒努力。」

「不用客氣。妳讓我們借住在府上，真的幫了很大的忙。」

「這點小事根本不足以回報。明明有還不清的人情，我卻有件事想拜託你。」

「……請說。」

儘管我們認識的時間不長，我知道芙蓮達是個相當誠懇溫柔，非得報答恩情才會服氣的人。

她這麼認真地向我提出要求，可見事情非同小可。

芙蓮達稍事停頓，確認我點頭後，下定決心開口。

「請帶我女兒……帶卡蓮一起去旅行。」

——芙蓮達——

我和丈夫是在數年前……離村落有段距離的森林中相遇。

那一天，我一直找不到平常會採的野菜，不知不覺遠離村落，遇見五位人族。

大家都叫我遇到人族就快逃，從未見過的人族貪婪的眼神，卻嚇得我忘記飛走。

人族趁機對我射箭，我反射性閉上眼睛……神奇的是並未感到疼痛。

因為……

「唔!?你們在做什麼！」

一名人族立刻衝到我面前，挺身保護我。

雙腳及側腹被箭射中，還對剩下幾位人族怒吼的男子，正是我的丈夫……彼特。

之後他告訴我，剩下四人是他僱用的護衛及嚮導，而非同伴。

彼特只是想看看有翼人，其他人族則是一看到我就利慾薰心，將他的制止置若罔聞，企圖抓住我。

正當四名人族無視彼特，準備再次對我射箭時，亞斯拉德大人從天而降，出面拯救我。

他在降落的同時噴火將那些人族燒成焦炭，接著走向因為箭上塗有麻痺毒的關係，癱倒在地的彼特。

擅自進入龍族地盤的人族遭到殲滅，是常有的事。

不過……我哪有辦法對保護了我的彼特見死不救。

因此我衝過去阻止他，來到他身旁的亞斯拉德大人卻只是低頭看著彼特，沒有動手。

『你這傢伙真奇怪。在這種狀況下，為何還笑得出來？』

「你會說話？原來如此……你就是保護有翼人的上龍種啊。」

『這點小事不重要。面對這種狀況，你為何在笑？』

「因為……她平安無事。只要知道這個……就夠了。」

被氣勢十足的龍瞪視，彼特仍然滿足地笑著，而這似乎引起了亞斯拉德大人的興趣。

我走過去想幫他拔出毒箭，彼特露出發自內心鬆了口氣的表情看著我。

「啊啊，幸好……妳沒受傷。」

「都是多虧你保護了我。為什麼要救我？不然你也不會遇到這種事。」

「因為……我只是想看看有翼人而已。沒想到……有翼人這麼美。」

「咦!?」

彼特說完這句話就昏倒了。

我請求亞斯拉德大人饒彼特一命外，他自己好像也對他頗為好奇，我們便帶著彼特回到村落。

帶人族進來，當然惹出了一堆麻煩。

最後是因為亞斯拉德大人願意負全責，再加上以住在我家為條件，彼特才獲准住進村中，我誠心感到放心。

媽媽也跟其他人一樣，對彼特沒有好感，不過他確實救了我一命，媽媽便同意收留彼特。

就這樣，住進我家的彼特遭到其他人的疏遠，卻靠著旅途中學到的知識，為我們的生活增添色彩。

對於自小喪父，與母親相依為命的我來說，跟彼特這名男性同居的生活相當新奇。

最愉快的是聽他分享旅行的見聞。

「住在那裡的人有獨特的文化。我問了其中的意義，真的很神奇……」

心無旁鶩地描述自身經驗的模樣，如孩童般可愛。

「跟妳第一次見面的時候，我還以為遇到了天使，深受感動。不是因為有翅膀，妳真的很美。能待在妳身邊再幸福不過。」

沒想到，我逐漸被直接對我示好的彼特吸引。

不可思議的是，亞斯拉德大人的孫子桀諾多拉大人與彼特意氣相投，不知不覺就成了宛如摯友的關係。我總是笑著目送彼特騎在桀諾多拉大人背上出遊。

過了半年，彼特開始習慣部落的生活時……我懷上了卡蓮。

彼特、桀諾多拉大人、亞斯拉德大人都非常高興，媽媽雖然心情複雜，還是對我們表達祝福。

這段幸福的時光會持續到什麼時候呢……才剛這麼想，彼特的身體就出問題了。

他罹患原因不明的疾病，治療魔法也不見效，大部分的時間都得在床上度過的彼特開始寫書。

看到他應該連寫字的力氣都不剩，卻堅持繼續動筆，我心痛不已，可是……

「我大概連孩子的臉都看不見了，更別說擁抱他。不過，我不想成為一個無法為孩子做任何事的父親。所以我想留下我曾經存在過的證明，多少排解他的寂寞。」

彷彿在以生命為代價不停寫書的彼特，在寫到第八本的途中，安靜地嚥下最後一口氣。

我們相處的時間雖然不長，我並不後悔跟彼特在一起。我早已做好覺悟，而且我還有卡蓮。

她是彼特賜給我的，世上最寶貴的存在。

所以我發誓，要連同那個人的份看著卡蓮成長。

可是，以我的能力……

※※※※※

「請帶我女兒……帶卡蓮一起去旅行。」

「芙蓮達小姐……」

聽見我這麼說，天狼星露出複雜的表情。有這種反應很正常。

當媽媽的我要把還會想黏在媽媽身邊的女兒交給他照顧。就算他覺得我瘋了，我也百口莫辯，但我是懷著決心提出這個要求，不能輕言放棄。

因此我並未移開視線，天狼星像拗不過我似地深深嘆息。

「是否要帶她同行，我暫時不做決定。卡蓮知道這件事嗎？」

「我還沒跟她說。那孩子應該也想跟去，至少不會拒絕。」

「方便告訴我，妳那麼珍惜卡蓮，為何會得出這個結論嗎？」

「你也很清楚那孩子的好奇心有多強吧？」

「是的，畢竟她遇到那麼可怕的事，還對外界有興趣。」

「呵呵，是個求知慾旺盛到令人失笑的孩子對吧？不過身為那孩子的母親，我能教她的實在太少了。」

魔法也好，外面的世界也罷，對於從未離開這個村落的我來說，有著無法跨越的極限。

現在的我頂多只能帶她到村外不遠處的河川，稍微滿足她的好奇心而已。

不，別說滿足她的好奇心了。

我甚至因此遭到攻擊，不只卡蓮，連自己都保護不好，差點永遠失去她。

「可是跟卡蓮同樣是無屬性的你，就能教她更多魔法，也懂得許多外界的事，能滿足那孩子的好奇心。而且，你們有多麼厲害，我也深深感受到了。」

天狼星要跟梅吉亞先生交手的那個時候，我硬要跟去，拜其所賜，我親眼見識到了他的實力。

據說是他的徒弟的其他孩子也足夠強大，還有傳說中的百狼同行，跟他們在一起，卡蓮也不會有危險。而且，我跑去跟那幾個崇拜天狼星的孩子打聽過天狼星的為人。

『天狼星少爺是很棒的人。小時候，他救了被抓去當奴隸的我和雷烏斯一命，教導我們生存之術。』

『大哥？是我最崇拜的男人，我的目標！』

『嗯……大家的家長，像母親一樣？有時候很嚴格，是個溫柔可靠的人。』

『是個好男人。我甚至想在離別之時到來前，一直跟他在一起。』

他們都發自內心仰慕天狼星，跟他在一起時總是帶著幸福的笑容。

儘管才認識短短半個月，透過卡蓮和他相處過後，我明白天狼星是可以信任的人。

他不僅救了我們，之後還教導卡蓮各種知識，在那孩子想從事危險行為時，像父親一樣訓斥她。

對照理來說是個外人的卡蓮傾注愛情，這麼認真地照顧她。如果是你們……

「如果是你們，我能夠放心把卡蓮託付出去。我相信……你們會保護好那孩子，讓她看看外面的世界。」

除此之外，還有其他天狼星值得信賴的根據。

小時候被他拯救，在他的培育下長大成人的艾米莉亞小姐和雷烏斯，是那麼的強大正直。

他明明比我還小，卻像當過爸爸似的，相當擅長跟小孩子相處。雖然很不甘心，我覺得他比我還厲害。

想將卡蓮交給天狼星的我……真是卑鄙的母親。

連救我們一命的恩情我都無以回報，卻想利用天狼星的溫柔。

我陷入自我厭惡，卻沒有停止訴說自身的心情，天狼星對我投以銳利的目光，默默聽著。

果然……生氣了嗎？

他會生氣很正常。畢竟這個提議實在太過突然又自私。

「妳真的不介意嗎？」

然而……天狼星沒有生氣，而是有點悲傷地凝視我。

出乎意料的反應使我面露疑惑，天狼星像要教育我一樣，用平穩的語氣說道：

「好不容易重逢，結果又要分開了喔？」

「…………」

「說實話，我可以帶卡蓮一起去旅行。但沒人知道旅途中會發生什麼事。萬一發生意外，我們沒能好好保護卡蓮，這次妳真的有可能失去女兒喔？雖說只是暫時的，體會過那種感覺的妳應該不會不明白。」

「嗯，我知道。」

天狼星果然很溫柔。比起自己，他更關心會分隔兩地的我們。

我當然不想和卡蓮分開。

可是……正因為是為了那孩子好，我……

「但我不想埋沒那孩子的才能。」

天狼星曾經跟我說過。

小時候的經驗非常重要，長大後依舊會受到影響。

身為無屬性卻擁有魔法才能的卡蓮，需要有個好老師在身邊。

「而且，這個村子對卡蓮來說太過狹隘。」

她可是都被人抓去當奴隸了，還對外界有興趣的小孩。放著不管，那孩子肯定遲早會離開這裡。

而且假如彼特還活著，一定不會阻止卡蓮踏上旅程。

『彼特，我問你。如果這孩子看了你寫的書，想要去旅行怎麼辦？』

『我想想。到時候……希望妳盡量別阻止他。雖然危險重重，旅行會遇到很多開心的事或命運的邂逅。就像我們的相遇。』

『不過，外面的世界真的好危險。我們的孩子如果是有翼人，那更是……』

『當然不只是把他送出去，要等到那孩子有相應的知識及力量。必要的知識我寫在這些書裡了，要是他主動表示想要出去旅行，希望妳教他魔法，幫助他變強。其實找個習慣旅行、值得信任的人是最好的，這要求會不會太高啊？』

這地方幾乎不會有外人踏進，彼特開玩笑提到的希望卻近在眼前。

正因為是親人，才不想放過孩子的轉機。

能讓我將卡蓮託付給他的人，如同奇蹟似地出現了。

「你那幾位太太跟我提過，你的夢想是成為老師。就你看來，已經沒有東西可以教給卡蓮了嗎？」

「我剛才也說了，我還有很多事想教她。」

「那麼希望你多多指導她。卡蓮一定也很期待跟你學習。」

寂寞歸寂寞……又不是永別。

只要我忍耐，卡蓮跟天狼星都能得到滿足。

更重要的是，要如何答謝天狼星他們……對吧？

將卡蓮託付給他們照顧，無論如何都會造成負擔，就算想報答大家照顧我們的恩情，我也無以回報。

手中也沒有外界的貨幣……雖然不太好意思，之後找桀諾多拉大人商量看看好了。

說明完畢後，我如此心想，天狼星突然站起來背對我。

「我們兩家人最好一起商量一下。」

「說得也是……不能沒問那孩子的意願就擅自決定。」

我目送天狼星走出房間，發現自己比想像中還累。

八成是因為一直維持在緊張狀態，我感到口渴，在隔壁房間等待的媽媽於我起身的同時走過來，將水杯遞給我。

「謝謝妳，媽媽。」

「這樣真的好嗎？」

「……我不知道。」

這件事我已經事先跟媽媽商量過。

聽完我的想法，媽媽的表情跟天狼星一樣複雜，最後叫我順從自己的心意即可。

所以我才親自做出決定，選擇把那孩子託付給他們……嘆息聲卻怎麼也止不住。媽媽見狀，無奈地拍了下我的肩膀。

「幹麼一直嘆氣？難道妳希望他反對？」

「沒有……不對，果然是這樣吧？」

「這件事必須由身為母親的妳決定。孫女離開我也很寂寞，不過我可以理解妳的想法。」

喝光杯子裡的水，我還是靜不下心，這時卡蓮走進房間，大概是天狼星叫來的。

「媽媽怎麼了？卡蓮好不容易快要把魔法練熟了。」

「對不起，卡蓮。媽媽現在要跟妳說非常重要的事，希望妳仔細聽。」

在卡蓮那雙純潔無垢的美麗眼睛的注視下，我說了想讓她跟天狼星一起去旅行的事。

「……就是這樣。天狼星他們一定會保護妳，只要跟大家一起旅行，就能看見各式各樣的風景。」

「可以嗎!?」

「前提是妳想去。而且妳喜歡天狼星他們對吧？」

「嗯！」

看來卡蓮果然也有想過要出去旅行。

這樣一定……

「大哥哥、大姊姊、北斗、媽媽都一樣喜歡！」

「…………是嗎？有他們的話，我不在也沒關係了吧。」

「媽媽……不一起去嗎？」

我也有稍微考慮過，可是以我的實力，只會礙手礙腳。

都把還是小孩的卡蓮託付給人家了，連我都要麻煩他們照顧，未免太難堪。

「對不起。我不能出去旅行。」

「這樣呀……」

剛才知道可以出去旅行的時候，她那麼興奮，一聽見我不去，卡蓮就陷入消沉。

現在……還來得及回頭。

『我還是想跟妳在一起。天狼星他們肯定會再來，跟媽媽一起等吧。』

只要我這樣講……卡蓮一定會願意留下。

不過，這樣是不行的。

「……不用管媽媽。妳想跟大家一起旅行對不對？」

「嗯、嗯。可是，媽媽……」

妳掉進河裡時，我墜入了絕望的深淵，跟妳分開過一次，看見在天狼星他們的指導下成長的妳，我領悟到了。

比起這孩子對我的依賴，我更加依賴卡蓮。

為了幫助孩子成長，身為母親的我現在能做到的……是輕輕推卡蓮一把。

「我會在這裡等妳回來。到時要分享很多旅行經驗給媽媽聽喔。」

「媽媽想聽卡蓮講故事嗎？」

「嗯，媽媽呀，最喜歡聽妳的爸爸講旅行的故事了。所以媽媽也想聽卡蓮講故事。」

妳專注地分享天狼星傳授的知識的模樣……與彼特如出一轍。

「那……卡蓮要去！卡蓮想講很多故事給媽媽聽！而且卡蓮……」

聽見卡蓮默默懷著的夢想，我緊緊擁抱最心愛的女兒。

——天狼星——

芙蓮達的提議固然令人驚訝，那同時也是我所期望的事。

我不至於把卡蓮當成繼承人，純粹是好奇其他無屬性能成長到什麼地步。

然而，該保護的對象增加，代表風險也會隨之提升。

不能只由我一個人決定，於是我立刻徵詢其他人的意見……

「我會聽從天狼星少爺的判斷。若要問我個人的意見，我找不到反對的理由。」

「我贊成。原來如此，芙蓮達小姐之前來問我們和天狼星前輩的事情，就是為了這個嗎？」

「今後應該會辛苦許多，不過我才不介意呢。大家一起教她各種知識吧。」

「嗯！我會好好保護她！」

「嗷！」

大家的反應大致如我所料。

沒人反對卡蓮加入，卻跟我一樣有所顧慮。

「卡蓮和芙蓮達小姐不會捨不得嗎？」

「感情那麼好的母女要分隔兩地，很難發自內心高興。」

「除了卡蓮，我更擔心芙蓮達。她的丈夫已經先走了，希望她不要因為太過寂寞，積憂成疾。」

「大哥，不能兩個人都帶上嗎？」

「不行，芙蓮達小姐不適合旅行。她已經遭受兩次襲擊，我覺得她在外界會有壓力。」

這樣講或許有點殘酷，這種事必須公正地下達判斷。

而且芙蓮達沒有主動表示想要同行，應該是因為知道自己會成為累贅。

「全要看卡蓮的意思……」

無論她做出什麼樣的選擇，我要做的只有尊重那對母女的想法。

當晚。並肩坐在桌前的我們，與卡蓮一家相對而坐。

場面自然而然瀰漫一股緊張的氣氛，我們分別報告彼此討論後的結果，卡蓮高興地拍動翅膀，芙蓮達小姐則鬆了口氣。

「不過，要我代為照顧卡蓮有兩個條件。首先，希望卡蓮以後可以稱呼我為老師。」

「不能叫大哥哥嗎？」

「妳要跟在我身邊學習，這樣叫比較合適。」

「那叫爸爸不行嗎？」

「卡蓮……」

她會這樣說，可能是因為聽人說過我就像她的父親。芙蓮達聞言，露出複雜的表情看著女兒。

之前也有過這樣的對話，但我還是無法扮演卡蓮的父親。

不是責任的問題……

「妳有比誰都還要愛妳的爸爸在。我絕對贏不了那個人。所以就算是替代品，我不希望妳叫我爸爸。」

「可是……」

「等一下我讓妳看看證據。可以吧？芙蓮達小姐。」

「咦!?嗯、嗯，是時候了。」

突然被我叫到，她嚇了一跳，但她明白了我的意圖，像下定決心似地用力點頭。

我將面露疑惑的卡蓮暫且擱置，告知第二個條件，芙蓮達答應後，事情就這麼定下來了。

卡蓮因為能跟我們一起去旅行而興奮不已，芙蓮達帶著柔和的微笑對她說：

「卡蓮，要高興是可以，從今以後妳要受到人家的照顧，記得好好打聲招呼。連同妳剛才告訴媽媽的夢想一起說出來吧。」

「嗯！」

卡蓮笑容滿面地轉頭面向我們，深深一鞠躬。

「卡蓮想跟爸爸一樣到處旅行，然後寫成書。那個……以後請多多指教！」

就這樣，卡蓮決定加入旅程，我們便開始準備離開村子。

旅行所需的物資只要塞進馬車即可，很快就能搞定，但卡蓮也要跟來，因此還得整理行李。

由於多了卡蓮的東西，行李交給女性組整理，我則去跟亞斯拉德報告卡蓮要跟我們一起走。

『既然這是芙蓮達跟卡蓮的選擇，我不會阻止。可是，若各位不急著趕路，能否等個兩天再出發？』

反正我也想讓卡蓮做好心理準備，等個幾天完全沒關係。

只要特地去找，要做的事要多少有多少，在我指導卡蓮旅行的必要知識的期間，兩天一轉眼就過了，我們再度來到亞斯拉德面前。

他叫我把卡蓮也帶過來，所以大家都齊聚一堂，不只龍形的亞斯拉德，桀諾多拉和梅吉亞也在洞窟的大廳中。

最令人在意的是，亞斯拉德看起來異常疲憊。這兩天都沒看到他，發生了什麼事嗎？

亞斯拉德將疑惑的我晾在一旁，走向卡蓮詢問：

『卡蓮啊，我再問妳一次，妳真的要跟他們一起走？』

「嗯！卡蓮要跟老師一起去外面看很多東西。等卡蓮回來，也講故事給亞斯爺爺聽。」

『嗯，我會期待的。既然要去旅行，只用魔法應戰多少會令人不安。天狼星，這孩子的武器準備好了嗎？』

「還沒，我打算等抵達附近的城鎮，再找適合這孩子的武器。」

『那可以省下這個工夫了。卡蓮，拿去。』

亞斯拉德遞給卡蓮一把小刀。

刀身綻放黑曜石般的光輝，從刀刃及刀柄化為一體的形狀判斷，推測是用整塊岩石削成的。

外觀只是把樸素的黑色小刀，卻感覺得出裡面潛藏龐大的魔力。

『那是用我的角做成的。對年紀輕輕的妳來說或許有點重，應該很快就會習慣。』

經他這麼一說，我發現亞斯拉德頭上的角變短了一些。

整體來看應該不是太大的損失，不過龍族的角比鱗片還硬，連削下一塊都要花很多時間的樣子。亞斯拉德之所以這麼累，就是因為一直在削這把小刀。

「謝謝你，亞斯爺爺！」

『這把刀不管是人類還是魔物，都能輕易刺穿。使用時要多加注意。』

「亞斯爺爺也是嗎？」

『哈哈哈，別小看我的鱗片。那麼小的東西怎麼可能貫穿我引以為傲的鱗——嗚呃!?』

「刺進去了！」

卡蓮用剛收下的小刀，刺進得意地炫耀自己有多耐打的亞斯拉德的手臂。

她只是輕輕刺一下，所以沒有流血，總之可以知道那把刀連龍鱗都能貫穿了。

卡蓮雖然調皮，她是因為知道亞斯拉德有多麼強壯才敢這麼做，不會動不動就拿刀刺人。

這次就當成是在孫女面前愛面子的爺爺自作自受吧。

「卡蓮，這種時候要先徵求對方的同意。妳也不會喜歡突然被人拿刀刺吧？」

「可是卡蓮覺得亞斯爺爺不會受傷，而且亞斯爺爺自己好像也很疑惑。」

『哈哈哈，這點小傷無須介意。瞧，傷口已經開始癒合了對吧？』

「太好了。那哪裡才刺不進去呢？亞斯爺爺的鱗片很硬的。」

『……別再刺了。』

外表及體型明明相差甚遠，這對祖孫的互動還真是看不膩。

我看著他們心想「龍族的首領也拿小孩子沒轍啊」，終於成功阻止卡蓮的亞斯拉德朝我伸出手。

於眼前張開的手掌上放著一把小刀，尺寸比卡蓮的大一圈。

『這是用我的牙齒研磨而成的小刀。送給你們，做為照顧卡蓮和之前那些事的謝禮。』

亞斯拉德說，之前芙蓮達找他商量過要如何報答我們。

不只救了母女倆的命，還代為照顧卡蓮，自己卻無以回報，芙蓮達似乎很煩惱。

於是，一直在關心這對母女的亞斯拉德便代替她準備謝禮。

「既然如此，我就不客氣地收下了。」

『嗯，總是要錢幫那孩子買必需品吧？手頭緊的話拿去賣也行。』

「我拿了那麼多魔石和寶石，短期內不會有問題。」

龍牙做的武器，而且還是成長到足以當上首領的龍，感覺就很好用。

然而，我已經有迪送的劍和菲亞、師父給的小刀，並不缺武器。

我有點煩惱該如何是好，接過它拆開包在外面的布，跟卡蓮收到的小刀一樣漆黑如夜的美麗刀身映入眼簾。

「喔喔……看起來好猛。」

「嗯，有種和卡蓮的小刀不一樣的魄力。」

「這把刀的刀身，光盯著看彷彿就會被吸進去。比妖精做的小刀更厲害。」

「是把很棒的武器呢。有這把刀的話，應該連鐵都能輕鬆切斷。」

「那艾米莉亞要拿去用嗎？」

「可以嗎？」

雖然不至於不足，艾米莉亞是我們幾個裡面攻擊力最低的。

雷烏斯不適合用小刀，莉絲和菲亞有強大的精靈魔法。而且除了我以外，最會用小刀的就是艾米莉亞。

『這已經是你們的東西，由誰來使用，你們自行決定即可。』

提升整體的戰力，也能保護好卡蓮。

我認為艾米莉亞是最適合的，當事人的表情卻有點困擾。

「若您願意讓我使用它，我會很高興，不過這麼厲害的小刀，我認為您更能發揮它的力量。」

「那讓姊姊用大哥的祕銀小刀不就得了？」

「是個好主意，但還是算了吧。它等於是我一路用到現在的戰友。」

我用得很順手，這把刀又充滿珍貴的回憶。我想親自使用它，直到最後一刻。

師父的小刀我當然也不想讓其他人使用。其實它用不著插進地面就會說話，師父背著我灌輸艾米莉亞詭異的知識都不奇怪。

「看你這麼珍惜，不枉我送你那把刀。」

「它救了我好幾次。所以說，艾米莉亞就別客氣了。」

「是，我會好好珍惜它。」

艾米莉亞小心翼翼從我手中接過小刀，驕傲地笑了。應該是因為對隨從而言，得到主人賞賜的武器乃無上的榮耀。

她樂得尾巴狂搖，這時盯著小刀看的菲亞突然點了下頭。

「對了……聽說某個地方的習俗是男方跟女方求婚時，會送對方小刀。」

「那啥習俗？收到武器會高興嗎？」

「好像是希望女方在發生意外時用那把刀自殺，以捍衛貞潔。不是真的要人家這麼做，而是懷著『希望妳只屬於我一個人』的心意才送的。」

「呵呵呵，我的一切早就屬於天狼星少爺了。」

她的尾巴停都停不下來，希望她適可而止。

桀諾多拉和梅吉亞還順便把自然脫落的牙齒及鱗片分給我，善加利用的話應該能做很多東西。

之後，我們通知眾人明天就會出發，回到家中，卡蓮卻不見人影。

我告訴芙蓮達和迪波菈她還在跟亞斯拉德聊天，兩人都不介意，接著，我將她們帶到室外。

「把我們帶到這種地方，到底要說什麼？」

「對呀，還沒整理好要讓卡蓮帶走的行李呢。」

「出發前，我有個東西想讓兩位看一下。」

突然被我帶到外面的兩人一頭霧水，我和她們一同走到看得見亞斯拉德居住的洞窟的地方。

洞口位於高處，不會飛就進不去，巨大的洞口前卻站著一名少女。

「那是……卡蓮？亞斯拉德大人在陪她玩嗎？」

「今天亞斯拉德大人不方便送她回來嗎？我馬上去接她。」

「請等一下。卡蓮在那邊，是因為有東西想表演給兩位看。」

為了以防萬一，我叫北斗在附近待命，如此一來，至少不會發生最壞的情況。

卡蓮不顧納悶的兩人，做完深呼吸，突然從那個地方躍向空中。

有翼人會飛，用不著緊張，可是翅膀大小不一的卡蓮不可能飛得起來，抬頭看著天空的母女立刻嚇得手忙腳亂。

芙蓮達和迪波菈急忙張開翅膀，想飛去救卡蓮，動作卻忽然停下。

「咦……卡蓮？」

「怎麼回事？好慢……」

「這是她瞞著妳們偷偷訓練的成果。」

卡蓮的降落速度非常緩慢。

兩人目瞪口呆地仰望像鳥一樣大大展開翅膀，於空中描繪弧線慢慢滑翔的卡蓮。

「飛離地面有難度，從高處飛下來倒是不成問題。」

「媽媽，卡蓮她……卡蓮她在飛！」

「是啊，雖然有點晃，飛得還真好。同齡的孩子都沒辦法飛得那麼高興。」

「不過……為什麼？卡蓮的翅膀根本不能那樣飛……」

「請您仔細觀察那孩子的翅膀。」

兩人心生疑惑，聽見我說的話，注意到卡蓮比較短的那片翅膀正在發出微光。

「魔力只要經過壓縮，就會產生質量。卡蓮讓魔力凝聚在翅膀上，把兩邊的翅膀調整成同樣大小。」

有翼人本來就不只是靠拍翅飛行，而是將魔力注入翅膀，藉此獲得浮力，藉由兩邊的翅膀維持平衡。

因此卡蓮連減緩降落速度都辦不到，更遑論直線飛行，現在卻因為能用魔力做出臨時的翅膀，做到跟其他有翼人同樣的事，只是表面上看起來不一樣罷了。

想當然耳，這麼做需要消耗相應的魔力，還必須對魔力進行精密的操作，所以她目前只能用滑翔的，而且撐不了多久。其他有翼人飛行要用一點魔力的話，卡蓮需要用四點魔力的感覺。

就算這樣，卡蓮還是往天空踏出了一步。

「呼……呼……媽媽！奶奶！妳們看到了嗎？」

儘管途中有點驚險，卡蓮喘著氣降落於芙蓮達面前，展露自豪的笑容。

芙蓮達高興得抱住女兒，卻一副心存疑惑的模樣。

「卡蓮，妳真的好厲害。妳怎麼會想學飛？」

「對啊，其他孩子也都還不會飛……」

以卡蓮現在的年紀來說，練習飛行好像太早了點。因為飛行具有危險性，身體及翅膀又尚未發育成熟。

明知如此，卡蓮為何不惜拜託我訓練她，也要表演給家人看？

「只要我長大，媽媽和奶奶就不會擔心了吧？」

是為了多少讓家人安心一些。

她帶著我從來沒看過的嚴肅表情，拜託我教她飛的時候，我滿驚訝的，看到她當時帶著的書便解開了疑惑。

那是她開始叫我老師後，我拿給她的書，是彼特最後留下的著作。

藏到時機來臨之時的那本書上，不僅記錄著旅行的必要知識及注意事項，還有給卡蓮的留言，這孩子只不過是將其付諸實行而已。她回應了希望女兒成長茁壯的願望，好讓母親放心。

「對呀……妳要長得更高更大，讓媽媽放心喔。」

「嗯！」

芙蓮達理解了女兒的想法，拚命壓抑複雜的心緒，慈祥地撫摸卡蓮的頭。

啟程當日。

由於我們要離開了，許多有翼人跟龍族都前來送行。

大家剛開始還對我們避之唯恐不及，八成是因為我們救了卡蓮跟芙蓮達，還教他們做菜。我們一一向村裡的居民道別，等待在做最後的準備跟與母親道別的卡蓮從家裡出來。

「……卡蓮好慢喔。」

「人家暫時要與母親分別，耐心等待吧。」

「卡、卡蓮還沒好嗎？我快撐不住了！」

背後傳來無助的聲音，雷烏斯被村裡的小孩包圍，動彈不得。

表裡如一的個性，再加上經常趁訓練的空檔陪他們玩，小孩子都很喜歡他。

「雷烏斯哥哥！不要走！」

「對啊，再陪我們玩一下嘛！」

「就說不行了。我要跟大哥走。」

「「不要——！」」

孩子們抓著他的手臂和腳，雷烏斯不忍心強行拉開他們，家長們也在拚命安撫孩子，就在這時，卡蓮終於跟芙蓮達一起走出家門。

我叫她把私物拿來，卡蓮抱著一個沉甸甸的皮製小包……

「裝得很滿啊。」

「換洗衣物跟日用品都放到馬車上了，裡面裝了什麼呀？」

「老師，準備好了！」

「啊哈哈……」

看我們一臉疑惑，芙蓮達露出苦笑。我有種不祥的預感。

「卡蓮，妳帶那麼多東西做什麼？我不是說了只要帶必需品就好嗎？」

「只有必需品呀？」

「那可不可以讓我看看裡面裝了什麼？」

「……必需品！」

她用身體遮住袋子，拒絕回答，卻因為這一晃的關係，有東西從包包裡掉出來。

我們看了同時點頭，默默包圍卡蓮。

「……執行強制搜查。」

「不、不可以！這是卡蓮的……啊——！」

「…………是蜂蜜。」

「是蜂蜜呢。」

包包裡塞滿裝在容器中的蜂蜜。

我在卡蓮的要求下幫她採過幾次蜂蜜，看來她瞞著我偷偷囤積自己的份。真沒想到她藏了這麼多。

結果……她的行李將近八成都是蜂蜜。

就算當成存糧，這個量明顯太多了，於是我決定只保留要用到的份，剩下全放在家裡。

「卡蓮的蜂蜜……」

「在路上採集不就得了？用不著帶那麼多。」

「就地取材可是旅行的基礎喔？」

「嗯，可是……」

卡蓮還在依依不捨，我看最好盡快出發。放著不管的話，她可能會找機會拿回蜂蜜。

聚在雷烏斯身邊的孩子們也冷靜下來了，芙蓮達站到我們面前，深深一鞠躬。

「各位，我這個貪吃的女兒就拜託你們了。」

「請放心，我很習慣照顧食量大的人。」

畢竟我家有兩個更貪吃的。而且貪吃的目標限定在蜂蜜，還滿可愛的。

我之前就跟她提過偶爾會回來看看，卻依然無法消弭她的不安，因此我對芙蓮達再次宣言：

「芙蓮達小姐，我會負責照顧好令嬡。所以，也請妳遵守跟我的約定。」

「嗯，我會拿出全力，努力追上你。」

芙蓮達兩眼發紅，想必是在家裡抱著女兒大哭過一場。

即使如此，她還是帶著充滿覺悟的眼神點頭，這樣我也能放心踏上旅程了。

我們騎在抱著馬車的桀諾多拉和三龍背上，準備啟程時，卡蓮對芙蓮達大叫道：

「媽媽！奶奶！卡蓮會加油的！」

「卡蓮，妳該說的不是這個吧？」

「啊，嗯。母親……卡蓮出發了！」

聽見卡蓮在最後對母親換了個稱謂，芙蓮達當場愣住，接著立刻用力揮手，目送女兒和我們離開。

『那麼，保重。下次來的時候，朝天空打個信號就行。我會馬上派人迎接。』

『我獲益良多。』

『需要幫助的時候，請隨時呼喚我。』

『北斗大人和雷烏斯也多保重！』

桀諾多拉他們將我們放在龍之巢入口處的森林前，跟他們道別完後，馬車駛向下一個目的地聖多魯。

馬車在沒鋪路的地面上，朝附近的街道前進，我們坐在車裡看著逐漸遠去的龍之巢，一面交流感想。

「雖然發生了很多事，大家都很和善呢。」

「兩個不同的種族也都有互相尊重，是個安靜宜人的村子。」

「我想到我們以前跟爺爺住的部落。」

「是啊，將來要安頓下來的時候，我想住在那種地方。」

我沒打算一直旅行下去，遲早會結束這趟旅程，找個地方住。娶了三個妻子，小孩應該也會不少，真想慢慢栽培自己的孩子和學生。

未來的事先不說，現在要先處理卡蓮的問題。

「她剛才還那麼有精神……果然會寂寞吧。」

期待出外旅行的卡蓮，現在坐在馬車的車廂，呆呆看著流逝而去的景色。

大概是實際離開故鄉，寂寞一口氣湧上心頭了，之前只是對外界的嚮往及好奇心分散了注意力。

她的背影散發淡淡的哀愁……我卻覺得不太對勁。

跟我產生同樣疑惑的艾米莉亞抖動鼻子，突然搜起裝物資的箱子。

「天狼星少爺，蜂蜜少了一個。」

「不、不是我喔!?」

「也不是我！啊，對了，卡蓮剛剛好像在那裡……」

「原來如此，這個技術真厲害，甚至能瞞過我們。可能只限於蜂蜜就是了。」

「擅自偷吃存糧，真是個壞孩子。雖然想訓她幾句，現在罵人會不會太狠心了點？」

「嗯，這次就特別饒過她吧。抱歉，可以交給我處理嗎？」

三位妻子點點頭，默默旁觀，我坐到正在用手指沾蜂蜜吃的卡蓮旁邊。

她平常吃蜂蜜的時候總是笑容滿面，如今卻面無表情，一口接著一口。

「好吃嗎？」

「!?卡、卡蓮沒在吃東西呀？」

聽見我的聲音，她急忙把蜂蜜藏到背後，這麼做卻會被艾米莉亞她們看得一清二楚。

我暫時假裝沒發現，看這個反應，代表她心不在焉到我都坐在旁邊了才注意到我。卡蓮應該是想藉由吃最愛的蜂蜜，掩飾寂寞的心情，但我必須明白地告訴她。

「卡蓮，現在還來得及回媽媽那邊喔？妳或許會覺得丟臉，不過這個年紀想回家很正常。」

「……沒關係。爸爸的書上……寫著不能當愛哭鬼。」

「是嗎？」

彼特留在卡蓮家的著作，寫著旅行的注意事項及各種知識。

旅行不只會帶來新的邂逅及發現神祕事物的喜悅，也會面對殘酷的現實、與親近之人的離別等恐懼和悲傷。

書上寫著要磨練堅持及忍耐的能力，以免被諸如此類的負面情緒壓垮。

推測是為足夠成熟的孩子所寫的，對於尚且年幼的卡蓮而言，全是艱澀的內容，但她似乎看得懂不能輕易哭泣、放棄。

這一點確實沒錯，可是……

「可是，不代表不能哭吧？」

「不能當愛哭鬼，卻可以哭嗎？」

「對，為思念家人、故鄉而哭泣並沒有錯。重點在於不要一直哭，而是要期待再見到媽媽的那一天。」

「再見到……媽媽？」

「雖然不知道要等到什麼時候，我們一定會回到妳家。只要在那之前學會不當個愛哭鬼就行了。」

「……嗯。嗚嗚……」

我摸著新學生的頭，緩緩將她擁入懷中，卡蓮壓低音量哭了出來。

這種時候不要忍耐，大哭一場是最好的。特別是小孩子，一旦悶太久就會情緒不穩。

那本書上所寫的心態，就由我配合卡蓮的成長，慢慢教導她吧。

卡蓮……雖說不能當愛哭鬼，那麼想念母親及故鄉，卻沒有說要回去的妳，真的很堅強。

今後我們會努力保護妳，讓我在妳身邊見證妳的成長吧。

就這樣，我們帶著經歷離別，有了些許成長的少女，前往聖多魯。

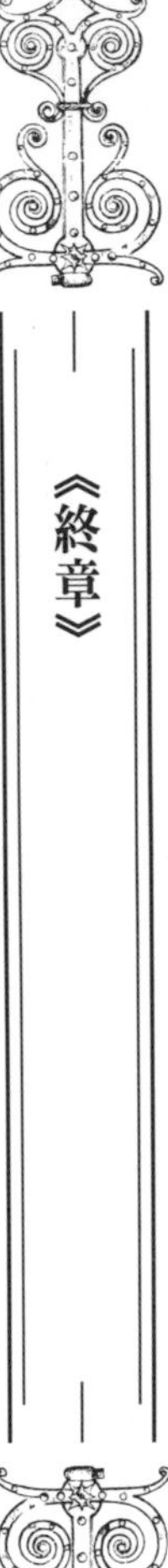

《終章》

——芙蓮達——

「……真的沒問題嗎？」

「這還用說。卡蓮可是跟彼特也會認同的老師在一起，不管發生什麼事，她都會平安回來。」

「不對，我說的不是卡蓮，是妳。妳真的受得了少了那孩子的生活嗎？」

難怪媽媽會擔心。

因為她看過彼特去世後，做什麼事都垂頭喪氣的我。

更別說她還看過依賴女兒卡蓮，以分散失去丈夫的悲傷的我。

「這……我不知道。搞不好明天我就會寂寞到什麼事都做不了。」

愈是思考，腦中就愈來愈多負面的想法。

因為，我說不定會再也見不到卡蓮，最後一面就是她叫我母親的那時候。

「但我發現了，繼續跟卡蓮在一起，我也會在原地駐足不前。」

遇見他們讓我知道，不只卡蓮，我也必須成長。

我可不希望我們互相拖累對方。

「而且我跟天狼星約好了，要努力練習，等那孩子回來，煮一桌好菜給她吃。」

代為照顧卡蓮的條件，除了那孩子要叫天狼星老師外，第二個條件就是這個。

『請學會製作這本書上寫的食材跟菜色。這對卡蓮來說是必須的。』

他交給我一本書，上面詳細記錄著天狼星寫的食譜和食材的做法。

『這是我在旅行期間累積的食譜跟所需食材的做法。通通需要花時間等待熟成或發酵，旅行的時候不方便做。』

『這就是條件嗎？感覺跟卡蓮關係不大。』

『我們回來時，請做這本書裡的菜給卡蓮吃。』

當時我還有點懷疑自己聽錯了。

我不討厭做菜，可是吃過天狼星他們做的料理後，我知道自己根本比不上人家。

要是將來那孩子說天狼星做的菜更好吃……我可能會失魂落魄一陣子。

「不過，正因為困難才要更加努力……對吧？」

他一定是希望眼中只有女兒的我，能找到新的目標。

正因為看過彼特寫書，我明白天狼星寫得有多麼用心。

不回應他的期望，哪還有臉見他。

桀諾多拉大人也願意幫忙，我就努力看看吧。

話說回來，原來外面的世界有這麼多種料理。雖然學起來很累人，那些孩子下次回來的時候，我得煮一大桌菜報恩才行。

我看看……有些食材需要經過「熟成」這個步驟，得花一些時間，最好快點動手。

我看著那孩子飛走的模樣，像在發誓般喃喃說道。

「一路順風，卡蓮。媽媽也會加油的。」

——遺留下來的書本的片段——

給我的孩子。
當你看到這段文字，代表你決定邁向外面的世界了吧。
旅行該有的心態我已經寫過了，不過我還有一些話想對你說。
旅行不全是開心的事，也有很多辛苦、悲傷的事。
所以不只身體，你的心靈也要變得更加堅強。
這樣媽媽一定能放心送你離開。
還有，去認識能發自內心信任的同伴。
藉由彼此互相扶持，不只是你，同伴也能一起變強。

對了……你是什麼樣的孩子呢？
男孩子？
還是女孩子？
不對，這不重要。
只要你平安出生，我就很高興了。
我雖然是個無法擁抱你，也無法呼喚你的父親，卻比誰都還要愛你。

最後，我有個願望。

希望你自由地生活，就像於空中恣意翱翔的有翼人的翅膀。

你能自由自在，健健康康地長大，對我而言就是無上的幸福。

番外篇《於封閉村落掀起的革命》

天狼星一行人在有翼人的部落住了幾天後。

這是……解決梅吉亞的問題，排斥外來者的有翼人開始習慣天狼星他們，開始跟他們正常交談時發生的事。

那一天，在部落首領亞斯拉德的命令下，眾多龍族聚集在用來召開重要會議的洞窟內。

『都到了嗎。我召集你們的用意……各位明白吧？』

『是的，明白。』

『事態非同小可。』

龍族因為外表的關係，看起來魄力十足，但就算是龍族也不可能平常就這麼緊繃，一般來說都是在莊嚴的氣氛下開會。

然而……今天聚集在這邊的龍族全都面色凝重，氣氛緊張到連皮膚都如同針扎。

『首領，接納那些外來者果然是錯誤的抉擇吧？』

『他們的影響無從估計。這樣下去，搞不好會有人使出強硬手段。』

『不盡然是壞事。他們跟彼特那時候一樣，教給我們能讓生活過得更好的技術。』

『但這是踐踏龍族驕傲的行為！我無法忍受！』

目前龍族分成兩派，於此處爆發意見衝突。

或許是吵著吵著就激動起來了，其中終於出現開始用尾巴互毆的人，最後是多虧桀諾多拉大喝一聲，才勉強平息。

『呼……光靠我們幾個討論，果然不會有結果。請首領決定吧。』

『說得對。再爭執下去，彼此的意見也不會有交集。』

『無論首領做出什麼樣的選擇，我們都不後悔。請下決定！』

雙方達成共識，龍族的視線集中在首領身上，亞斯拉德睜大眼睛，下達結論。

『明天早上……執行計畫！全員做好覺悟！』

『『遵命！』』

就這樣，不惜拋棄尊嚴做出覺悟的龍族，為了改變未來而採取行動。

——天狼星——

「嗨，早安。你今天也很有精神呢。」

「早安，等等我就來幫忙，請不要太勉強。」

「我等你。擴張田地的進度一下子推進許多，真的很感謝你。」

早上……在跑步晨練的我們路過正在下田的有翼人青年旁邊，向他道早。

村裡的孩子們於途中加入，看到我們的老婆婆也笑著揮手，使我深深體會到大家已經接納我們了。

「剛開始被警戒成那樣，結果大家人都很好呢。」

「要多虧龍族承認我們不是敵人。這證明了他們雖然戒心重，大部分都是心地善良的人。」

結束晨練後，我們讓北斗背著跑到一半耗盡力氣的卡蓮，回到卡蓮家時，發現門口的狀況不太對勁。

桀諾多拉和三龍經常一大早就來，但今天不只他們，包含亞斯拉德在內的近二十隻龍族都排在門前。

除此之外，所有人都變成人形，表情嚴肅至極，散發隨時對我們發動攻擊都不奇怪的氣氛。

老實說，我一頭霧水，可是總不能放著他們不管，我們便保持戒心，接近他們。

「怎麼那麼久。比桀諾多拉跟我說的時間更晚。」

「訓練拖到了一些時間。請問……發生了什麼事嗎？」

「嗯，有點問題要處理。你先做好覺悟吧。」

亞斯拉德說出異常可怕的臺詞，站在背後的龍族同時拔出刀子。

事情發生得太過突然，使我大吃一驚，進入備戰狀態，就在這時……

「「請教我們『可樂餅』的做法！」」

那些龍族低下頭對我這麼說。

聽見這出乎意料的要求，我們差點當場摔倒在地，桀諾多拉幫忙說明了事情經過。

「……也就是說，他們忘不了可樂餅的味道？」

「嗯，之前我和爺爺不是拜託你們做過可樂餅嗎？我拿去分人，結果大家好像徹底被擄獲了。」

「沒、沒那麼誇張！只是……還想再吃罷了。」

「沒錯！你以為那種一口就吃得完的東西騙得了我們嗎！」

其他龍族紛紛否認桀諾多拉的說法，可是我怎麼看都覺得他們愛上可樂餅了。

總之狀況我明白了，不過為何這麼多神情嚴肅的龍族？我問了一下，好像是因為事關龍族的驕傲及面子。

「很多人無法接受對你們低頭。真是，盡是些死腦筋的傢伙。」

「什麼死腦筋！龍族豈能巴結比我們渺小的人！」

「聽好，把我們剛才做的事忘了。否則絕不饒你！」

龍族這種特殊種族，似乎不能接受隨便對渺小的存在低頭。用人族來譬喻，就是貴族跟庶民吧。

只要跟和梅吉亞交手的時候一樣，展現我的力量，他們說不定會改變態度，可是還是算了，再打一場實在太累人。

「我為他們的態度向你道歉。用不著教我們，隨便找個有翼人也行，想請你傳授可樂餅的做法。否則又要打起來了。」

「正是！我們必須盡速決定可樂餅要搭配麵包吃還是米飯吃更美味。」

「總之需要可樂餅就對了。快教。」

昨晚，從洞窟的方向傳來的巨響，就是在決定可樂餅要配飯吃還是配麵包吃最適合。仔細一想，桀諾多拉和亞斯拉德以前也為這件事吵過架的樣子。

除去部分龍族，這個態度實在不像在拜託人，但人家都願意低頭了，我也沒理由拒絕，便告訴他們我可以開一堂烹飪課。

龍族聞言鬆了口氣，可是還有一個問題。

「要教是可以，人這麼多，空間和火源會不夠吧？」

「無須擔憂。跟我們來。」

「噢……」

將仍在沉睡的卡蓮抱到家中的床上後，我跟著異常有自信的龍族，來到離村落有段距離的河岸邊。

那裡有數十名有翼人，以及用石頭組合而成的簡易流理臺跟石鍋，成了可以用來烹飪的地方。昨天這裡還是一塊空地，這些東西是在什麼時候……

「昨晚大家一起做的。有這麼多就不用擔心火源不足了。」

「我準備了一堆可樂餅要用到的莫普特。」

「肉和油是必需品，所以我隨便獵了幾隻魔物來。還需要其他東西嗎？」

「這個嘛……柴火是不是有點少？可樂餅是油炸食品，要用很多火。」

「火？不是有我們在嗎？」

經他這麼一說，我望向旁邊的流理臺，一名龍族坐在石鍋前面不停噴火。的確，能自製火焰就沒問題了，是我杞人憂天。

「啊……」

「你這白痴！好不容易做好的鍋子都毀了！」

聽見激烈的碰撞聲，我回頭一看，年輕龍族似乎沒控制好力道，噴火時把石鍋也一同轟飛。

由於龍族是個超乎常理的種族，動作總是很大，或者說隨便……總之要是被波及到，我們八成也會大吃苦頭。儘管這麼做對幹勁十足的龍族不太好意思，我們的份還是乖乖用柴火就好。

之後，我一邊做菜一邊對其他人下達指示，用從各戶人家拿來的鍋子煮熟與馬鈴薯類似的食物——莫普特，從龍族獵來的魔物身上取得肉和油，迅速備好料。

接著將材料混在一起，完成油炸前的餅糰，搭配說明示範給大家看。

「請抓取差不多這樣子的量，捏成圓餅狀。形狀有點歪也沒關係。」

做到一半，卡蓮和她的家人也跑來參加，大家便一起製作可樂餅的餅糰。

然而，或許是因為餅糰太軟，大多數的人都沒辦法做得跟範本一樣漂亮，陷入苦戰。尤其是龍族，一堆人因為力氣太大，不小心把餅糰捏爛。

「好，做好了！雖然有點圓，這樣你就沒意見了吧！」

「……重做。」

也有人捏爛好幾個可樂餅糰，憑蠻力固定形狀。

靠龍族的臂力壓縮過的餅糰，硬得根本不像食物，搞不好還能拿來當球扔。

「結實成這樣不容易炸透，要重複利用也有困難。沒辦法，拿去做其他菜吧……」

「唔——果然完全不一樣。為何之後會變得如此美味……真神祕。」

在我思考該如何重新利用時，失敗作品進到了他的胃袋。

龍族是雜食性，吃掉是不會怎麼樣，但這些人真是……在各種意義上必須多加注意。

話雖如此，不是所有的龍族都那麼笨拙。其中也有手指靈活的人，還有像桀諾多拉和亞斯拉德那種做得很好的龍族。

「媽媽，妳看。卡蓮也做好了！」

「哎呀，挺有模有樣的嘛。媽媽，妳也是，妳已經做那麼多了？」

「抓到訣竅就簡單了。材料還有很多，趕快多做些吧。」

整體而言，果然是平常就會下廚的有翼人技術比較好。

餅糰全部用完後，我先是引起眾人的注意，再站到鍋前。

「最後的步驟是用熱油炸剛才做好的麵糰。油很可能會濺起來，請小心不要被燙到。」

「卡蓮不能一起炸嗎？」

「萬一妳燙到就糟了，交給媽媽和奶奶來。」

「對對對，卡蓮做的我們第一個拿去炸，離鍋子遠一點，乖乖等它炸好吧。」

卡蓮一家和其他有翼人，跟夥伴一起將一個又一個可樂餅丟下鍋，氣氛和樂融融。

至於龍族……

「唔——是不是有點不夠燙？把火力提高看看好了。」

「這個可樂餅捏得挺厚的，最好用燙一點的油炸比較好。」

「那我來噴個火。」

「那邊那幾個，住手！」

龍族真的是……一不注意就想亂來。

一個不注意，他們搞不好會把油加熱到足以燒穿鍋底。

而且那邊的龍族甚至直接用手把炸好的可樂餅從油裡拿出來，而非用筷子夾……我該從何吐槽起？

好吧，龍族的手碰到熱油也不會怎麼樣，應該用不著擔心，可是有翼人的小孩有樣學樣就糟了。真希望他們自重點。

雖然發生了這樣的意外事件，可樂餅總算通通炸完，進入試吃階段。

「喔喔……就是這個！這就是可樂餅！」

「嗯，聽說剛炸好的時候最美味，果真如此。」

「不過……跟上次吃的明顯不同。有什麼差異嗎？」

除了差在大家是第一次做外，備料時調味的細節，以及油炸時間等因素，都會味。

這樣所有人應該就學會做法了，我請他們之後多加練習，找到理想的滋味，結束這次的烹飪課。

有人吃得津津有味，有人覺得跟理想有差距，感到疑惑。我滿足地看著反應各異的學生，一部分的龍族悔恨地碎碎念著。

「唔……味道是不壞，但我還是想配麵包。那種吃法冷了也很好吃。」

「就跟你說米飯更適合了。我講過好幾次，兩者同時送入口中的美味，麵包根本不能比。」

「你說什麼？要繼續昨天沒打完的架嗎？」

「哼，你可別逃啊！」

「……北斗。」

「嗷！」

我馬上派出北斗，牠一轉眼就幫我壓制住開始吵架的龍族。若他們維持龍形，就算是北斗說不定也得花點力氣才制得住，人類型態倒是易如反掌。

「唔!?身為龍族的我們竟然這麼輕易就……」

「東西還沒收拾完，請兩位等等再吵。」

「比起收拾，有更重要的戰鬥……」

「吼嚕嚕嚕！」

「收到……」

目睹龍族無聊的爭執，以及北斗的小弟又要變多的狀況，我下意識嘆氣。

烹飪課隔天，我一大早就在桀諾多拉背上於空中飛行。

因為晨練結束後，他突然前來邀約。

『若要製作更美味的可樂餅，材料很重要對吧？我現在要去一個有稀有生物棲息的地方，要不要一起去？』

昨天龍族獵來的魔物的肉和油，確實跟可樂餅不太搭。

這幾天我都在專心幫卡蓮訓練，正打算放個假，因此我通知其他人今天可以自由活動後，與桀諾多拉同行。

然而……他開了一個條件。

『抱歉，那個地方不適合太多人去。要去的話，希望你獨自前來。』

看他在顧慮卡蓮的視線，桀諾多拉搞不好有私事跟我談，而不只是要收集食材。

我感覺到他的用意，告訴他我不介意，聽見這段對話的艾米莉亞卻跳出來阻止我。

「請稍等。可否請您至少從我們之中選一個人帶去？」

跟梅吉亞交手時斷掉的骨頭也大致痊癒了，不至於影響日常生活，不過動作太激烈還是會痛。

桀諾多拉看出艾米莉亞在關心我，表示可以再帶一個人，菲亞之外的徒弟瞬間臉色一變。

「果然該由身為隨從的我去吧？」

「可是我比較適合狩獵吧？要找好吃的食材當然是我去囉。」

「天狼星前輩是傷患，不是該選能治傷的我嗎？」

「要出門的話卡蓮也要去！」

先不說原本就不能跟來的卡蓮，三名徒弟絲毫不打算退讓。順帶一提，菲亞其實也想去，但身為年長者，她選擇讓出機會。

經過討論，三人決定用猜拳決定……

「那麼預備……」

「「「剪刀石頭……」」」

「嗷！」

為何連北斗都加入了？

好吧，要參加是可以，但北斗的手只能出布……勉強出得了石頭，非常不利。

「……北斗先生出剪刀嗎？那麼再一次。」

三人出拳的瞬間，北斗腳邊揚起一陣沙塵，地面出現一個剪刀的圖案。原來如此，只要用爪子在地上畫手，就不會受到影響。有種浪費才能的感覺。最後在這場攻防戰中奪得勝利的……是北斗。

於是，我跟心滿意足的北斗一起坐到桀諾多拉背上，於空中移動，唯有一點令人在意。

「我說，用不著做到這個地步吧。」

「嗷……」

當初來到有翼人的部落時，牠忍了下來，不過北斗還是不喜歡我騎在別人身上。結果變成北斗趴在桀諾多拉背上，我再騎著北斗，這個從旁看來實在很好笑的畫面。

『別這麼說。北斗應該覺得能親自載你，是牠的驕傲。』

「嗷！」

儘管沒人幫忙翻譯，牠大概是在說「感謝配合」。

我懷著複雜的心情繼續在空中移動，來到目的地附近時，桀諾多拉忽然感慨地對我們說：

『呵呵……真懷念。讓我想到以前跟彼特一起在天上飛的時候。』

「對了，您好像是他的摯交？」

『嗯。是我想忘也忘不掉的好友。』

他果然是因為想跟我聊卡蓮的父親，才帶我過來的嗎？

桀諾多拉暫時陷入沉默，等到降落在深邃森林的正中央，把我們放下來後，才變成人形接著說：

「起初我還滿無奈的，覺得他身為一個大人，還總是興奮得跟小孩子一樣，可是聊著聊著就發現我們很合得來，不知不覺就成了會載著他到處跑的朋友。」

被帶到部落的彼特，當初是由桀諾多拉負責監視。

每當聽見其他有翼人和龍族提到珍奇景色或稀有動物棲息的地方，彼特就會不停拜託桀諾多拉帶他去。他也去過我跟梅吉亞交手的神殿遺跡。

「發現從未見過的植物或魔物時，彼特會樂得跟孩子似的，馬上發掘我們想不到的用法教我們。例如……這東西。」

桀諾多拉邊說邊在森林裡前進，拔起長在附近的草給我看。

「你們吃過迪波菈做的燉莫普特吧？」

「是的，做法看似簡單，卻有著深奧的味道，十分美味。」

「那道料理用的香料的材料就是它。彼特發現這種草可以吃，想到了將它加工後做成香料的方法。」

看過彼特寫的書，我感受到他的知識量和記憶力真的很驚人。

他八成有過遠勝於我的旅行經歷，體驗過各種事，習得許多技術。

雖然這不是件簡單的事，以他的能力，發現能在這一帶採集到的藥草，並且加以加工都不奇怪。

「除此之外還有增加農穫量的方法、製造新的布料及好用的道具，還教大家可以治療難治之病的藥要如何調製。託他的福，同胞的生活品質有了大幅度的提升。」

這個村子明明與外界隔絕，卻看得見跟外界風格相近的衣服及道具，原來是因為這樣嗎？

我解開疑惑，發現桀諾多拉的態度突然變了。

「在彼特出現前，我們的同胞有翼人過得並不好。不到艱困的地步……但有種只是勉強活著的感覺。」

龍族不只擁有強壯的身體，又是什麼都能吃的雜食性。只要他們想，單獨一隻都活得下來，因此他們遲遲無法發現有翼人缺少的是什麼。

再加上有翼人是被龍族保護的那一方，生活也還過得去，所以從來沒有提出要求或抱怨什麼。

「來自外界的彼特很快就發現這個狀況，我也在他的提醒下察覺到了。所以彼特採取行動，想要多少改善有翼人的生活時，我選擇幫他一把。有部分也是因為我對他要做什麼有興趣。」

憑藉他的知識、技術、周圍的新食材、藥草，為生活增添色彩的結果，就是現在的部落嗎？

感覺得費一番工夫，但不只彼特，桀諾多拉也樂在其中，他們並不覺得辛苦。

「我的遺憾是那傢伙沒能看見卡蓮，就這樣離開了。我們已經約好，等孩子出生，一家人出遊的時候，要由我載他們……」

龍族因為壽命長的關係，對人類的生死看得很開，不過一想到期待孩子誕生的彼特會有多麼遺憾，他就無法排解內心的憂傷。對桀諾多拉而言，彼特是足以稱為家人的摯友呢。

氣氛變得有點沉重，桀諾多拉笑著面向我，以將其驅散。

「……嗯，我對彼特的瞭解差不多就是這樣。」

「非常有意思。可是，為什麼要跟我說這些，還把我帶到這種地方？」

「因為讓卡蓮聽彼特的過去為時尚早。而且，你不是很好奇我為何一下就接納剛認識沒多久的你們嗎？」

仔細一想，我之前確實感到疑惑過。

桀諾多拉誠懇親切的個性導致我逐漸忘記這個疑問，原來他接納我們的理由有二。

其一是我們救了摯友的女兒卡蓮。

另一個則是希望我們教導有翼人新的知識及技術，例如昨天的烹飪課。

我說出自身的推測，桀諾多拉點頭表示肯定。

「你的觀察力果然敏銳。年齡和性格截然不同，我卻有種彼特再度來到這裡的感覺。那麼，你願意答應嗎？」

「我盡量，畢竟我總有一天得離開這裡。在那之前……」

我無法成為彼特那樣的人，也沒打算模仿他。

但我有件事想模仿他，微笑著對桀諾多拉伸出手。

「您可以跟我當朋友嗎？彼特先生是為戀人及家人努力的話，我想當一個為摯友努力的人。」

突然伸出來的手令桀諾多拉一臉不解，我告訴他這是友好的證明，他便露出爽朗的笑容回握我的手。

「行！天狼星，今後也多教卡蓮和同胞一些東西吧。我也會盡力提供協助！」

「我才要請您多多關照，桀諾多拉大人。」

「哈哈哈，朋友何必這麼客套。以後叫我桀諾多拉就好。」

「知道了。多指教囉，桀諾多拉。」

「嗷！」

「嗯，你也是。北斗啊，麻煩你教育一下那群蠢蛋。」

北斗跟我一樣伸出前腳，桀諾多拉握住它，滿足地點頭轉過身。

「那麼快點狩獵完，打道回府吧。那種魔物的肉肯定能讓可樂餅變得更加美味。」

「不只可樂餅，我還想試試看能否用在其他料理上。」

「哦，若你方便，那道料理也教一下大家吧。又多一件事可以期待了。」

接著，在北斗和桀諾多拉的協助下，我們輕易獵到魔物，得意地踏上歸途。

日後……由於得到了桀諾多拉的允許，我開始積極舉辦烹飪課，持續教授在這個村子也能做的料理。

除此之外，我還教了有翼人也做得出來的道具，以及上輩子的農業知識。要是做得太過頭，感覺會失去有翼人的純樸，因此我沒忘記要適可而止。

今天我教了大家新料理拉麵的做法，然而……

「當然是豚骨！那濃郁的滋味才是拉麵的真諦！」

「鹽味！沒混入多餘味道的基本口味方為完美！」

跟彼特不同，我教的東西好像無論如何都會挑起爭端。主要是在無聊的方面。

看著豚骨拉麵派和鹽味拉麵派的龍族在互毆，我深深嘆息，拜託北斗進行鎮壓。

後記

各位好久不見。我是ネコ。

多虧了看到這裡的讀者們，以及協助本書發售的相關人士，十二集成功出版了。哎呀，真的感激不盡！

那麼……這一集出現了有翼的少女這位新角色，不曉得有讓大家覺得可愛嗎？由於我還是單身，非常擔心自己有沒有把小孩子的可愛之處描寫好。

她並非被選上的人，也沒有特別的力量。是個性格雖然獨特，除了有翅膀以外跟一般人沒什麼差異的孩子。

她看到天狼星一行人的背影，會如何成長茁壯呢？這並不是太重要的部分，不過希望大家之後也能為這名少女的成長樂在其中，而不只是雷烏斯他們。

還有……十三集出得了嗎？

那就要看ネコ的幹勁、毅力和運氣了，但願下次也能見到各位。再會！

WORLD
異世界式教育特務
TEACHER

WORLD
異世界式教育特務
TEACHER

浮文字
WORLD TEACHER 異世界式教育特務12
（原名：ワールド・ティーチャー：異世界式教育エージェント12）

著者／ネコ光一　繪者／Nardack　譯者／Runoka
執行長／陳君平　美術總監／沙雲佩　國際版權／黃令歡、梁名儀
榮譽發行人／黃鎮隆　美術編輯／陳聖義　文字校對／施亞蒨
協理／洪琇菁　執行編輯／楊國治　內文排版／謝青秀
總編輯／呂尚燁　企劃宣傳／洪國瑋

出版／城邦文化事業股份有限公司 尖端出版
台北市中山區民生東路二段一四一號十樓
電話：（〇二）二五〇〇—七六〇〇
傳真：（〇二）二五〇〇—二六八三
E-mail: 7novels@mail2.spp.com.tw

發行／英屬蓋曼群島商家庭傳媒股份有限公司城邦分公司　尖端出版
台北市中山區民生東路二段一四一號十樓
電話：（〇二）二五〇〇—七六〇〇（代表號）
傳真：（〇二）二五〇〇—一九七九

中彰投以北經銷／楨彥有限公司（含宜花東）
電話：（〇二）八九一九—三三六九
傳真：（〇二）八九一四—五五二四

雲嘉以南／智豐圖書有限公司
（嘉義公司）電話：（〇五）二三三—三八五二
傳真：（〇五）二三三—三八六三
（高雄公司）電話：（〇七）三七三—〇〇七九
傳真：（〇七）三七三—〇〇八七

香港經銷／一代匯集
香港九龍旺角塘尾道六十四號龍駒企業大廈十樓 B & D 室
電話：（八五二）二七八三—八一〇二
傳真：（八五二）二七八二—一五二九

新馬經銷／城邦（馬新）出版集團 Cite（M）Sdn. Bhd.
E-mail: cite@cite.com.my

法律顧問／王子文律師　元禾法律事務所
台北市羅斯福路三段三十七號十五樓

二〇二二年十月一版一刷

■中文版■

郵購注意事項：
1.填妥劃撥單資料：帳號：50003021戶名：英屬蓋曼群島商家庭傳媒(股)公司城邦分公司。2.通信欄內註明訂購書名與冊數。3.劃撥金額低於500元，請加附掛號郵資50元。如劃撥日起 10～14日，仍未收到書時，請洽劃撥組。劃撥專線TEL：(03)312-4212 ・ FAX：(03)322-4621。E-mail：marketing@spp.com.tw

國家圖書館出版品預行編目資料

WORLD TEACHER 異世界式教育特務 / ネコ光一作，Runoka 譯．-- 1 版．-- [臺北市]：城邦文化事業股份有限公司尖端出版：英屬蓋曼群島商家庭傳媒股份有限公司城邦分公司發行，2022.10-

冊；　公分

譯自：ワールド・ティーチャー：異世界式教育エージェント

ISBN 978-626-338-504-7（第 12 冊：平裝）

861.57　　111014122